福永武彦新生日記

序 池澤夏樹

新潮社

1948年、東京療養所にて。

1949年頃
山下澄子（原條あき子）と
息子夏樹（池澤夏樹）。

1949年の日記
「JOURNAL INTIME －1949－ FUKUNAGA TAKEHIKO」とある。

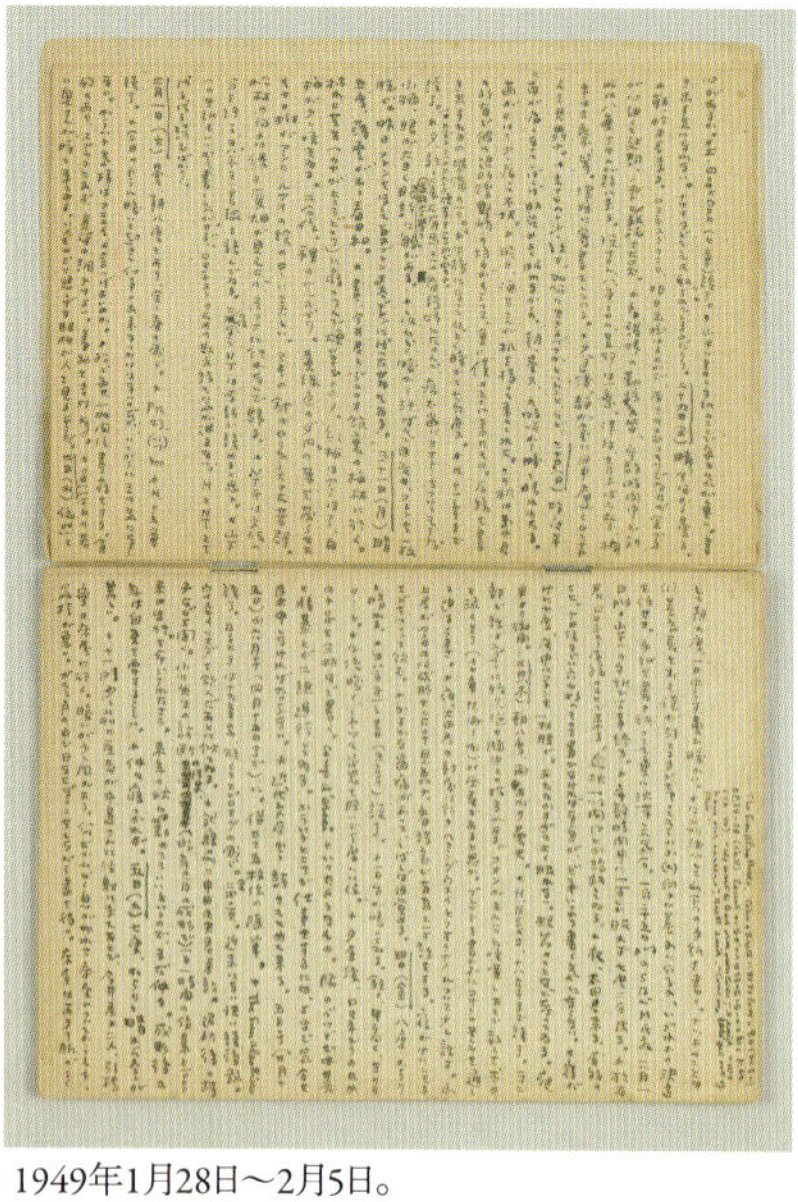

1949年1月28日～2月5日。

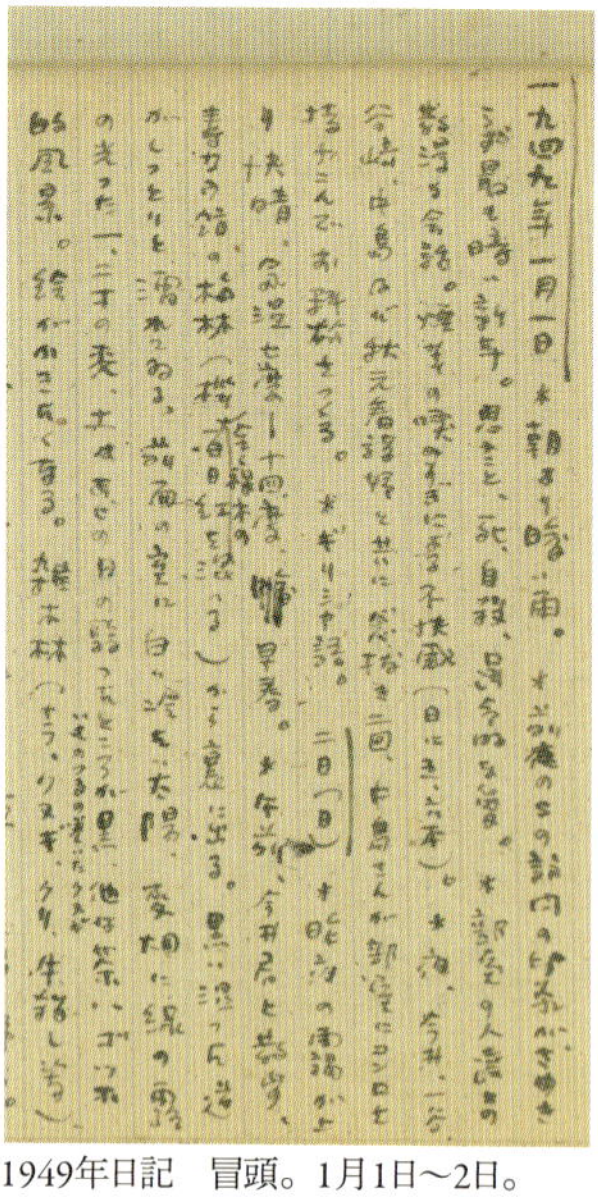

1949年日記　冒頭。1月1日～2日。

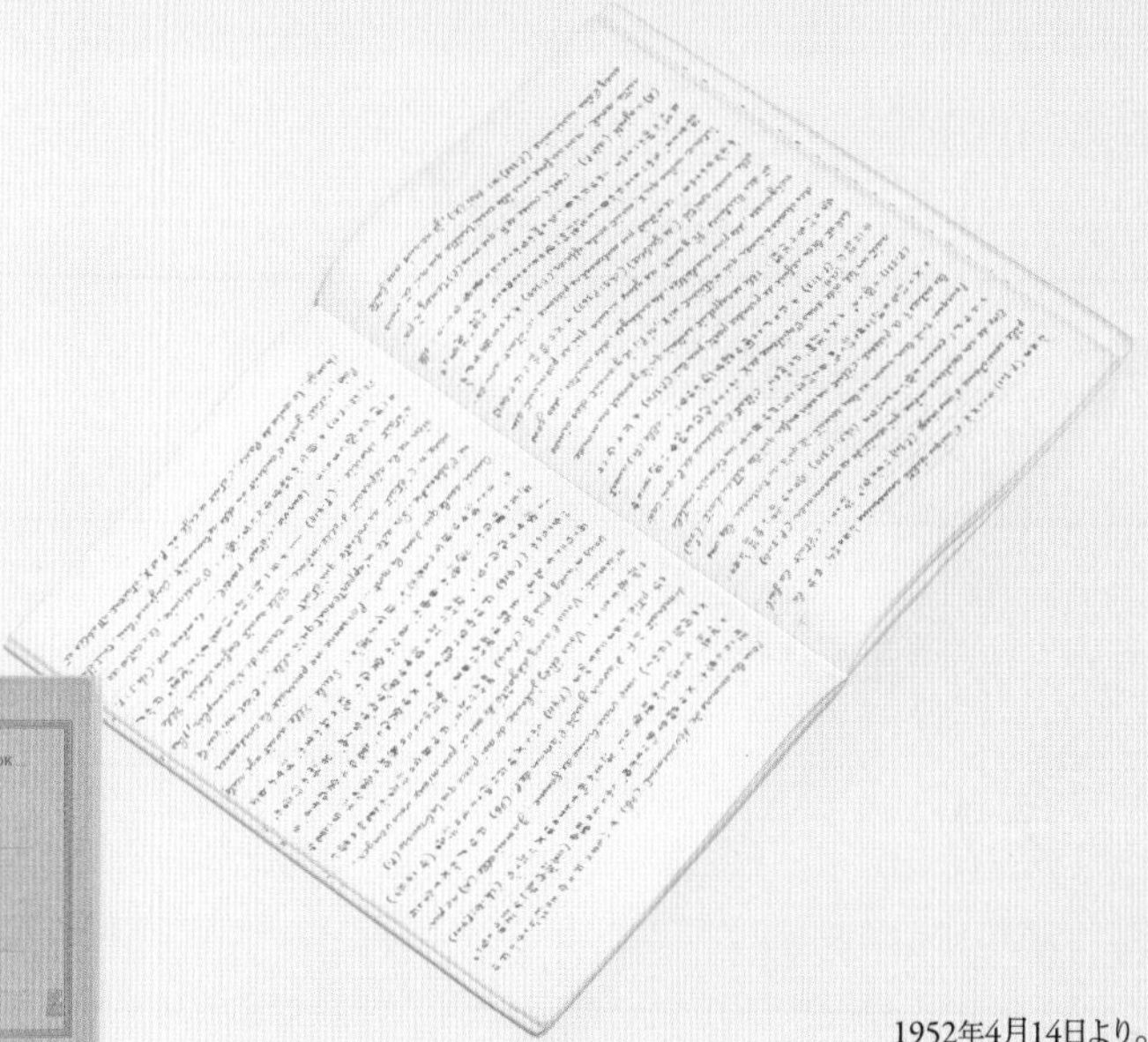

1952年4月14日より。

1951年〜53年の日記表紙。「武彦」という朱印がある。

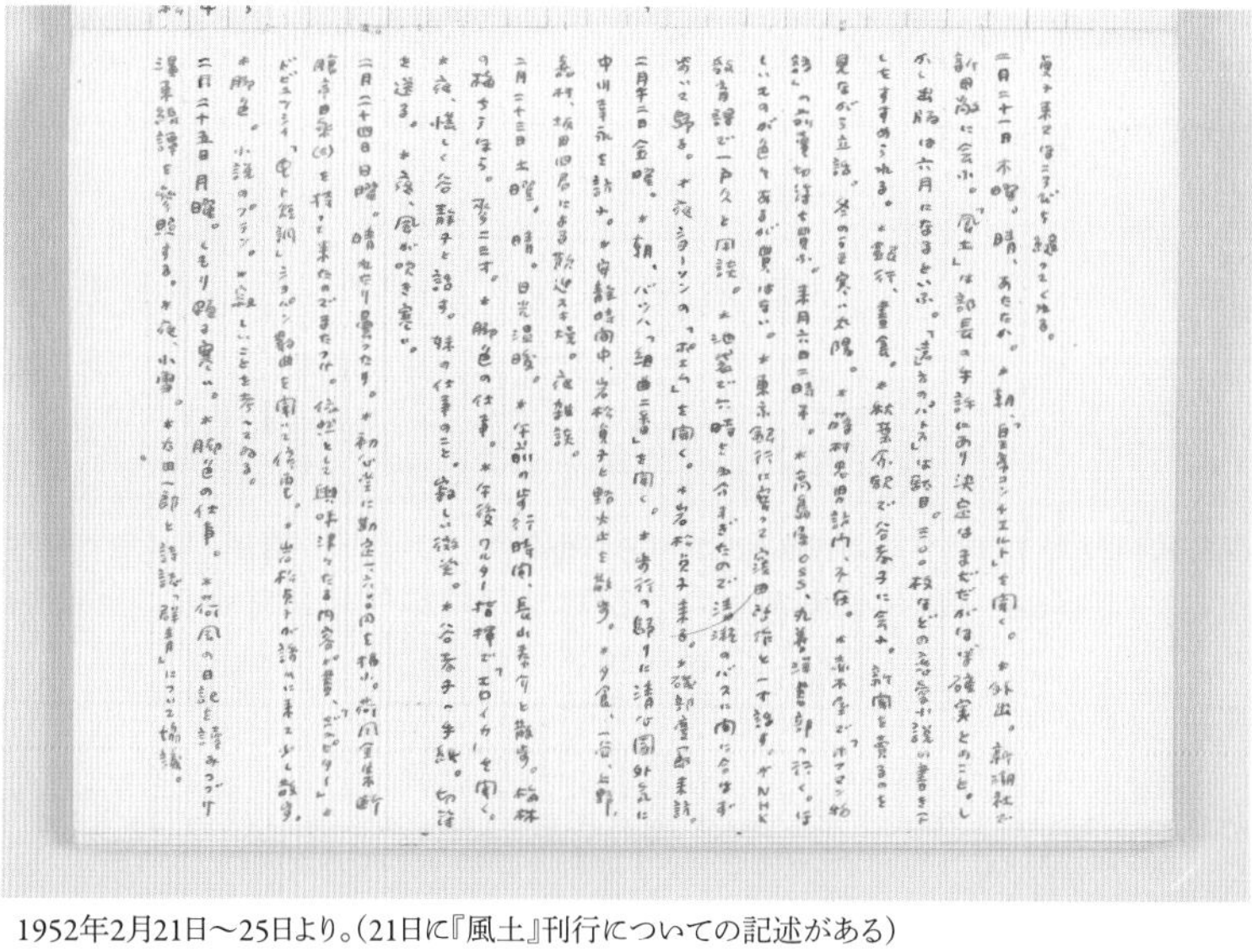

1952年2月21日〜25日より。（21日に『風土』刊行についての記述がある）

1947年、東京療養所にて（後列右端）。

新潮文庫版『草の花』『風土』。

福永武彦新生日記　目次

序　あるいは「新生」にいたる経緯　池澤夏樹　5
一九四九年一月一日〜七月十五日　11
一九五一年十二月十日〜一九五三年三月三日　85
註釈　251
解説　一九四九年日記をめぐって　鈴木和子　272
　一九五一〜一九五三年日記をめぐって　田口耕平　282
福永武彦小伝　鈴木和子　295
原條あき子小伝　田口耕平　311
年譜　一九四四〜一九五三年　339

カバー・扉　一九四九年、一九五一〜五三年の日記より
表紙　一九四六年の日記より
撮影　広瀬達郎（新潮社写真部）
装幀　新潮社装幀室

福永武彦新生日記

序　あるいは「新生」にいたる経緯

池澤夏樹

作家福永武彦が若い時に日記を書いていたこと、一九七九年に彼が六十一歳で亡くなった後でそれらが失われ最近になって発見された経緯については、去年刊行された『福永武彦戦後日記』に「序」として記した。

今、ぼくたちの手元には五冊の日記帳があるが、時期から言えばこれは四つに分かれる（年譜参照）——

1　一九四五年九月から一九四六年六月まで
2　一九四七年六月から七月まで
3　一九四九年一月から七月まで
4　一九五一年十二月から一九五三年三月まで

改めて通読してみて、なんとドラマティックな、とぼくは驚嘆した。四幕の芝居として完璧な構成になっているではないか。文学は人生を模倣するけれど、その一方で人生がまるで文学のように展開することがあるものなのか。

　1の時期のテーマは解放である。戦争が終わり、二十七歳の若い文学者は希望を求めて旅に出る。一年前に結婚した妻と二か月前に生まれた子供を妻の実家である帯広に残して、形の上では職を探すために、心の奥には戦後の混乱と活力の日本を見たいという思いを秘めて、信州から遠く岡山県まで行き、東京まで戻って親戚の家で雌伏。さらに帯広に戻って、悪条件の中なんとか親子三人で暮らせる家と安定した職を得る。

　2の時期は墜落。安定した生活の中で自分の才能を恃んで書き続けるが、結核の再発がわかってサナトリウムに入る（最初の羅患は一九四五年の五月。この時は二か月足らずの療養で治癒している）。この急転直下の日々の主役は彼自身以上に彼の妻だ。まだ若いのにあまりに重い荷を負って精神に混乱を来した妻は夫を助けるのではなくむしろ苛む。その心の動きを夫は理解するけれど、なにしろ自分は病気の身だからどうしようもない。その暗い重い煩悶と危機を孕んだいくつもの事件がこのわずか二か月の短い時期を満たしている。主人公とその妻がよりよい治療を求めて東京のサナトリウムに移ることが示唆されてこの幕は閉じる。

　暗い舞台の紗幕に「一年半の後」という文字が映る。

　3は忍苦と失望。幕が開くと、主人公は東京清瀬のサナトリウムに居る。「自殺を思ふ、孤独感痛烈」というのがこの時期の精神状況だ。

　前の帯広で舞台に現れるのはほとんど夫婦二人だったけれど、清瀬ではたくさんの人が登場する。一見したところ大きな事件のない落ち着いた日々に見えるが、水面下ではいくつもの力が働いて彼の運命を動かしている。

第一の力は病気そのものだ。体温や血沈やガフキーの数値、医者の診断と手術など治療法の選択肢。

第二は自分の文学的才能とその実現のための執筆のこと。文学という王国の輝きはよくわかっている。それに自分がどれほどの寄与ができるか。それは彼にとって病む日々の困難を超えた人生最大の課題である。

第三は日常の場であるサナトリウムの雰囲気。日記だから実際にはこの話題が最も多い。病気を共有する患者たちとの行き来、医者と看護師と事務の面々。やがて一人の女性患者の姿がクローズアップされるが、この人とのやりとりの記述は会話の引用が多いために小説の練習のようにも読める。行動する自分とそれを観察している自分が共に居るという小説家らしい文章になっている。

第四は妻との仲。妻の方に恋人ができて一緒になるという展開を受けて夫は離婚に同意。だがその話は雲散霧消したらしい。その後で夫は「もし二人の間に新しく愛情が湧くやうならナツキと三人で暮したいといふ気持」と書くが、すぐに「暗い、暗い」と続ける。気持ちはすれ違っているのだ。しばらくして進駐軍に職を得た妻は退所して一緒に暮らすことを提案する。夫はためらいがちで、いずれにしてもことが決まる前に事態は夫の結核の転移で急転直下、すべては振り出しに戻る。絶対安静の日々に入って日記は途絶える。

4は3からまた二年半の後。登場人物はいよいよ多くなる。

この時期のテーマは助走だろうか。ずいぶん長い時期を扱うが、それはそのまま病気からの解放へつながっている。サナトリウムを出て、大学に職を得、文学に勤しむ日々が先の方に見えており、そこに向かって遅々とながら進んで行く。

この日記が始まるほぼ一年前に妻とは離婚が成立して二人は会わなくなっていた。この日記が始まるのとほぼ同じ時期に子供は帯広の祖父母の家から東京の母のもとに移ったが、しかしそのことは子供の父に伝わっていなかった。だから父は「北海道強震」という新聞記事を見て子供の身を案じる。子供が東京にいることを父が知ったのは上京から三か月たってからだ。

この時期には別の二人の女性が主人公を中心に対称的な位置にいる。「心の中で争ふ二つのもの」である二人の性格などについては田口耕平氏の「解説」に詳しいのでそちらに譲ることにしよう。健康な身体に戻りつつあるわけだから外に出て動き回る場面も多い。世間の風俗を観察しての記述も少なくない。

文学者としての焦燥の記述も少なくない。焦燥を感じられるまで恢復したということなのだろう。興味深いのはずっと後に完成する作品の萌芽がいくつか見られることだ。『忘却の河』の刊行は「構想」と日記に書かれた時から十二年後であり、『死の島』の場合はタイトルが決まってから十九年かかっている。一つ一つの作品の完成に長い時間を掛ける姿勢が窺える。

先行する『福永武彦戦後日記』の後を承けるこの巻を『福永武彦新生日記』と名付けたのは、最後のところで福永がようやくサナトリウムを出て社会に復帰し、本格的に創作の道を歩めるようになったのを踏まえてのことである。

それに際して福永が好きでよく読んでいたダンテの『新生 La Vita Nuova』への連想が働いた。ダンテがあれを書いた時、ベアトリーチェはもうこの世にいなかった。福永がサナトリウムを出た時、「ただ一人の少女」であった原條あき子はもう彼の傍らにはいなかった。

喪失からでも「新生」に踏み出すことはできる。『草の花』の汐見茂思は（この日記の「吉山さん」とまったく同じように）危険な手術へ進んで亡くなったが、福永は生き延びた。それは喪失を生き延びたということでもある。


この一連の日記によって福永武彦の文学の読みかたは変わるだろうか。

作品は作品、人生は人生と言っていわゆる私小説を否定したこの作家はしかし魂の次元では自分に近い主人公を何度となく描いた。『草の花』の汐見茂思も、『風土』の桂昌三も、『忘却の河』の無名の男＝社長＝夫＝父も、『海市』の澁太吉も、ロマネスクなプロットに嵌め込まれた作家の分身のように読める。短篇「風花」などは私小説そのままかもしれない。

彼の人生の初めの方には多くの喪失があり、それが彼の文学の核となっている。喪失は孤独に繫がる。しかしその孤独を彼は弱さとしては受け取らない。「僕の言ふ孤独は、真に自我の宿命に沈潜省察して得たところの自由の意識、泉の如くに自己を生に導くもの、充ち足りた、可能性をもった、幸福とさへ言へる、全人類の破片としての自我、即ち実存的自我である」と言う。

そういう作家であってみれば、「新生」に至るまでのいわば雌伏の時期の日記はたぶん作品の読みを深めるだろう。もちろん、そんなものは無視して純粋に創作物として彼が書いたものを読むのでもいいし、作家本人はむしろそうしてほしいと言うかもしれないのだが。

一九四九年一月一日〜七月十五日

JOURNAL INTIME[*1]

—— 1949 ——

FUKUNAGA TAKEHIKO

一九四九年一月一日　＊朝より暖い雨。＊前夜のＳ[＊2]の訪問の印象がさめきらず最も暗い新年。思ふこと、死、自殺、運命的な愛。＊部屋の人達との散漫な会話。煙草の喫みすぎによる不快感（日に五、六本）。＊夜、今井、一谷、谷崎、中島及び秋元看護婦と共にババ抜き二回、中島さんが部屋にコンロを持ちこんでお料《ママ》粉をつくる。＊ギリシヤ語[＊3]。

一月二日（日）　＊昨夜の靄が上り快晴、気温七度―十四度、早春。＊午前、今井君と散歩、寿カウ館[＊4]の梅林（桜、全く裸木の百日紅を混へる）から裏に出る。黒い湿つた道がしつとりと濡れてゐる、前面の空に白い冷たい太陽、麦畑に緑の露の光つた一、二寸の麦、土はあぜの日の翳つたところが黒、他は茶、ゴツホ的風景。絵がかきたくなる。雑木林（ナラ、クヌギ《いものつるの巻いたクヌギ》、クリ、牛殺し等）、桑で囲つた栗林に沿つて外気の裏のヒノキ垣のとこに出て帰る。＊午后、真善美社の山北君来訪、四〇〇〇円持参。＊毎日気がめいつてゐる。御馳走も出ない。何らの正月らしい気分もない。ギリシヤ文法を漫然と見てゐる。＊自殺を思ふ、孤独感痛烈。

[illegible]

[illegible] Meson Song: chorus: What! No sense at all? / No! No sense at all. / a very small rest mass. / and no sense at all. [illegible]

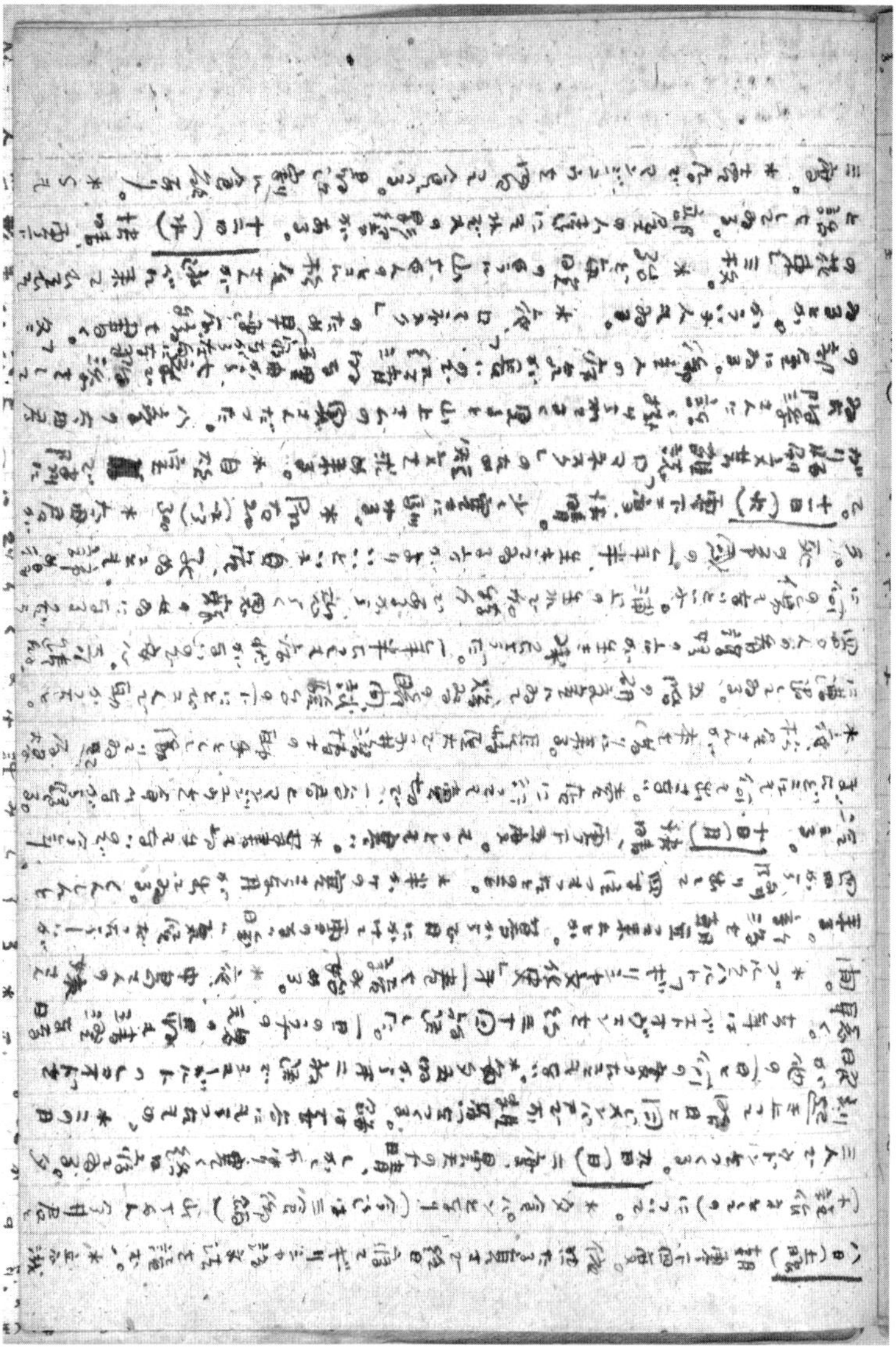

1949年1月3日〜12日の日記より

一月三日（月）　曇天、二度―七度、寒し。寂漠《ママ》たる気持。＊夜になつて暖い雨。土肥君と少し話し今井君と少し話す。Sのことと元旦に来た近代文学新年号に出てゐた僕の悪口[＊5]などが、この重い気分のしんを為してゐるのだらう。いい絵といい音楽とに、つまり美的雰囲気に包まれて暮すことが出来たなら。僕のやうに詩人として生れたものは、生活を支へるだけの金さへあつたならば、自分の廻りにつくりあげる趣味的な気分の中で、ただ詩を書いて愉しく暮すことも出来ただらう。僕は小説家になつた。その原因に生活といふ問題がなかつただらうか。小説家の手はよごれてゐる。僕は他人のやうにこの苦しみを打ちまけてしまふことによつて、意識の持続をとどめ、忘れ去つてしまふことは出来ない。意識は常に持続する。美しいものの上澄《ずみ》のみをとつて詩を書くことは出来ない。もし生活の力があり僕が健康でさへあれば、別の生き方もある。しかし僕の選んだ小説家としての道は本質的に汚れてゐる。この道を歩むためにあとどの位の苦しみが僕を待つてゐるか。この苦しみの中から真に生の意欲が生れて来るか。

一月四日（火）　終日曇天、層々として寒々とした雲が空を覆つてゐる。＊Pn右19（−1−3）300今日は具合が悪くて四度も針をさされた。先生が慎重すぎて針が浅すぎるのを癒着のせゐにする。「人間の身体といふものは不思議なものだねえ、」といふ感想。＊思想の底にある重苦しいもの。堀辰雄「幼年時代」を読む。息を充分に吐いてゐない感じ。

一月五日（水）　＊新聞によると平年よりひどく暖くて麦の徒長が憂へられてゐるが、今日ぐらゐから少しづつ寒くなつた。二度―七度、曇。＊診断、異常なし。＊高橋[*6]来る。恐らく最も親しい友人だらうが、しかし個人的な苦しみを告げることは出来ない。Ｓと僕とは違ふ。苦しみはただ僕一人のものだ。ギリシヤ語について。三月になると成城の方クビになりさうだといふこと。高崎に行つたら子供が四人（兄さん二人、ノコちゃん一人）になるといふこと。ミッションの女学校を掛けもつてゐるとか、いい向ふのネクタイをしてゐる。＊夜になつて寒さきびしい。＊ギリシヤ語を少し本格的にやるつもり。何か無意味な感じがしてイロニクな微笑が浮ぶのを禁じ得ないが。＊白井浩司[*7]より来書、カミュの「エトランジエ」〔邦題「異邦人」〕に対する感動を表してゐる。読みたい。＊夜、ラヂオで「月光」を聴く。「風土」のためのノオト。＊八重ちゃんがマスクを離さないのは飛行《ママ》性鼻炎〔肥厚性鼻炎か〕のせゐ。苦しくなると口があくさうだ。

一月六日（木） 零下二度―七度、快晴、空がぎらぎら光つてゐる。＊入浴、去年の暮に一年ぶりに入つてから今日が二回目。爽快な気分がするだけ身体が恢復したのだらう。＊このところ小説やノオトに関して幾つかの計画。その他に僕の行動はないのだから。ただ前途（ジエニイ）に寄せる漠然たる不安。＊夜、喜谷来る。奥さんが松本から持つて来たモチと林檎とのお土産。奥さんの血沈が悪くて肺尖が腫れてゐるとか。クラスメエトのことなど、かういふ話題に何の興味も覚えない。＊桐生君による医官の悪口。意識のある重症者にカンフルを打つのを禁じたといふこと。

一月七日（金） 昨夜寝がけにひどく寒くなつて気分が悪く、ドテラを掛けて寝た。今朝は零下五度、最も寒い。快晴。＊「自然」一月号で「素粒子」（Gray）を読む。Meson[*8] Song: chorus:

what! No sense at all? / No! No sense at all. / A very small rest mass. / And no sense at all. ＊石山君が文学の話を聞きたいさうだ。中島さんに純文学と大衆文学の話を少しする。

一月八日（土曜）　朝零下四度。依然たる寒さで終日寝てギリシヤ語文法を読む。＊意識（小説作方《ママ》としての）について。＊夕食パンとなり（今迄は三食御飯）山ちゃん今井君と三人でウドンをつくる。

一月九日（日）　二度、曇天のち晴、しかしやはり寒く終日寝てゐる。夕刻起き上つて昨日と同じメンバアでお雑煮をつくる。餅は喜谷にもらつたもの。＊この日曜が他の一日と何の変つたこともない。＊毎夕五時から第二放送でシューベルトのレコオドを聴く。去年はベエトオヴエンを約三十回放送した。一日のうちの魂の最も清澄な時間。＊ブルクハルト「ギリシヤ文化史」第一巻を読み始める。＊夜、中島さんの妹さん来る。新潟を朝立つて来たとか。暮から正月にかけて雪のない暖い気候だつたらしいが四日から降り出して四寸位つもつたとのこと。＊半かけの寒さうな月が出てゐる。しんしんと冷える。

一月十日（月）　快晴、零下五度。もつとも寒い。＊葉書も切手もないので今年まだどこにも何も出さない。売店に行つても売切で、一谷君とマンジユウを食ひながら帰る。＊夜、松尾さんが本を借りに来る。長崎医大で永井潔《ママ》博士の助手として働いてゐて、原爆に遭遇してゐる。五階の研究室にゐて、爆発の瞬間、試験台の下にとびこんで助かつたと。四〇〇人の看護婦の$\frac{1}{10}$が生き残つたさうだ。一年半たつても症状がないので安心。奇蹟的に何の傷もないといふ。浦上の生れで加特力〔カトリック〕であるから、恐らく恩寵のせゐになるのだらう。死の予感の一年半、生きてゐる方がよりいいといふ自覚、死ぬことも諦め得て。

一月十一日（火） 零下二度、快晴。少し寒さに馴れる。＊Pn右20（−2 −3）300 ＊太田君[*9]がガリ版刷文芸雑誌「ロマネスク」のため短文を求め来る。＊自炊室で隣にゐた附添さんに話し掛けられてよく見ると山上さんの奥さんだつた。八寮の太田君の部屋にゐる。御主人の病気が長いので経済的な理由から、七寮で附添をしてゐるとか。かういふ人もゐる。＊夜、「ロマネスク」のため寝ながら左向になつて早速原稿を書く。「冬の花束」三枚。＊殆ど毎晩のやうに山ちやんのとこに松尾さんが遊びに来てひそひそと話をしてゐる。部屋の人達にそれぞれの影響がある。

一月十二日（水） 快晴、零下三度。＊売店でマンジュウを買つて食べる。最近割に食欲あり。＊Sも来ず、また出掛ける人もないので、本を買ふつもりの金が次第にへつて行く。たまるのは本の広告の切抜ばかり。＊煙草惰性となつて日に三四本。＊三月から短篇を書くつもりであまりプランも進まない。第一の予定は「死と少女」。ついでに考へ出した「孤独な春」の方はロマンになりさう。これらにかかる前に秘稿として「幼年時代」をノオトにつけたいと思ふが、Sが来ないため肝心のノオトがない。もつともかう寒くてはとても仕事は出来ないだらう。機会があれば散文詩を少しつくりたく思ふ。＊太田君が原稿を取りに来る。「風土」の続きについて少し話す。＊六時半からラヂオ[*10]でハリウツド・ボール〔交響楽団〕（オルマンデイ指揮）十五歳の少女ソンドラ・バーコーヴァのメンデルスゾオン、ヴァイオリン協奏曲とチャイコフスキイ「悲愴」を聞く。

一月十三日（木） 快晴、零下二度。＊入浴。一週おき位にするつもりでゐて、つい行つてしまふ。今日はひどく暖い（十度）。＊土肥君から借りてゐた福島繁太郎の「エコール・ド・パリ」をやつと読了。マチスの「裸婦」がいく度見ても好い。春になつたら絵の稽古をしたいと思ふ。勿論今からではアマチユアの域を脱しないだらうが。芸術が愉しさであるやうな、そんな境地は文学からはもう得られさうにもない。＊夜、圭ちやんが一寮に行つてお土産に三色菫の鉢をもらつて帰つて来る。＊村沢君が本を借りに来る。彼は穂波君に参つてゐて毎日中央廊下をうろうろしてゐるさうだ。

一月十四日（金） 二度、暖い。うす曇り。血沈（1, 1.5, 4）嘗てないほど良好。もつとも冬は誰でも一般に好いやうだ。＊四、五日前に今井君が折つて来てコツプに挿した紅梅が少しふくらみ出した。旧臘からそのままの僕の菊もやつと葉が枯れもう駄目。＊外気〔外気舎〕の連中が雑草を刈つたので見はるかす限りひろびろとする。＊中島さん外出、本を三冊買つて来てもらふ。

一月十五日（土） 成人の日といふので祭日。終日くもり、午後小雨、割に暖か。昨夜から鼻風邪をひき、のどが痛くて、終日不快。午後S来る。堀さんの本三冊、中野教授から借りたヘミングウエイ、仏象徴詩選集など持参。肝心のほしいレキシコン〔辞典。特にギリシャ語・ラテン語・ヘブライ語のもの〕及ノオトや日記はなし。彼女はとても御機嫌で、この二週間が一月に感じられる位事件が多かつたと言つて、緑川さんといふお友達の家でカルタをやつた話や今井さんといふブルジョワのお嬢さんがマチネのファンである話とか、空巣とぶつかつた、話などをする。しかし結局ナツキのことから御機嫌が悪くなつて、それからやつと肝心の話になる。彼女はとても嬉しがつてにこにこして帰つた。ロジック「あなたも私が幸福な方がいいのでせう。」近日中にM氏に紳士的な手紙を書くといふ約束。彼女に一、〇〇〇渡す。＊夜になつてクシャミとのどの痛いのがますますひどくなり、この晩中よく眠れずに苦しむ。考へることも多岐。

一月十六日（日）　暖く三度。晴、白く雲光る。終日不快、本格的に風邪となり、鼻もノドもひどく変調。昨日までは平熱だつたが午後七度四分、82。黄色いリバノオル溶液でウガヒをしてゐる。＊今井君のとこに妹さん来る。家庭的雰囲気によせるSehnsucht〔あこがれ〕＊Portable Hemingway〔1944, The Viking Press〕を読む。Malcolm Cowleyの序論に得るところ多し。In Another Country〔「異国にて」〕, Hills like White Elephants〔「白い象のような山並み」〕, The Killers〔「殺し屋」〕第三のもの評判だけあつて確に凄い。＊津村君帰つて来て宿直。こけしをもらふ。＊夜中に咳が出て眼が覚めると月光が部屋の中に白い。

一月十七日（月）　零度、快晴。朝、やつと栗の木に残つてゐる一つまみの褐色の枯葉に陽が当つてちらちら光つてゐる。＊松本君来る。「ロマネスク」の太田君の小説が面白くないといふ話。彼も風邪を引いて消耗してゐる。＊一昨夜桐生君の話で附添をまた今井君につけるとのこと、僕も一緒についてもらへさうで、もとの秋山さんに頼みたく思つてゐたが、六番室に行つて話してみたところ駄目、結局断ることにする。このとこ食事が悪く麦メシ、ウドン、パンの三食故どうしても自炊の要がある。今のやうに具合が悪い時は附添がしみじみ欲しいが。＊具合だいぶよくなり平熱、六度七分78。＊ヘミングウエイを読む。A Clean, Well-Lighted Place〔「清潔で、とても明るいところ」〕, The Light of the World〔「世の光」〕, A Way You'll Never Be〔「最前線」〕. ＊夜、津野君が紅梅と白菊とをもつて来て活けてくれる。

一月十八日（火） 零下五度、最も寒い。風邪はだいぶ直つた。ただ声が嗄れて咳が出る。＊Pn 21（$\frac{-1}{-}\frac{3}{-}$）400 ＊培養一月（－）＊夜、松尾さんが来て、山ちやんがゐないので暫く話す。医者が若くて無責任だといふこと。

一月十九日（水） 一度、快晴、風が強く終日不安な松風を聞く。午前中にヒゲを剃つたりして起きてゐたせゐか、昼食ごろ悪寒、フトンをかぶつて眠る。約二時間ばかり息苦しい睡眠をもつ。熱七度84。夕刻も尚不快。＊中島さんの話では昨夜僕が寝言を言つたとのこと。「ピストルを一発ぶつ放すか。」＊太田君が本を返しに来る。ロマネスク同人が百人以上になつたとのこと。＊本を四冊、文庫に売つて金をつくる。＊石山君が本を借りて行く。一寸した厚かましさ。

一月二十日（木） 晴。まだ気分すぐれず、スプウタ〔sputum 喀痰〕が多い。H: The Short Happy Life of Francis Macomber〔「フランシス・マカンバーの短い幸福な生涯」〕を読み了る。この数日Hの技法について省察。＊一日中、今井君がラジオをいぢくつてゐる。＊夕刻六番室から静臥室までヒューズが飛んで停電、どこかで電コンを使つたらしい。＊夜中に眼がさめる。二時。何か息苦しく眠れない。寝返りを何度もする。最も眠りやすい姿静《ママ》をあとに残さうとして苦しい形をしてゐるため一層苦しくなる。

一月二十一日（金） 零下二度、晴。＊少しお腹がいたく、不愉快な朝の感じ。＊H．の短篇集 In Our Time〔「われらの時代」〕を読んでゐる。既に五つ読んだが何れも独自のよさを持つてゐる。誰でも書ける（筈の）文体。一短篇に於ける世界の構成（現実の再現ではない、再構成されたもの）。明かな主題。常に抑圧された感情と批判。可視的。もしこれで今一層内部世界が描かれたら完璧だと思ふ、またそこに後から来る者に残された道がある。H．とフランス心理小説との綜合（F．に多少その方向を見る）。意識面もまたH．の外部世界と同じやうに物として描かれることが出来る筈だと思ふ。＊夢。大きな船に乗つてゐる。明日の朝になつたらこの船から水に飛び込んで死んでしまはうと思つてゐる。遺書は既に書き終つた。甲板に出る。月光に照されて波の色が緑に見える。しみじみ死にたくないと思ふ。

一月二十二日（土） 零下一度、晴。＊松本君が来て鷗外の史伝物について話す。歴史短篇小説（例へば「寒山拾得」）から史伝物に行つたことは作家としてのパションの衰へであるといふ僕の意見。＊夕方少し気持が悪く、夕食が進まない。風邪がほぼ癒つて煙草をのみ出したせゐか。＊夜、土肥君に詩を見せられて、少し話す。意識を小説に書くといふことで、他人の見る自己と真の（自分の見る）自己（孤独）とについて。＊圭ちゃんが一寮に行つて帰つて来る。彼と少し話す。＊H．

の短篇を幾つか読む。文体についての省察。

一月二十三日（日） 晴、暖い日和、春といふにちかい。＊衆議院議員選挙、ジユコオ館に今井君と二人で行く。社会党は候補者濫立で分が悪い。＊今井君と碁を打つ。三目おかせて三目勝つ。＊六時ごろ八寮南三番室に行く。ロマネスク同人達と合評会をやるつもりだつたが松本君が来ないので散漫な話をして帰る。

一月二十四日（月） 零下一度、晴。この頃はいつも寝足りない気分で六時半に目が覚める。朝の想ひが死や自殺のことが多い。＊簡単な診断。「希望をもつてね。」＊ラヂオで選挙の模様を聞く。共産党の進出。＊ショパンを聴く。＊H．の In Our Time 短篇十四種を読了。中でも面白かつたのは、Indian Camp〔「インディアンの村」〕; The Doctor and the Doctor's Wife〔「医師とその妻」〕; The End of Something〔「ある訣別」〕; The Three Day Blow〔「三日吹く風」〕; The Battler〔「ファイター」〕; Soldier's Home〔「兵士の故郷」〕; Mr. and Mrs. Elliot〔「エリオット夫妻」〕; Cat in the Rain〔「雨のなかの猫」〕; Cross Country Snow〔「クロス・カントリー・スノウ」〕; Big Two-Hearted River I II.〔「二つの心臓の大きな川」〕＊変な、やりきれない気持。ひどく絶望的な、統一のない、白茶けた気分。

一月二十五日（火） 晴、この二、三日暖かい日が続く。＊Pn 22（+1/−4）400 うまく針が入らないで四度も刺される。＊澄子からハガキが来て、それで決心してM氏と澄子あてに手紙を書く。この日すべてを決定する。ただナツキのことのみは未だ定まらない。＊圭ちやんが昨日から孤独の発作を起してゐる。彼の症状、物を言はない、動作（例へばドアを開ける）が荒つぽくなる、ことさらしく借りたものを返しに来る。つまり彼は自分の廻りに壁をつくることによつて自分の孤独を認識し、その意識の中で自分を憐みたいのだ。＊僕にとつてすべては変らない。孤独の意識は僕の顔を変へない。＊夕、三寮の喜谷のとこに行き暫く話す。一昨夜留守に来てくれたのでその埋合せに。＊夜寝てから中島さんに話し掛けられて、ぎりぎりの生き方といふ問題から実存主義の話をする。孤独とは何かといふことと、如何に生くべきかといふこと。もし文学が人間を救ふことが出来るならば、それは一人の人間をまづ救ふことが出来る筈だと思ふ。

一月二十六日（水）　晴、風あり。＊午前にひげを剃つて洗濯をする。＊何か白々とした空しい感じ。＊午后から曇り、夕方少し暗くなつた頃にはらはらとあられ降る。＊秋山の小母さんに牛肉を買つて来てもらひ、五人（圭ちやんだけ相変らずすねてゐる）でスキ焼をする。＊夜になつて風が烈しく吹き、寒い。＊ラヂオでハリウツド・ボオルを聞く。ラフマニノフ、ピアノ協奏曲二番、ハ短調がいい。風邪は殆ど癒つたけど、夜中などに咳が少し出る。

一月二十七日（木）　零下二度、晴、光が眩ゆい。＊Hの長篇 The Sun Also Rises〔「日はまた昇る」〕を読み始める。初めの三章の展開が素晴らしい。ブレツト（女主人公）の出し方。文体についてはモオムの「人間の絆」を思ひ起した。聖書の文体。或はカエサル。—— It is awfully easy to be hard-boiled about everything in the daytime, but at night it is another thing.〔昼のあいだなら、万事に非情《ハードボイルド》を気どることもやさしいが、夜となると、話がべつになる（佐伯彰一訳。集英社文庫）〕（第四章の終り）＊明日は看護婦の勤務交替といふ話。＊夕食後九寮に行つてカトリコ（中岡君）を見舞ふ。廊下で花田君に会ふ。細い細い眼をしてゐる。＊この日の新聞によれば、法隆寺金堂が火災を起して壁画が灰燼に帰したさうだ。日本の文化に対する絶望的な象徴。＊この頃しばしば父の夢を見る。

一月二十八日（金） 曇天、うそ寒い。ただ新聞によれば、今年の冬は昭和十五年以来の暖い冬らしい。さういへば旧臘から未だに雪を見ない。＊高橋来る。アナバシスの原書、ジヤン・クリストフ、罐詰等。帰路を門の外の肉屋のあたりまで送り、Sとのデイヴオルス〔離婚〕の話をする。平静に、といふより微笑を浮べて話してゐる自分のどこに本心があるか。＊H. Book One（七章）読了。＊山下に書く手紙のことで毎日気が重い。書き出す気になれない。ナツキはどうしても取られてしまふだらう。

一月二十九日（土） 晴、午后から曇る。＊朝、松本君来る。ロマネスクのこと、明日出掛けるとかで、本をたのむつもりでゐたが金の方が心細くて延期、ノオトと雑誌をたのむ。＊看護婦の勤務交替、安静時間中お別れに八重ちやんが話に来る。悦ちやん、八重ちやん、星野は一寮、津村、青木は二寮、桐生は三寮、等。津村に寄書をしてやる。＊夕食後、静臥室に田中春山とカンちやんを見舞ふ。＊圭ちやんと少し話す。如何に生きるべきかといふこと、など。

一月三十日（日） 昨夜半歯が痛くなつてしばしば眼覚めよく眠れなかつた。朝、曇天、九時頃から暖く晴れわたる。歯がやはり少し痛くて不快。＊昨日、酒井さんが机を持つて来てくれた。この机は玉井君の所有で彼の退所後野崎の坊やがもらつて、更に僕のとこに来たもの。原稿を書き出すための準備の一つ。＊午後になつてひどく暖かく十六度。＊H．十一章まで読了。＊KOOLといふアメリカ煙草を一七〇円で買ふ。＊夕、新しく歯科から廻つて来た有馬といふ看護婦にたのんで、痛む歯にヨオチンをつけてもらふ。小柄、眼が大きく眼許に皺がある。＊夜ひどく暖かく汗ばんで目覚め、フトンを一枚脱ぐ。昨日フトンをほして夏ブトンを冬ブトンに代へたせゐもある。

一月三十一日（月）　晴五度、薄雲が出て春日和。＊昼、今井君とジユコオ館裏の梅林に行く。枯れた芝生（カヤがところどころ）に寝ころんで煙草をふかす。紅梅はちらほら、白梅が少し咲いてゐる。二分位。裸のサルスベリ。黄緑色のダ円の葉を茂らせたもちの樹がアンリ・ルソオ[*11]の絵のやうに美しい。マキの針のやうな尖つた葉群。松林の向ふに緑の麦畑が見えたが、そつちに行かないで帰る。＊NTG〔New Testament Greek〕は文法の分を終つてヨハネ第一書翰を読んでゐる。この位ならNTは原語で読めると思ふ。＊山下への手紙もいつかう書く気がせず、ロマネスクのための散文詩も気が進まない。HとNTとを代る代る読むばかり。

二月一日（火）　曇、朝八度もあり、全く春の感じ。＊Pn23.（−1−3）400　＊H．十五章読了。＊今日のやうに暖いと起きて仕事の出来ないわけはないのだが、いつかうにその気にならない。かういふ気持はアニユイ〔ennui 倦怠感〕と言へばよいのか。＊殆ど毎日、一時間位昼寝をする。食欲もあり、スプウタも出ず、身体の調子はよい。着物をきて53kg。＊魚谷氏の若い奥さんが時々来てゐる。いつもひどく悲しげな眼附で人を見るやうだ。

二月二日（水）　依然として朝九度、一日中うす曇で暖かい。（欄外：The Sun also Rises. Cohn の Brett に対する love の告白（主人公に）p.p. 37-38（ch. V）Count がなぜ二人は結婚しないかと訊く　p. 62（ch. Ⅷ）"We want to lead our own　lives," I said. "We have our careers," Brett said. "Come on. Let's get out of this."）〔「めいめい勝手に暮らしたいってわけでしてね」ぼくはいった。「めいめい目標があるのよ」ブレットがいった。「さあ、さあ、もう出かけようよ」（佐伯彰一訳。前掲書）〕＊午前決心して山下への手紙を書く。ナツキのことは⑴養育費を出して僕が引とるまで予つてもらふか⑵向ふに養子にやるか、いづれかの決定を任せる。手紙を書き終つても重い沈滞した気分。一月二十五日附のS及びM氏宛　二月一日附の山下への手紙で万事終る。＊安静時間中に一寸しか眠れず七度二分出る。＊松本君ロマネスク原稿のことで来る。血沈一時間50とか消耗してゐる。＊夜、太田君来る。原稿のこと。十日位までに六七枚のものを書かなければならないが、どうもいつかう書く気にならない。＊寝がけに十度。夜中にフトンを一枚脱ぐ。あたたかすぎてよく眠れない。短篇のことなど考へてゐる。夜半より微雨。

二月三日（木）　朝八度、雨あがり曇天。＊H. BOOK2、十八章まで読了。第二部で話はスペインに移り、漁と闘牛との描写がある。コオンが主人公と喧嘩しあとで赦しを求めて泣くところ（十七章　pp. 185―191）が圧巻であると思ふ。ブレツトを書かずにコオンの苦しみを通して迫るうまさ。＊夜、太田君の部屋に行きヘミングウエイとフオクナアについて少し話す。山上君が今日二次成形をしたのを見舞ふ。看護室で有馬と一寸話をする。寝がけにレモネエドをつくつて飲む。＊かすかな歯痛があつて、しばしば目覚める。

二月四日（金） 八度、からりと晴れる。＊ヨハネ第一之書（五章）読了。＊百舌が鳴いてゐる。鋭く、甲高く、きりりり…と。＊午後暖く、シャツも足袋も脱いで丁度いい位。＊夕食後、ロマネスクのための小品を三枚ほど書く。Coup d'essai〔小手調べ〕といつたやうなもの。隣のベッドでは碁と将棊〔棋の異体字〕とが二組進行してゐる。かういふところで仕事をするには、よほど気分を集中しなければならない。＊近代文学から詩をもとめて来る。五月号（三月十五日）か六月号（四月十五日まで）に。併せて五枚位の随筆。＊The Sun Also Rises 読了。BOOK3は十九章のみ、短くてエピロオグの感じ。全二四〇頁。近来にない快い読後感。ウイスキイソオダを飲んだあとに似てゐる。＊就寝前に中田民夫君来訪。退所後の様子などを聞く。小川先生の診断の結果、（昨年三月の成形で）一日一時間の作業と一、〇〇〇米の歩行とを命じられたさう。来年の秋には勤めてもいいといふので、まだ仲々。成形後二年は自重を要するらしい。＊仲々寝つかれず。

二月五日（土） 七度、からりと晴れた空が美しい。＊十一時少し前に医者が中島さんに注射に来たあとで、今井君と二人、引揚寮の床屋に行く。暖いが少し風がある。何だかひどく息が切れて床屋についてからも少し気持が悪い。ガラス戸の中で日なたぼつこをしながら番を待つ。床屋はあまり腕がよくない。痛くて傷だらけになる。帰りは風が少し寒く、雲が出て行きがけ見た富士はもう見えない。つむじ風が起つて砂煙を巻き上げてゐる。麦三四寸。帰つて一時半。疲れて眠る。夕方赤く焼けた雲が出る。＊小品続稿三枚。昨夜は起きて机に向つて書いたが、今日は寝ながら横むきで書く。＊山ちゃんのとこに松尾さんが少しヒンパンに来るので、圭ちゃんが気を悪くしてゐる。＊少し寒くなる。

二月六日（日） 零度。快晴。風つよく松の梢がたわんでゐる。＊昼前に一寸山上君をお見舞。＊安静時間後夕食までに小品完成。「晩春記」九枚。＊夕食に一谷、今井両君とスキ焼をして食ふ。近頃はずつと七輪を部屋に持込。＊中村〔真一郎〕よりハガキ来る。返事を書く。

二月七日（月） 零下四度、快晴。＊血沈（5, 11, 29）＊診断で谷崎、一谷両君と共に自膳にされてしまふ。みんな不平満々。どうも今度の医者は看ゴ婦に甘いばかりで、信用がおけないやうだ。＊真善美社に手紙を書く。「1946」の印税を月プでくれるといふのの催促。このところ文庫に本を売つて二三ほしい本を買ふつもりの金も食費に廻したし、昨日は一谷君にレシイバアを二百円で売つた。あと二百円ぐらゐしか金がない。＊夕食後太田君のとこに原稿を持つて行く。帰りに看護室で血沈を見る。また少し悪いのでくさる。福原氏のがひどくいいのでひよつとしたらまた彼と入れ間違つたのかもしれない（彼は先月六十幾つかで今度は二）＊夜になつて寒さきびしい。＊夜中に一時間目が覚めて考へてゐる。多岐。

二月八日（火） 零下一度、快晴。＊Pn 24(−2 −4) 250、この前少し苦しかつたので減らしてもらふ。＊夕食後六番室に石田波郷[*12]さんを見舞ふ。俳人。二次成形後尚ガフキイが出るとのこと。一日も早く家庭に帰ることを目的としてゐるから気分にあせりがある。僕のやうにボヘミヤンの気持に徹せざるを得ない者には、今日寝る場所が終の棲《すみか》なのだが。＊小説について構想。習作としてヘミングウェイ的なshort-storyを二つばかり書いてみたい。

二月九日（水）　零下二度、晴のちに薄曇。＊所長廻診。「あと半年はシャバ気を起さぬやうに。」＊二時頃、Sが信《ママ》ちやん〔澄の妹延子〕をつれて来る。帯広から日曜に出て来て、今度の日曜に神戸に遊びに行くとのこと。上京にはSのことをよく聞いて来るといふ役目もあるらしい。ジュコウ館裏の梅林に三人で行く。少し風が寒くふるへながらSの話を聞く。大事なことはM氏の人物。しかしSの話では、彼女の気持しか分らない。その気持が如何に真面目なものであるかが分つても、客観的には何ともなるまい。Sの話を聞て《ママ》ゐる僕。信《ママ》ちやんにナツキが大きくなつて名前が書けるといふやうな話をやはり苦しい思ひで聞く。真善美から五〇〇〇円来る。Sに二〇〇〇円、お母さんへのお土産として信《ママ》ちやんに五〇〇円托す。真善美いよいよつぶれるさうで後の金は望み薄の模様。＊二人が帰つてから、カキ飯をつくる。くたびれる。

二月十日（木）　三度、曇。＊この前の血沈がどうも間違ひらしいので取り直してもらふ(2,5,26) 似たやうなもの。＊ガフキイ検痰＊九時頃から雪、まばらに風に乗つて少しも積らぬ。昼ごろに止む。＊酒井堅次君来訪。酒井章一[*13]の弟さんで、河出の文芸編輯部に勤務。少しく消息を聞く。文芸二月号は印刷所ストライキで休刊とか。＊久しぶりに入浴していい気持になる。＊検痰の結果は不明。一日中気にしてゐて損をする。スプウタは全く出ず五日目位にやつと出したもの。＊山ちやんが反対側気胸を初めて試み血痰を出して寝てゐる。不成功。＊夕食に今井君とカキフライをつくる。くたびれて食進まず。＊夕方からぐんぐん寒くなる。三度。＊寝て、小説の方法について考へる。何でも書ける（人間の追求）といふ方法。五原則をつくる。空気、感覚、動作、意識、対話。次第に自信がついて来るやうだ。＊ナツキの夢を見る。

二月十一日（金） 零下五度、晴。一昨日から自膳になつたが、朝など寒くて起きる気がしない。人にやつてもらつてばかりゐる。＊一谷君のお母さん、一昨日から泊つてゐたが今朝帰る。＊松本君来る。今井君と碁をやつてゐる。＊昼食後、今井山崎両君と梅林に行く。風が少し寒い。気温は十度迄上つた。梅はちらほら、既に散つた枝もある。帰りにヒョウタン池の方に廻つて、小さな魚の泳ぐのを見る。＊直村静子〔『草の花』藤木忍のモデルとなった来嶋就信の妹〕より来信。少し寂しげな文面なので感慨多し。彼女は幸福でゐるべき筈だ。＊夕食後山上君を見舞ふ。だいぶ元気。一高文丙昭12—15、法科13—17 文学と生活とについて。コオヒイを御馳走になる。

二月十二日（土） 終日微雨。朝から午後まで五度、日中は寒く、夕刻八度、少し暖くなる。＊中村よりハガキ。彼の住所がこの前から変つてゐる、Sの話によれば女優さん[*14]と一緒にゐるとのこと。文面では l'enfer〔地獄〕に生きてゐると言つてゐる。しかしロマンシエ〔romancier 小説家〕としての自覚が出来たらしくていい。小説家はたとへ幸福な家庭にゐても、心の中に地獄を持つものだ。明日の日曜に来るかもしれないと書いてゐる。久しぶりに会ふのはたのしみだ。＊夕食後今井君と一寸碁を打つ。三目で中押勝。＊夜の十時頃中島さんが胃が悪くなつて、起きる。

二月十三日（日） 晴、六度。暖い。午後から風の音。＊朝つい気分がよくて今井君と碁を打ち、すつかりくたびれて寝る。中村も来ない。＊午後春雷を聞く。＊毎日小説の方法と書く予定の短篇について思索。＊アリサについての思ひ出。＊夜、直村静子に返事を書く。＊夜眠られぬままに幾度も目覚めたりまどろんだりする。さまざまの夢。

二月十四日（月） 晴、あたたか。＊福田栄一歌集「この花に如か《ママ》ず[*15]」を卒読。＊残つたうづら豆でおしるこをつくつて食ふ。＊真善美社の著作者会議（二十二日）についてハガキを三通書く。矢内原〔伊作〕にハガキ。＊今日医官が成形手術を受けた者に一律に気管支鏡の検査をすすめたが僕は断つた。どうも臆病だなどと悪口を言はれたが、この医者の腕はいつかう信用おけないのだから。

二月十五日（火） 晴。＊Pn. 25$\left(\begin{smallmatrix}-1\\-3\end{smallmatrix}\right)$200 ＊昼と安静時間後に今井君と碁を打つ。仕事を始める前はいつも落つかない。＊夜、山上君を見舞ふ。少し話をして帰る。寒くなる。＊医者看護婦との懇談会が近日中にあるとかで、部屋の中でその談議が盛。

二月十六日（水） 晴、午後風強く雲が低くなる。＊午前中また碁を打つ。＊昼に外気に松本を訪ひ、鷗外全集の翻訳篇を借りて来る。＊最近は食慾がある。＊夕方風が凪いで入陽が疎な雑木林を赤々と染めるのが美しい。＊加藤〔周一〕よりハガキ。彼のムタア〔Mutter 母〕が一週間位で胃の手術を受けるとか。＊鷗外訳「パアテル・セルギウス」（トルストイ）「樺太脱獄記」（コロレンコ）

を読む。

二月十七日（木） 快晴、零下一度。＊午前中に見知らぬ先生が来て皆の足の神経を調べる。＊そのあと碁を打つ。隣の七番室で先生に碁の最中を見附かって小言をくつたらしい。＊昼に今井君のお母さんが来る。田舎にゐる十四才の甥が東京に来たがつてこじれてしまつたといふ話。＊入浴。＊晩に明日の懇談会のことで中島さんがいきまき議論百出。＊帯広の乳井勝見君[*16]に前に頼んでおいた本が着いた。荷風の日記三冊。

二月十八日（金） 晴、零下二度。＊武田基君死す。去年の九月頃入所してレントゲン室で話をしたことがある。「こんな若い身空で」と自分で言つてるのが可笑しくて、センチと僕等が仇名してゐた青年。＊圭ちゃんが昨日から腰が痛くてカリエスではないかと心配してゐたが、今日診断で神経痛と分る。＊夕食前、碁。＊夕食後、山ちゃん今井君と三人で一寮にチヤア坊（もと七寮にゐた看護婦）が腹膜炎で入つてゐるのを見舞に行く。不在。飯原栄嬢に圭ちゃんの手紙を渡す。八重ちゃんと会つて話を一寸する。＊八寮に太田、山上君を訪ふ。＊中島さんが急に熱発して、看護室に行つて看護婦と話す。＊この数日無為。＊寝がけに今井君からピイナツを貰つて食べたため夜中中歯痛がある。

二月十九日（土） 晴。＊碁を二番打つ。四目にする。＊津野さんが遊びに来る。＊夜のパンが白いパンになる。＊松尾さんが他に好い人ができて山ちゃんが悲観してゐるといふこと。＊夜中に目が覚めてみると仄明いので朝かと思ふ。月が出てゐるのでまだ三時頃だつたらしい。夜中にさまざまの夢を見て眠りが浅い。

二月二十日（日） 快晴、零下二度、日中十五度、暖い、ただ風がある。＊ジュコオ館で新協劇壇《ママ》が「破戒」を上演した。見物人がぞろぞろと道を歩くのが見える。僕は誰か見舞に来てくれたら悪いので切符を買はなかつたが、結局誰も来なかつた。終日無為。

二月二十一日（月） 晴、終日風が強い。＊例の如く型ばかりの診断。＊培養二ケ月（－）。＊終日無為。生活がアニュイに充ちてゐる。＊Ph. Morris を買ふ。百七〇円。＊夜「孤独な春」について少し考へる。

二月二十二日（火） 三度、うす曇。風があつて寒い。Pn 26 $\binom{+1}{-2}$ 200 空気があまり入らなくなつたので心配する。＊夕食のころ、圭ちゃんの気嫌《ママ》が悪くなつた。今井君が「金ゴロウ〔柳家金語楼。喜劇俳優〕が悲観したやうな顔をしてゐる」とひやかしたのが一つの原因。隣室の最首君が窓の外から何となく彼に笑ひかけ、彼「何を笑ひやがるんだ」と言つたことから最首君が「表へ出ろ」と買つたのでとうとう喧嘩になり、圭ちゃんがなたを持つて飛び出した。その時はまづ収つたが、食事をすませてから今度は薪ザツポを持つて隣室に飛びこみ、とうとうなぐつたらしい。中島さんが仲裁に行つて何だか大袈裟《ママ》なことになる。圭ちゃんのミザントロピイ〔misanthropy 人間嫌い〕。＊ヘミングウエイの短篇を少し読み直す。

二月二十三日（水） 曇天、朝三度、日中も七度どまりで寒い。蒲団の中に閉ぢこもつて碁の本などをめくる。＊為すところなく日が過ぎる。加藤のいつぞやのハガキに充分慎重であるやう書いてあつたためもある。寒いせゐもある。プランが熟してゐないせゐもある。少し予定が多すぎる（短篇三種「夕焼湖」「北の旅」「夢よりもなほ暗く」長篇「孤独な春」それに「風土」）。＊父の夢を見る。

二月二十四日（木） 零下二度。快晴。＊入浴。＊碁。＊夕食後、圭ちやんと今井君と三人で一寮南五番室に行く。圭ちやんがこのところ消耗してゐるので mundi muliebris〔女性の世界〕が必要だと考へたため。もつとも僕にも必要かもしれぬ。飯原さんはこの前と同じやうに少し冷たくて、そつけない。隣ベツドの杉山さんといふのが活発に質問して来る。純粋詩とは何か、マチネ・ポとは何か、実存主義とは何か。それからキエルケゴオルの「死に至る病」を要約してくれと言はれてあやまる。加特力ださうで、僕の無神論的実存主義と争論になる。仲々活発だ。眼鏡を掛けて、はきはきした性格。真剣で、しかし一寸やはらかみがない。飯原さんの方がより聡明な感じ。二人とも二十六、七歳。今井君は途中で帰り、圭ちやんは宇佐美さんといふ、一寸ロオたけたといふ感じの人と音楽の話をしてゐる。＊今井君がひよつとしたら前にゐた保養園に戻されさうだといふ話。ここの入所料は二〇％ですむが向ふは一〇〇％で現実に入所不可能だ。深刻な問題。＊「ジヤン・クリストフ」（一）（第一巻曙、第二巻朝）読了。＊毎晩のやうにさまざまの夢を見る。場面は目まぐるしく変化するから殆ど覚えてゐない。実在の人物は父とか澄子とか位で、見たこともない人物が多く登場する。

二月二十五日（金）　三度。薄曇《ママ》からか細い霧のやうな雨が降つてゐる。＊朝、この前気管支鏡の候補になつた連中がまた呼び出されて、もう一度すすめられる。三人だけ三四日前に試みられて、その印象は湯浅君によれば絞首刑みたいださうだから最首君一人が観念した他は五六人全員断つてしまふ。＊レントゲン撮影。＊カキ鍋を三人でつくる。最近はひどく食慾があり、血色もよくなつた。体重も着物をきて五四キロぐらゐある。

二月二十六日（土）　終日曇天、まだ肌寒い。＊J・Ch(2)第三巻「青年」読了。＊矢内原よりハガキ。誰もが慎重であることをすすめてくる。しかし二月も無為にして過ぎた。いよいよ仕事を始めなければならないと思ふと気分が落つかない。＊夕食後太田君のとこに一寸行く。帰りに菊池君と話して、澄子が前にゐた石神井の家の模様を聞く。よそ目にも信用のおけない人達だつたらしい。＊土肥君来り、孤独について話す。真の孤独とは何か。彼の言ふ孤独とは、心の空白、充ち足りないもの、悲哀、求めて得られず、愛して愛され得ず、他人を理解し得ず他人に理解されないところの諦念にすぎぬ。僕の言ふ孤独は、真に自我の宿命に沈潜省察して得たところの自由の意識、泉の如くに自己を生に導くもの、充ち足りた、可能性をもつた、幸福とさへ言へる、全人類の破片としての自我、即ち実存的自我である。従つて僕の孤独は社会的責任をもつ。意識に於て行動的である。彼の孤独はムウドであるが、僕のはロゴスによつて貫かれてゐる。彼の精神は、僕をして言はせれば病んでゐる。僕の精神は健康である。真の孤独は健康なものだ。（僕はこの二月の間に、自己の

état d'âme〔気持、感情〕がこれほど変つたのを意外に思ふ。これこそ真に病気よりの恢復ではなかつたか、「死に至る病」よりの。）

二月二十七日（日） 曇天。朝割に暖かかつたので足袋を脱いで自炊をしたため、昼ごろ少しお腹の調子が悪くなる。＊J・C・⑶第四巻「反抗」読了。＊日曜日は何となく人の来るのを待つてゐるが、今日も誰も来なかつた。＊夕六時からジユコオ館で映画がある。僕は行かなかつた。

二月二十八日（月） 五―八度、晴れてはゐるが終日風が強く、午後には空が厭な黄ばんだ色になる。＊廻診。簡単な聴打診。＊J・C・⑷第五巻「広場の市」読了。＊松本来る。土曜に金をあづけて本を買つて来てもらふやう頼んだが、本はなかつた。新制中学にくちがありさうだといふ話。＊岩田君急に退所。補正後三ケ月でガフキイ二号が出てゐる。生活保護が受けられないからといふ理由。＊夕、伊藤《ママ》君の部屋で附添の秋山さんと話す。結婚生活のこと。＊夜ひどく冷える。明日は零下六度になるといふ予報。フトンを全部掛ける。＊昨日の日曜に津野さんが花を活けてくれた。コップに挿した白い桃の花と菜の花。

三月一日（火） 晴、零下一度、夜中にフトンが重くて汗が出る。予想ほどに寒くはない（予想は宇都宮の温度だと一谷君が言つたので大笑ひ）。それでも風が依然強く底冷えのするお天気。＊Pn 27（−2 −4）200 ＊J・C・⑸第六巻「アントアネット」第七巻「家の中」読了。「アントアネット」を挿んで「広場の市」と「家の中」との対照に、作者のフランスに対する愛情と人類的感情とを見る。＊気分が重い。＊芸術家の運命といふやうなものについて考へる。芸術家は foyer〔家庭、家族〕に関する一切の希望を自ら捨て去らなければならないのかもしれない。ナツキのこと。

三月二日（水） 零下三度、ひどく寒くて暁方に何度も足をちぢめる。晴。風が収り次第に暖くなる。＊風呂場からお湯を汲んで来る。ヒゲ剃と洗濯。＊ひる、一谷今井両君と梅林に散歩に行く。梅は多くもう散つてゐる。暖い日射だが風はまだ冷たい。帰りに温室の方に廻り、パンジイやひよろ長い茎の上に紫の花を咲かせたストツク（あらせいとう）などを硝子ごしに見る。＊白井浩司からハガキ。「パスキエ」の翻訳のことなど。＊J・C・(6)第八巻「女友達」読了。＊内田信治君来る。「健康会議」といふ日患の機関雑誌に小品十枚をたのまれる。＊太田君来る。＊圭ちやんと一緒に一寮に行く。mundi muliebris のため。飯原さんはモレオドオルをしたとかで元気がない。杉山さん及びその友人の高村さんといふのに詩の話を少しする。＊風が吹いて夜は寒い。

三月三日（木） 零度、晴、相変らず風が吹いてゐる。北西風。＊朝早く眼が覚めたため寝直して九時半まで寝坊をする。朝めしは黒いパンで食慾はあつてもあまりいただけない。＊入浴。今井君が風呂場で貧血を起して引つくりかへつたので大騒ぎ。＊今井君のとこにお母さんが来る。＊小品「旅への誘ひ」[*18]を三枚書く。＊新樹社から小包で「A・C・F編サルトル」[*17]と渡辺先生の「狂気についてなど」を送つて来る。前者は前から白井にたのんでおいたもの。

三月四日（金） 零度、晴。起きてゐると晴れても尚肌寒い。＊多労なる一日。朝七時半に起きて自炊。少しぶらぶらしてから小品続稿。そのあと十一時頃からつい今井君と碁を打ち出す。昼ごろ井上博〔武彦の従弟〕訪問。二時に彼を玄関まで送り、帰つて昼飯。小一時間横になつただけでまた打掛の碁にかかると今度は中島さんのことで担任医官が部屋に入つて来る。びつくりしたが怒られもしない。そのあと自炊。食事後今井君と森井君の碁を見てゐたら気分が悪くなつたので寝る。六時半。寝てみると呼吸が苦しく顔がほてる。疲れたせゐと少し寒いせゐとそれにこの頃煙草をのみすぎた（日に五六本）せゐがあるかもしれない。夜八時頃から眠り消燈少し前に隣のラヂオがうるさくて目覚める。九時すぎにまた直に眠る。＊井上博は三高を一年やつたわけだが今度新制の大学に入るので東大と京大と（工学部・電気）どちらにしようかといふので打診に来たらしい。久しぶりに会つたせゐか背が高くなつた。一寸弱々しげ。父にも会つたらしく多少様子が分る。伝言「いつまで親不孝をかけるつもりか」かういふことをわざわざ言つてよこすところに父のひねくれた愛情がある。＊博の訪問のあとの一種の不快な気分。博には何の責任もないが。

三月五日（土） 一度、薄曇、小雨、午後から少し晴れる。＊朝も昼も大事をとつて寝てゐる。A・C・F編の「サルトル」を読む。＊二時すぎに澄子来る。髪を短く切つて前髪を垂らしたところがクロオデツト・コルベエル[*19]に似てゐる。ルウジユが濃すぎる。妹のことで腹を立ててゐる。割に元気に見える。夕食を御馳走する。暗くなつた道を送つて行く。あと味の悪い話を聞く。気分を引き立たせて別れたいと思ふが、どこまで一緒に行つてもきりがない。空しいことだ。＊澄子の話によれば、一月《ママ》に野村英夫[*20]が死んださうだ。三田文学で遠藤周作が追悼文を書いてゐる中に、これからいい小説が書けるのに、と言つて涙をぼろぼろこぼしたさうだ。野村少年、感慨多し。

三月六日（日） 三度、曇。午前中小品の続きを少し書いたがどうも気分が向かないので止め。＊太田君がヘミングウェイを返しに来る。＊直村静子より書翰。家族の写真が入つてゐる。不幸についての暗示的な内容。この人も僕ももつと幸福であることも出来た筈なのに。＊夕刻、井上幸子〔武彦の従姉、博の姉〕来訪。聖公会の牧師さん（前に一度見舞に来てくれたことのある）と一緒に全生園〔ハンセン病国立療養所〕に行つた帰りとか。卵を持つて来てくれる。愛子伯母さん〔実際は武彦の従姉。歌人岸野愛子〕に「ボオドレエルの世界」と詩集とを托す。＊夕食後小品続稿。＊A・C・F編の「サルトル」を読了。「現代」誌の提言、「唯物論と革命」〔矢内原伊作著〕の紹介がサルトルの生の言葉を伝へてゐて面白かつた。＊夜になつて雨。音を聞くと霰かもしれない。

三月七日（月） 三度、晴のちに薄曇。＊午前中に型の如き診断（といふよりカルテを見るだけ）。＊午後の安静後に小品「旅への誘ひ」脱稿、十四枚。＊二日ほど禁煙したので晩に八寮の太田君のとこに行つて煙草を買つてきてもらふ。私製一本二円。

三月八日（火） 零下一度、晴。風少し。＊Pn28$\left(\begin{smallmatrix}0\\-2\end{smallmatrix}\right)$300＊内田信治君来り、小品の原稿を渡す。雑談。＊四時近くに玉井君来り、外気小舎をかりて話を聞く。彼の女性観、感情的行動主義に基く澄子との問題への忠告。夕食後また看護室で八時近くまで話す。充分に反省すべき種々の問題。＊この夜よく眠られぬ。

三月九日（水）　曇天、小雨。午后晴。＊散髪（だいぶ待たされる）汽灌《ママ》〔汽罐＝ボイラー〕場に行つて頭を洗ふ。ベレェ帽を洗濯。少しくたびれる。＊「世代」[21]の本間君来訪。＊三寮の喜谷来る。＊夕食後一寮に行く。飯原さん手術の前夜。怖がつてゐるので一寸話を始めたがお母さんが来てゐられるので、杉山さんと宗教の話をする。十年（十六から）病気で寝てゐるとのこと。加特力信仰。飯原さんがお母さんと話をしてゐるので遂に機会がなく帰る。何かかういふ話をしてゐる自分が空虚に思はれてしようがない。＊飯原さんと話をしてゐるとそつとフトンの中から出したものがある。何かと思つたら猫だつた。怖がつてゐるのは女らしい。インテリ女性のつめたさが消えてしまつた。

三月十日（木）　生暖く、朝のうちに十三度。ひどい風で空が埃で濁つてゐる。＊園芸班で売出の花を温室に買ひに行く。ストックの切花。今井君がプリムラ（桜草）の鉢を買ふ。＊十時半と一時とに二回、九寮個室に飯原さんを見舞ふ。お母さんと妹さん及びその御主人がゐる。経験上の注意をする。気を落つけるやうに話をする。相当に悪いらしく手術は二度になる筈。それに成形かプロンビエ[22]かまだきまつてゐない。予定三時。＊むし暑く十八度まで昇る。空気が濁つて気分が悪い。昨日今日七度。＊夜六時から消灯少し前まで個室にゐる。たまこめ。経過はいい。六時から三十分おきに四回、それから一時間おきの検査。熱七・四―八・一。脈一〇〇―一二〇。呼二七。血圧一〇〇―六〇。お母さんが義理でとてもいい人らしいから栄さんの方に遠慮が多い。「わたくしみんなから見放されてしまひたいんですの」非常に勝気な性格がショツクのために心弱くなつてゐる。気の毒な人だ。＊夜中はむし暑くよく眠られない。

三月十一日（金） 八度、曇。やや風。＊二次成形から一年。＊血沈（2, 10, 25）朝のうちに看護室で一寸見たら7・25だつたので悪いのでがつかりして栄さんのとこに行つても一寸憂鬱な気持でゐた。午後になつて一谷君が見て来たら今度は90・100位といふので吃驚する。最後に今井君が見て来たら先月と同じ位、まづ安心。栄さんにその話をしたら僕はもつとさとつてゐて不安がないと思つてゐたとのこと。＊夕六時すぎから消燈まで見舞に行く。痛みがありとても苦しさう。九寮から氷をもらひ、足りないので七寮からも持つて行く。部屋の丸イスを運ぶ。お母さんの方もおろおろしてゐる。「わたくし生れて来なければよかつたわ」「だつて苦しいんですもの」「もうとても癒らないわ、とつても悪いんですもの」「死んでしまひたい」そのうち注射がきいてきて次第によくなり八時半にもう一本打つて元気になる。8°9 104· 元気になつて少し笑ふと歯並が美しい。

三月十二日（土） 快晴、風止み午後から十五度、春めいて暖い。＊朝、氷を七寮からもつて行く。＊十時―十二時半。今日は元気がいい。痛みはあまりなく、熱は八度三分位。少し話ができる。手拭をしぼつて額にのせてあげる。「憐れまないで下さいね、わたくし憐まれるのは厭。」「頼りになる人は誰もゐないわ。」僕が毎晩マキをもやして自炊をしてゐると言つたら「おかしいわ、おかしいわ」と明るく笑つた。リンゴを食べる歯並が美しい。聴診器を持つてゐて、自分で聞いてみると言つてきかない。やんちやで我儘で虚勢を張つてゐて、それでやはり素直な愛情に飢ゑてゐる心。＊九寮の個室には一週間しかゐられないらしいので、一寮の個室に引つづきゐられるやう一寮の看護婦にかけあひ約束を得る。＊昨日の集菌の結果（－）。＊六時からラヂオで「素人の哲学」といふのがあり今日は「懐疑と信仰」といふので、栄さんがぜひ聞いてきて教へてほしいといふので聞き始めたら、ゲンちゃんが来て駄目になる。ゲンちゃんと話す。七時頃から消灯まで個室に行く。熱は同じ（8.2）、痛みは殆どない。ところが歯が痛いとかで顔に手拭を巻いてゐる。元気で微笑が明るい。よく笑ふ。五尺三寸、五四kg、芝家政、営養学校二年、日本水産二年、田舎で女工のホボ、療養四年。同室の六人中で癒る方に賭けたのは彼女一人といふことだが、その彼女もやはり絶望的に近い。レントゲンを較べたらビリから二番目に悪いとのこと。スキイがしたいといふこと。銀座のこと（田村町に家がある）。＊夜になつて少し冷える。

三月十三日（日）　三度、薄曇。＊十時すぎからお昼まで個室。朝の熱が7°3とかで非常に元気がいい。「晩春記」を読んであげる。「もういらつしやらなくていい」「どうせお友達にはなれないんだもの」「あんまり違ふんですもの」「どうせお友達になれないのなら早く諦めた方がいいわ」「わたくしは筋肉労働者よ」「筋肉労働者とならお友達になれるかもしれない」「お友達なんか一人もないんだわ。」妹さん夫婦と連の人が一人来て、帰る。茶ワン蒸をもらふ。＊門田君が「ロマネスク」二号をもつてくる。＊三時半ごろお母さんがお見えになる。三十分ほど前に喀血したとの意外なニュース。晩に来なくてもいいからといふ断り（これも栄さんがよく気のつくことを示してゐる）。七寮の氷をとつてきてあげる。＊自炊の間中気になつてゐる。＊ミルクをのみながらショオソンの「ポエム」をラジオで聞く。心配でしかたがない。お喋りしすぎたせゐかもしれない。責任を感じて来る。春山のとこに行つてプロンビエの模様などを参考に聞く。術後の喀血はあまり例がないやう。＊そのあと、とにかく九寮に行つてみる。うまくお母さんが部屋から出て来たので立話をする。また少し喀血したとのこと。落ついてゐるとのこと。量はチリ紙で十五回とつた位。ハナヂではないらしい。不安のまま帰る。

三月十四日（月）　三度、雪。＊前夜何度もさめ、胸苦しく感じてゐた。雨の音をおそくまで聞く。夢。父に「ばかな」と言つたら「ばか」とは何だと聞き違へて怒つてゐる。「北海道に行つてからもお前がさうでは」と言ふので「北海道には行きませんよ、妻とは別れちやつたんだから」と答へると安心した顔になつた。痩せてゐて昔の父とはまるで違つた顔だつた。＊朝起きてみると雪が降つてゐる。一、二寸。細かい雪。雑木林の枯枝が美しい。＊一谷君が洗面器をもつて雪の中に雀とりに行く。＊八時半ごろ九寮に行つてみる。一寸部屋に入つて暫く顔を見る。やつぱり元気なので嘘のやうな気がする。「昨日お母さんとたうとう喧嘩しちやつた」「だつていらいらさせるんですもの」どうしても向ふで話し出すので困る。もともと部屋に入らずお母さんに様子を聞いて帰るつもりだつたのが、硝子ごしに僕を見つけて手招きでお出でお出でをしてゐたのでつい。ミルクを飲むからといつてお母さんにつくらせて僕とお母さんに飲ませる、自分では「あとで」と言つて飲まない。さういふ心づかひ。直に帰る。＊松本が先日日高君にたのんで借《ママ》してもらつた本、和辻さん[*23]の「原始基督教の文化史的意義」をもつてきてくれる。＊雪やむ、水滴の音が午後までつづく。＊六時半ごろ行つてみると宇佐美さん達がゐるので引返す。八寮の太田山上君のとこに行き「ロマネスク」の批評をする。小説に説明が多すぎるといふこと。もつとザハリヒ〔sachlich 即物的〕でなければならぬ。＊七時半頃また行く。消灯までゐる（途中で帰らうとしたら「九時までゐて下さいね」と言はれたため）なるべく向ふに話をさせないやうにする。「もう大丈夫」と言つて話したがる。枕許に聖書がある。何か読んでほしいと言はれて「ヨブ記」の初めの三節を読む。息切れがするので止める。それでもマタイ伝のゲッセマネのイエスを読む。沈黙。「もういらつして下さらなくてもいいわ」「だつて重荷なんですもの」「わたくしの方で何にもお話することがないんですもの」「あんまり違ひすぎるんですもの。」かういふ話を聞く。最初に圭ちゃんにつれられてあの部屋に行つたあとで、栄さんが僕と話をしなかつたといふので杉山さんがいぢめたといふこと。あくる日もむしかへしたといふこと。もう家へ帰つてしまつた方がいいと思つたこと。同じ部屋にいつまでゐるか分らないのにお部屋の人と仲違ひするのが怖いといふこと。「わたくしには共同生活なんかできないわ」僕が個室によく行くのが部屋の人にばれてゐるに違ひないといふ不安。杉山さんに対する多少の不満。なるべく黙つてゐようとするために澄ましてゐるので怒つたやうに見える。いづれ僕と喧嘩をするかもしれないといふ話。お得意の「わあ嬉しい」自分一人でやつて行くといふ意識。＊夜になつて冷える。暗い廊下を帰る。

三月十五日（火）　三度、曇小雨。＊Pn29（0／−3）350　＊松本来る。今度の土曜に「ロマネスク」の会を開くといふ。＊Ph.M一七〇円。＊ひる小雨が雪になる。直に霙、やがて晴れる。＊ひると夜とに伊東君のためにおじやをつくる（附添さん休み）＊中島さん外科診断でふられる。培養（＋）では駄目、血沈二月10以内とのこと。＊真善美から電報で、十五日予定の印税は二十六日まで待つてくれと言つて来る。＊終日三、四度、寒い。息が白い。＊近代文学に「晩春記」を送る。＊夜、圭ちゃんが栄さんのとこに見舞に行く。僕は行かない。＊八時ごろ小さなみみづく（このはづくらしい）がつかまつて大騒ぎ。山ちゃんが見つけて湯浅さんがつかまへる。鳥カゴに入れてうちの部屋に連れて来る。みんなわいわいいひながら見物。＊夜寒い、よく眠れない。

三月十六日（水） 一度、からりと晴れて青空。＊朝のうち、みみづくを囲んで大騒ぎ。オレンヂ色の眼、曲つたくちばし、昼は眼が直に細くなる。ものうげな表情と時々かつと眼を開くときの鋭さ。首が殆どうしろ向になるくらゐ廻る。羽は枯葉色、大きな仔猫くらゐ。手に抱くと暖い。ところが北で逃してやつたものと分り（中島さんが自慢に見せに行つて）北に返してやる。＊穂波が勤務交替で外科に行き武藤民子が外科から帰つて来る。＊十一時に一寸九寮に行く。検温6.5脈80非常に元気になつてゐる。「昨晩はどうしていらつしやらなかつたの」今晩は最後だから必ず来て下さいと言はれる。明日は一寮に移ることになる筈。「きつと絶交状をあげるやうなことになるわ」と言つてにこにこしてゐる。その内心についての考察。＊一日中風がひどい。寒い。＊ラジオで五時からドビユシイを聞く。＊六時になつてもまだ明るい。日が長くなつた。＊六時半から消燈まで。おすしをつくつて御馳走してくれる。書見器を外す。ほころびを縫つてもらふ。あんまり話すこともない。「方舟」[*24]を約束に従つてもつて行つたので、ねだられて「風土」の初めを少し読む。親切にしてもらはれるのが不思議だといふこと。「親切にしてもらふとつい甘えるでせう、さうすると拒絶されるの。さうすると（苦しいからではなく自分が厭になるから）厭な気持になるんだもの」苦しみを予め承知してゐて避けようとする態度。＊この夜寒し。

三月十七日（木） 零度、薄曇。＊入浴。安静時間中つかれてぐうぐう眠る。＊伊藤経作氏[*25]から卵代だといつて五〇〇円送つて来る。どうも不思議なお金だけど有難い。残金二〇〇円しかなくて真善美から金が来るまでどうしようかと思つてゐたところ。＊おとなしく寝てゐる。マルロオ〈アンドレ・マルロー」の「王道」を再読。＊夜、太田君来る。斉藤隆の行状を少し聞く。また門田君夫婦のこと。

三月十八日（金） 夜来の雨。寝坊して八時半ごろ起きてみると快晴、六度、南風。ひるすぎ十六度まで昇る。＊所長廻診。＊保養園に碁の本因坊名人が来るといふので今井君出掛ける。僕は行かない。＊「戦後批評集」〔荒正人編、双樹社〕といふのを送つて来る。僕の「マラルメとヴアレリイ」が入つてゐる。当にしてゐなかつた本なので少し嬉しい。＊六時すぎ谷崎君と共に一寮に行く。五番室に行き杉山さんと話す。一寸面白くない話になつたので（杉山さんの方は全然無意識なのに）厭な気分になる。一度選んだ生活はどこまでも自分を追ひかけてくるといふこと（学校とか結婚とか）。その気分で栄さんのとこに行く。いつかうに気分が晴れない。圭ちやんの方は嬉しさう、栄さんも元気で快活。僕だけどうも黙りこんでゐて可笑しいのだがしかたがない。七時半すぎに帰る。圭ちやんがサイネリアの鉢をもらふ。＊風が吹いて星がちらちらしてゐる。＊気分、たしかに一種の変化がある。この夜、眠られぬままに色々のことを考へる。現在を決定する過去。過ぎ去つた青春。年齢。そしてこの絶望的なもの。常に自分の中で自分を支へてゐる最後の思想、ピストルを頭の中に打込んでしまへばそれでお終ひだといふ。

三月十九日（土） 誕生日〔三十一歳〕。＊二度、朝五時半ごろお腹がいたくなり起きる。その後八時すぎまで眠る。晴、風強く樹々の梢が不気味に揺れる。＊十一時ごろ思ひ切つて栄さんのとこに行く。中央廊下は人目が多くて行きにくい。丁度眠つてゐたところ。傷がいたいとか少し蒼ざめた表情。散漫な話をする。昨晩考へてゐたことをつい言ひさうになる。それが何にならう。彼女は自称レアリスト。僕のこの無益なる親切。〔一文消し跡〕急ぎ帰る。＊三時半からジュコオ館日本間で「ロマネスク合評会」をやるといふので風の中を出掛けたが、誰も集らず。結局外気の門田君のとこに移つて七輪を囲んで閑談。門田、太田、松本、村田君。山上君夫妻のことが問題になる。結婚といふこと。＊自炊、朝と晩と。マキをもやして自炊小舎で炊事をしてゐるのは僕のほかいつもほんの小人数。＊六時半から八時半まで一寮個室。ひどく元気でしよつ中笑つてゐる。如何にも嬉しさう。僕のことを先生と呼んで僕が厭がると笑ふ。カツマキといふ変な言葉を使ふ。「風土」の印象が面白くなかつたといふやうな率直さ。自分のことを人から干渉されたくないといふこと。幸福とか不幸とかいふことが分らない、ただ普通だといふこと。真面目でゐたいといふこと、療養中もそのあとも。吉山さんといふ同室の人がおすしを持つて来たのを一緒に御馳走になる。それで部屋の人にばれただらうといふこと。栄さんの明るい、無邪気な、作為的に意地悪な雰囲気に一緒に引こまれてしまふ。手術後初めて起きてみるのを手伝ふ。あとがやはり一寸苦しさう。明日お父さんが来るといふのでとても悦んでゐて御機嫌がいい。

三月二十日（日） 三度、晴。風なし。＊昨日今日のうちに外出しようかと考へてゐたが遂に気が進まず寝てゐる。＊安静時間中にうとうとしてゐると栄さんのお父さんが一寸挨拶に見える。＊伊藤経作氏、白井浩司に返事。＊近頃個室に行つた伊東君の病状が悪いといふこと。先日ストレプトマイシンの話をしてゐたが。＊夜、七時半ごろ栄さんのとこに行く。ほんの十分間。甘納豆やオセンベイをもぐもぐと食べてゐてやたらにすすめる。注意をすると、怒つた顔をする。「食べることは生活することでせう」とても嬉しさう。彼女に於ける生活的な悦びはどんなにか本物だらう。僕に於ける智慧の悲しみ。自炊にウドンをつくるといふ話から貧乏だからお米が買へないんだと言つたら「そんな話は止しませう」ときつい顔をする。「だつて本当なんですよ」「そんなことはおつしやらなければいい」＊「原始基督教の文化史的意義」読了。非常に面白かつた。イエスの宗教とイエスに関する宗教との相違、童貞聖母に於けるもつ《ママ》イデエへの郷愁が人類の精神的努力の枢軸であるとの二点。

三月二十一日（月）　春分の日、三度。晴。＊午後一時ごろ澄子来る。四六年秋の僕の日記を持つてきてくれる。いつぞやの盗難の時に僕の冬服もオオバアもみんな取られたことが分つたとかでしよげてゐる。それを聞いてもいつかう驚かない。曇つて少し風のある梅林に行き話す。重大なこと。もしお互によかつたら現在の試験別居のあとでもう一度家をもちナツキを呼んで暮さうといふこと。大人の幸福、子供の幸福。現在の澄子の心境。彼女のルウジュが少し濃すぎる。一、〇〇〇円もらふ。これは真善美の予定の金を彼女が受取りに行く筈なので、先に。翻訳のこと、金まうけのこと。何だかあまりに静かな自分の心。不幸な人達のことなど思ふ。正門を出てタバコ屋まで送る。＊帰りに栄さんのとこによる。一人で起きてみせる。＊六時半から消灯近くまで再び栄さんのとこに行く。約束に従ひおしるこを御馳走になる。嬉しくて一寸悲しい紀念日なのださうだ。彼女は起きて食べれるやうになる。閑談。タンゼンのほころびをお母さんに縫つてもらふ。サイダアを飲む。わざわざ一緒に飲むために取つておいてくれたとか。帰りぎはになつて少し悲し気な表情になる。「時間は過ぎて行つてしまふわね」「この十日間ぼんやりと過ぎてしまつた」「十年がもうどうにもならないやうに過ぎてしまつた」「でもあなたは過去が現在を決定するとおつしやつたでせう」「ほんとは手術の時に死ねたらどんなによかつただらうと思ふわ」

三月二十二日（火）　三度、薄曇。九時迄寝坊。＊Pn30（0/−3）250・＊例によつて簡単な診断。＊夜、山ちやんに頼まれてゐた「野火」（東療短歌雑誌）のための小品を三枚ばかり書く。気が乗らない。今井君と内田さんとの碁を見物。足がつめたくなる。

三月二十三日（水）　三度、薄曇。終日寒く寝てゐる。＊朝、吉山さんが死んだといふ悪いニュースを聞く。昨日の肺摘手術の結果。＊夕食後山ちやんと二寮個室に吉山さんにお線香をあげに行く。フトンの下の痩せた身体。小さなナイフがフトンの上で光つてゐる。一寮五番室に杉山さんを見舞ふ。部屋の中の絶望的な空気。個室に栄さんを見舞ふ。何故手術を思ひとまらせ得なかつたかといふ彼女の苦い反省。死者は生者の純粋な記憶と代りに生きるといふ自覚との中に生き、生者が死ぬと共に真に死ぬといふ僕の意見によつて慰める。初めはそれは詩人だからと言つてゐた栄さんも、それが長い苦しみの後に得られた僕の意見であることを知つて分つてくれる。僕等はあまりに非力であつて、死者に対して他に何等の方法を持たないのだから。＊吉山さんは二回の成形で八本を切つたあとを肺摘手術したとか。十二時半執刀—九時半まで。十一時頃死亡。メスで胸を切開してもリンゲルが入らなかつたとのこと。執刀前血圧八十。前日が祭日で看護婦不足のため十一時頃まで大部屋にゐていらいらしてゐたとのこと。手術中に医師が止めようと言つたのに無理に続行してもらつたとのこと。某医師は個人的にこの手術に反対でさう忠告したさうだが、きかなかつたとのこと。何よりも癒るためでなく、合法的な自殺として手術を受けたらしいこと。栄さんによれば、虚勢を張つてゐたのだからとめることが出来たに違ひないと。死を覚悟し、それを準備してゐた心。

三月二十四日（木） 二度、曇後晴。ぼんやり寝てゐる。＊入浴。＊山下延子より書翰。＊伊藤君のとこにお母さんが来てゐるので昨日フトンを貸した。仲々あたたかくならない。＊夕食後、森井さんがプロンベ手術を今日したので二寮個室に見舞に行く。経過すこぶるよい。骨を切らないでアクリル四個をつめたとか。暫くついてゐる。＊栄さんのとこに堀辰雄の本をもつて行く。「あたくし昨晩あなたが嫌ひになつたわ」「だつてあたくしは悲しいんでせう、それなのに思ひ出せばいいなんて大きな声でおつしやるんですもの」がつかりして考へこむ。相手の心理を把握しそこなつたことによるいつもながらの失敗。その僕の憂鬱さうな顔がかへつて栄さんの気持をぐらつかせる。「ごめんなさい、悪いことを言つた」「あたくしお親しくすると直きにこんな詰らないことを言つてしまふの」「困つたわ、本当にあたくしの言ひすぎなの」それから「お目にかからなければよかつたのね」もう来るのを止しませうと言へば「さうしたらあたしおいおい泣くわ」何度も、僕が帰るまで、繰返してごめんなさい、ごめんなさい、と言つてゐる。

三月二十五日（金） 二度、晴。日中は十度位で少し暖い。＊洗濯。＊安静後今井君と碁を囲む。＊自炊後中野好夫〔1903-85　英文学者、評論家〕氏に手紙。澄子からたのまれてゐたもの。森井君と栄さんのとこに行く。エリマキをして行かなかつたので少し寒く、それに何だか気分がすぐれない。話もはずまない。つめたいカルピスを飲む。二三日うちに栄さんも大部屋に帰るとか。手相を見てもらつたら独立の相が出てゐたとかでとても嬉しがつてゐる。＊就寝して暫くしたら寒気がして身顫ひがやまない。一時間苦しい思ひをする。悪寒がし出した頃には足の冷たいのも暖まつてゐたが、冷汗が出て、何となく寒い。丹前を掛けたくてもフトンから手が出せない。どういふ原因なのか、不安。

三月二十六日（土） 二度、晴、薄雲。朝のうちまだ気分が悪い。九時半まで寝てゐる。＊格別熱もあがらずいつもに変らない。＊夕食後一寸伊藤《ママ》君をお見舞、ココアを御馳走になる。＊毎日のこのものうい、アニュイユウな気持は何だらうか。＊山下に手紙を書く。もし二人の間に新しく愛情が湧くやうならナツキと三人で暮したいといふ気持。＊暗い、暗い。

三月二十七日（日） 三度、曇天、夕刻より微雨。＊生活委員会の報告で、一寮に行く時は看護室に断ることとか部屋の中の禁煙とかがある。最近今井君の中島さんに対する感情が悪化してゐるが、中島氏が電コン場で隣の前□さんに部屋で煙草をのまれるのは困ると聞えがしに言つたことから、ますます不穏。部屋の中の空気が濁つてゐるので不愉快。＊夕食後、雨のため廊下を遠廻りして栄さんのとこに行くと杉山さんが来てゐる。少しまづい。部屋の中のベツドの位置を変へたといふ話。杉山さんが帰つたあと、九時までゐてくれと言はれて看護室に断るため出る。ついでに二寮に森井君を訪ひ、ラヂオを取つけてあげる。栄さんのとこに戻ると看護婦の野崎君がゐて暫く立話をする。野崎君が帰つてから、やつと腰を下す。ハムサンドを食べる。やつとのことで煙草を一本のむ。雨にちらちらと雪がまじつてゐる。ぼんやりしてゐる。いよいよ明日ぐらゐに大部屋に帰るらしい。そしたらもう行くことも殆どあるまい。「あなたは寂しさうな方ね」と言はれる。握手をして帰る。雨の音、よく眠れない。

三月二十八日（月）　三度。点滴の音。晴れてゐるから恐らく夜の間に少し雪がつもつたのだらう。＊型の如き診断。＊ひる、外気の松本のところで紅茶を飲む。「世代」のことなど。＊三時ごろ飯原さんのお母さんが挨拶にお見えになる。大部屋に引越したので今日帰るとのこと。＊未見の青年戸田雅雄君から長文の手紙。僕の詩集に対して顔のあかくなる程ほめてある。嬉しく感じる。＊夕食後山ちゃんと梅林を散歩。梅は既に全部散り桃が咲きそめてゐる。白椿など。＊夜、澄子来る。真善美社は社長が逃げてしまつて結局全然金にならず。困つた困つたといふ話。有金といつても四百円しかないのを半分やる。社会から遊離してしまつたせゐか金のないのがあまり切実に応へて来ない。しかし真善美が駄目とするとこれからの半年（四月から原稿が書けるとして）が大問題。夜の道を駅の途中まで送る。ナツキを呼べるのがまだ二年後だといつて悲しんでゐる。経済的な面だけが生活のポイントになつてゐる。愛情の再建はまるで問題外のやう。しかしたとへ観念的だと言はれやうと、それがなければ僕には幸福な家庭など考へられぬ。生活的な基礎は勿論大事だが。二人の間のギャップ。僕の心の中の現在の空しさ。すべてはただ生きることの義務と責任とに発してゐる。愛する者もなく愛されることもない。星夜。

三月二十九日（火）　五度、晴。午後から十一度、薄曇。＊Pn 31 $\begin{pmatrix}0\\-3\end{pmatrix}$ 280 ＊ひるに東屋前の池に行く。水が引いたあとの濁りの中に大きながまが百匹ぐらゐギャアギャア鳴いてゐる。跳ねてゐるのも交尾してゐるのもある。暫く見てゐる。今井君が二匹ばかり藁でつるして来たが途中で逃げてしまつた。＊小林秀雄の「文芸評論集」「私小説論」を読む。＊大山さんが一寸山ちゃんのとこに用でくる。久しぶり。昔通りにドアのとこに摑まつてはにかんでゐる。＊夕方自炊をしてゐる頃から雨になる。＊夕食後太田君のとこに煙草を買ひに行く。「ロマネスク」の原稿をたのまれる。本を三冊借りて来る。＊中村真一郎に手紙。

三月三十日（水） 一度、からりと晴れる。＊「野火」のための原稿、この前書きかけのを破棄して新に五枚ほど書く。＊ひる、陽射が暖い。十二度。＊一寮に行く。杉山さんと話す。吉満さんのことなど。僕の詩集をあげる。栄さんと少し。圭ちゃんと仲違ひをしてそれをひどく悩んでゐる。森井君のとこに寄つて煙草を一服する。＊太宰治の短篇集を読む、「富嶽百景」。

三月三十一日（木） 五度、曇つてうそ寒くひる位からやつと晴れる。＊入浴。＊「野火」の原稿了る。「小山わか子さんの歌」十一枚。＊圭ちゃんが今日村山に断層写真をとりに行つた。彼の御機嫌は少し直つた。＊何かいらいらしてゐて昨日はドンブリと皿を、今日はコツプを割つた。落つかない。＊就寝後雨の音を聞く。

四月一日（金） 八度、晴。日中十五度に昇る。＊ひるに門田君のとこで少し話す。出てみると異様ななりをした女性達が通る。石田波郷氏最首君とそのあとについて、梅林に行く。仮装して写真を映すところ、可笑しいので吹き出しながら見る。カルメン・ドンホセ（カウボオイみたい）、おいらん、ハムレツト（かピイタアパンかと思つたがあとで聞くと王子様といふこと、鳥の羽の帽子に黒ビロオドの服、半ズボンに白い靴下で綺麗）牛若丸、弁慶、看護婦（これは本物かと思つた）、煙突ソオヂ（これは高村さんだつたとのこと）、仲々の傑作。＊見馴れぬ附添さんが紙包をもつてきたがこれが一寮五番室からの四月馬鹿。＊夜、一寮に行く。栄さんに仕事をすすめられる。杉山さんに「山桜」（全生で出てゐる雑誌）の詩のことを話す。仮装は七番室の主催だといふこと。森井君のとこに寄る。＊夕方から夜にかけ風が強い。何をしてゐるのだといふ内心の声。

四月二日（土）　三度、朝はつめたい。晴。＊午前中ぼんやり過す。「夕焼湖」の二章について考へが定まらない。＊二時すぎ澄子来訪。梅林で話す。五月中で世界社解職とのこと。鎌倉文庫の就職も詩人といふ肩書が作用して駄目だつたといふこと。タイプを習はふといふこと。翻訳の相談。＊夕食を御馳走し駅への裏道を中途まで送る。夕焼空。風が凪ぎ雲雀が啼いてゐる。＊太田君とロマネスクの相談。太田君のお母さんも山上、門田両君の奥さんと一緒に附添さんをしてゐる。

四月三日（日）　二度、日中も六、七度。終日雨、寝てゐる。この頃は毎日睡くてしかたがない。大抵一時間から一時間半の昼寝をする。＊今朝からサンマタイム。[*26]

四月四日（月）　七度、晴。風はやはり北西。＊Pn32$\binom{+1}{-3}$270　＊ひるに梅林に行くと山桜が二本池のほとりで七分ほど咲いてゐる。＊夕、門田君のとこで奥さんと三人で閑談。そのあとで映画に行く。ジユコオ館にて。七・四五―十・十五。ぎつしり満員。「登呂遺蹟」「魚の愛情」ニユース、漫画「手をつなぐ子等」映画を見るのは実に久しぶり。＊この日藤本善雄[*27]に手紙。

四月五日（火） 八度、日中十二、三度。晴。＊午前中に「ロマネスク」のための小品を三枚ばかり書く。何だかひどく睡くて気が進まない。＊「野火」ができる。どうして後になると自分の書いたものが厭になるのか。＊夕、太田君のとこに行く。このとこずつと部屋の中で喫煙しないから、食後にはどこかに行かなければならない。＊圭ちやんと口を利かなくなつてから数日。人間の中にある厭なもの。

四月六日（水） 終日寒く、息が白い。夕方から雨。＊小品を書き直す。完成。「鴉のゐる風景」七枚。

四月七日（木） 朝は霜が下りてゐたといふ。快晴、うそ寒い。＊倉庫の中の行りをあけて洋服を出す。ズボンとジャンパアとレインコオトしかない。＊入浴。＊夕、五番室で土肥君のために「悪の華」を原語で読む。＊一寮五番室に行く。栄さんに「野火」をもつて行く。杉山、高村さんと一寸話をしてゐると「温泉マアク」が来るといふので慌てて逃げ出す。栄さんからおもちとのりとをもらふ。＊終日無為。＊昨日、野間宏から「星座の痛み」今日、白井健三郎から「体験」を贈られる。

四月八日（金） 二度、朝散歩をすると霜が白い。陽だまりは直にとけて歩きにくい。快晴。ひるには風が強い。＊圭ちゃんと一寸した喧嘩。僕が戸口のとこで中島さんと新聞屋との取次をしてゐたら彼が背中を押した。彼の断りの文句がよく聞えなかつたため。＊血沈（2, 3, 8）今日はだいぶ好い。動いてゐるだけ自信がつく。＊三時に圭ちゃんに呼び出されて一緒に歩く。彼の生理的な焦躁。僕に馬鹿にされてゐるといふひがみに近い感情。話し合つて穏かに帰る。＊結研にゐる五十嵐一君から来信。昨年二三度訪ねてくれた人。芸術への出発を告げてゐるがその決意のうちに僕が話した「言葉とは方法だ」といふ考へが伏在したらしい。他人に与へる無意識の影響。＊澄子より来信。真善美が三、〇〇〇くれたとかで一、〇〇〇同封。＊昨夜あわてて帰つたので、また一寮に行く。たのまれた堀辰雄の本二冊を持つて行く。栄さんと取とめのない会話。個室にゐた頃に較べてずつと気が強く従つてまた魅力がうせてゐる。杉山さんとキリストの話。

四月九日（土） 晴。一年半ぶりに外出。洋服を着てるうちに少しくたびれるが決心して九時に出る。靴が重く、清瀬の駅が案外に遠くてここでも一寸厭になる。江古田で降り関さん[*28]の家を探して手間どる。着いたのは十一時近く。関さん、ベエルさん、そのお母さん、弟さん、などと会ふ。関さんと唐詩の話、音楽の好き嫌ひ、楽隊（バンド）の苦心談などを聞く。澄子タイプに行つてゐて昼すぎに帰つてくる。お昼を御馳走になる。澄子の話、中村に会つてマチネの六人から五百円づつ計三千円もらつたといふこと。翻訳のこと。河盛好蔵氏訪問、中野氏訪問のことなどを聞く。三時すぎに辞す。澄子送つて来て駅の側の小さな喫茶店でコオヒイにエクレアを食べる。何かとても寂しい気がする。一九〇円澄子が払ふ。五時頃帰る。やつぱり左肩の方がつかれてゐる。くたびれてゐる。＊栄さんのお母さんが留守中見えてゐる。＊「戦後批評集」の印税二、三一三円を送つて

来る。（注・四月九日はベエルさんの節子さんの命日）

四月十日（日） 晴、温暖。＊朝起きてみると足が痛い。サロメチールをつける。＊午後には風が物凄く吹く。＊終日無為、夜、門田君のとこで話す。シャツを着ないで丁度いい位の暖さ。

四月十一日（月） うす曇。朝十度。＊型の如き回診。＊昼すぎより雨になる。＊赤岩栄[*29]牧師の「基督教とマルクス主義」の講演がジュコオ館である。約一時間。オクスフォード型の紳士。弁舌はあまり爽かでない。サンセリテ〔sincérité 誠実さ。真剣さ〕も人を打つほどでない。論旨はもつともだが何か上滑りで苦悩の影がない。失望に近い。会する者は二百人を越えてゐた模様。＊「フランス文学」第一輯を送り来る。

四月十二日（火） 晴。＊Pn 33 $\left(\begin{smallmatrix}+1\\-2\end{smallmatrix}\right)$ 250 ＊ひる、松本がピアノを弾くのを聞く。彼のとこで少し話す。＊「行人」読了。主人公を向ふに置いて書くやりかた。＊夕、ボオドレエル「露台」をほぼ訳す。

四月十三日（水） 八度、晴。＊ひる、今井君と散歩に行く。三角山の方まで行く。＊ボオドレエル「忘却の河」をほぼ訳す。＊昨日今日、夜門田君のとこで煙草を喫む。

四月十四日（木） 八度、晴。＊培養。＊入浴。＊ボオドレエル詩二篇完了。＊夕、平島君（肺摘)、太田君、八重ちゃん、栄さん。＊戸田雅雄君から来信。白井からハガキ。

四月十五日（金） 七度、晴。＊食後に梅林に行く(毎朝)。山ざくらの黄色い薄赤い葉、新芽の出てゐる樹もある。＊疲れて午後、二時間も睡る。＊ボオドレエル「大女」「忍び語り」を訳す。＊夜はよく眠れない。

四月十六日（土） 晴、六度、いつもより少し肌寒い。毎日風が吹く。＊ひる梅林で太田君、村田君、その姉さんに会ふ。＊この頃少し疲れぎみ、毎日よく眠る。仕事のことが重くかぶさつてゐる。＊ボオドレエル「夕べの諧調」を訳し直す。＊夕方少し寒けがして寝こむ。アスピリンを飲む。

四月十七日（日） 六度、曇。終日寝てゐる。何となく気分重い。昨日から右の歯グキが少し痛く腫れてゐる。＊昨日今日でボオドレエル「取返し得ぬ」を訳す。＊夕、門田君のとこで会食。松本、太田、村田君等全部で七名。食事のあとで門田夫人が歌をうたふ。気分があまりすぐれないので早目に帰る。＊夜中に夢を見てしばしば目覚める。月が白い。「死と少女」やロマンチツクな短篇などについて考へる。

四月十八日（月） 生暖い風が終日吹いてゐる。＊型の如き廻診。＊十時半ごろ澄子来る。民江さんといふ女性の話。昼飯を御馳走する。＊杉山さんから本を返して来る。タマゴをくれる。＊毎日少し具合が悪い。七度ぐらゐ。＊右の歯グキにヨオチンをつける。＊気候が悪いので具合の悪い人が多い。

四月十九日（火）　晴、十度、日中十八度、温暖。＊Pn 34$\begin{pmatrix}0\\-3\end{pmatrix}$250・＊ひるに松本、門田君と話して芸能祭に放送劇をやらうといふ目論見を相談する。＊夕食後、喜谷と散歩をして梅林でゆつくりと話す。たそがれが美しく足袋をはかないでも寒くない気候。看護婦や女性の患者が二三人づつ通る。＊歯の痛みとまり、平熱。＊「彼岸過迄」読了。

四月二十日（水）　晴、日中二十一度、非常に暖い。＊松本に紹介されて医務課長室に沼田先生を訪ひ、飯原さんの短期入所を長期に直すことを頼む。そのあと、一寮に報告に行くと廊下に「温泉マアク」がゐたので二寮に平島君を見舞ふ。一寮で飯原さんのお母さんに会ひ、大体うまく行きさうだといふ話をする。＊ひる、石田さんを見舞ふ。プロンベがすんで七寮に帰つて来たところ。＊夕方、外科の野牧さんが部屋に来る。部屋の連中が差支があつて誰も来なかつたので、二人で散歩に行く。少し風があるが暖い黄昏。帰つて来るといやに知れ渡つてゐるので困る。＊太田君の部屋で「ロマネスク」のこと。今日附添さんの懇親会があつたので太田君のお母さんと山上夫人からお菓子をもらふ。原稿を一度目を通すことにする。＊門田君のとこに行つてまた御馳走になる。原稿を一束もつて来る。＊フトンをへらす。＊中田民夫君が来る。先日G1が出たとのこと、再入所になるかもしれない。

四月二十一日（木）　朝から十六度位。くもり微雨。＊入浴。＊「道草」読了。どうにもならない夫婦。女の方をよく見てゐるけれど心の中に迄ははひつてゐない。回想の部分のセツク〔味気ない〕なタツチ。＊島瀬看護婦の自称「出ビタヒ、ヒツコミ眼、キンチヤクロ。」＊夜、太田君の部屋に行き「ロマネスク」原稿のことを相談する。松本、門ちやん来る。＊安静時間以外は全部起きてゐて疲れない。気候もよく気分もいい。歯グキはまだ腫れてゐる。

四月二十二日（金） 晴、日中二十度に達する。＊沼田医務課長に聞いてみる、主治医の丸谷先生が軽症だといふので駄目とのこと。斉藤隆のことを逆にたのまれる。丸谷先生に会はうとしたが見当らない。＊平岡昇氏よりボオドレエル「美術論」上下寄贈。＊安静時間後、中島氏がタンカを切つて部屋中が騒ぎになる。谷崎君にインネンをつけるのかと食つてかかつたのが始まりで、僕が官物洗濯を持つて行く時彼のだけ忘れたのや、谷崎君と僕とのいつかの喧嘩（より後の仲直り）や、今井君が最初のころ電球をつけるのを忘れたことなど色々。どうにか収まる。真面目に弁解してゐるのだから信じよう、また駄目なことがあるとしても今は信じようとする僕の態度を彼に分つてもらひたい。どうせ他人だといつては部屋の中の共同生活は不可能。＊自炊がおそくなる。水が出ないせゐもある。＊太田君が来て散歩に行く。門田君が家庭的な都合で今月中に退所するかもしれないとのことで「ロマネスク」の方針を変へる必要に迫られてゐる。新しい指示。＊洋服を着てみると気持がいい。夕暮の散歩は快適。＊この頃、五番室によく行く。田村君、魚谷君、森井君など、隣の河野さんともよく話す。＊この頃具合の悪い人が多い。伊東君ひどく悪くなる。土肥君G5、今井君G1、中田君G2。＊圭ちやんが一寮に行つて栄さんの手紙をことづかつて来る。素直な手紙。

四月二十三日（土） うす曇、十四度、少し涼しい。＊丸谷先生に会へない。＊洗濯。＊夜、一寮に行き飯原さんに事の次第を説明。長期にならなかつたことより、病状が軽いといふので満足してゐる様子。彼女の友人の事情をその手紙で示されて相談を受ける。二人の子供と四ケ月目の子供がお腹にあつて良人は他に女があり結婚を迫られてゐるといふ場合。男には愛情なく女の方はまだ充分に愛してゐる。結婚後七年、在は土浦、主人は会社つとめの医者、東京に屢所用で出る。もう手おくれでないかと思ふ。＊杉山さんと話す。＊微雨。空気が快い。

四月二十四日（日） 晴、朝十二度、日中二十度。＊今井君と碁二番。今井・一谷両君とワラビとりに雑木林の中を歩く。＊ひるすぎ、栄さんのお母さんが見える。丸谷先生との話によれば手術後経過良好のため五月いつぱいで他へ変られたいとのこと。模様が悪くなつてがつかりする。＊澄子来る。新芽を吹いた林の中で話す。兼高多美恵さんと葉運煌氏との問題。タミヱさんの家に一緒に住むやうにすすめられてゐる。その前に二人の間を何とかまとめるやう手を打ちたい。手紙を書くことを約束する。＊マチネ（六人）よりの三、〇〇〇円を予る。＊ウドンを一緒に食べる。＊彼女の持つて来た本、ボオドレエル四冊、ヘミングウエイ「For Whom the Bell Tolls」（「誰がために鐘は鳴る」）。＊中島氏熱発。氷がなく、水がとまつて大騒ぎをする。＊朝から消燈まで一度も寝ない。今迄の記録。

四月二十五日（月） 晴、＊型の如き回診。カルテを見ると「四級甲」と記載がある。＊門ちゃんの奥さん涼子さんと立話。＊ひるに門ちやんから事情を聞く。久美子ちやんといふ三つの女の子が来てゐる。退所には反対の意見を述べる。＊丸谷先生から呼出しがかかつて外来の診察室で面談。九月までゐられるやう力説したが「それでは色をつけませう」との返事。看護婦がゐるので言質をとるまで行かない。ただ五月末退所だけははつきり取消してもらつた。＊夕、村沢君（プロンベ）を二寮に見舞ふ。＊一寮五番室に行くと飯原さんは林さんと寝ておしやべりをしてゐるので話すことが出来ず杉山さんに伝言。＊門田君は留守で早く（といつても七時半）寝る。＊九時頃、門ちやんが涼子（良子が本当）さんを呼ぶ大声が聞えたので外気に行く。また喧嘩をしたらしく星野さんが涼子さんを連れ戻して来る。二人の言分を十時すぎまで聞く。

四月二十六日（火） 晴。＊朝寝てゐるうちに松本来る。＊Pn35 $\begin{pmatrix}0\\-3\end{pmatrix}$ 250. ＊門ちやん達また喧嘩したらと五寮に涼子さんを訪ね連れて来る。門ちやん玉《ママ》摩川の父親の家に行く。＊今井さんの断層写真がなくなつて探し廻る。＊ひる涼子さん不在。＊夕食後久美子ちやんを遊ばせながら涼子さんと話す。最もいい解決策はこの二人が多摩川の家に行き、門ちやんはやはり此所でもう少し療養することだと思ふ。＊飯原さんに今一度報告に行く。昨日僕が門ちやんのとこに行つた留守に谷崎君が出掛けて僕が少し怒つてゐたと言つたらしく皆からあやまられ困る。栄さん悦んではゐるが自分の主張を通すことに気の弱さも感じてゐるらしい。病人はエゴイストであつていいと忠告する。

四月二十七日（水） 夜来の雨、終日。やや肌寒。＊所長廻診。秋にはもう大丈夫とのこと。＊栄さんのお母さんに丸谷先生との会見のことを話す。ラツキイストライクをもらふ。＊ひる、涼子さんと松本とタバコをふかす。＊夜、門ちやん帰つて来る。交渉うまく行つたらしく久美子ちやんだけ予《ママ》けて、少しお金をため、秋には家をもつといふ計画。二人ともまづにこにこしてゐるので安心する。＊今日からヘミングウエイを読み出す。落つかないので仲々暇がない。

四月二十八日（木）　晴、朝八度。朝食昼食後梅林に散歩に行く。新芽が美しい。＊入浴。＊久しぶりに豚肉を買つて四人で食ふ。＊太田君のとこで「ロマネスク」の相談。いつまでたつても切がつかないので厭になる。

四月二十九日（金）　晴、終日十度位、風つよく寒い。＊散髪。＊夜は五番室で紅茶をのみ話し合ふ。＊毎日何もしないで日が過ぎて行く。健康であることの愉しさ。仕事への不安。＊不思議な夢をいくつも見る。

四月三十日（土）　晴、十度。＊澄子の就職（新潮社）のことで河盛好蔵氏に手紙。＊澄子来る。よいニュース。C・P・O[*30]・の中にあるC・C・D〔Civil Censorship Detachment. 民間検閲部隊〕のB級のtranslatorの試験にパスしたとのこと。ペイは八、〇〇〇位。アメリカン・クラブから二十五人（全部男）受けて唯一人パスしたさうで鼻たかだか。独力できめたのだから偉い。お昼を食べて雑木林に行く。多美恵さんの自殺未遂のこと。駅の途中まで送る。＊二時半ごろ部屋に帰ると中島さんが島瀬看護婦と喧嘩したあとで大騒ぎ。命令退所の一歩手前まで行つて結局あやまつて落。＊一寮に行つて栄さんにタバコのお礼を言ふ。自分でのんだのは五本で十五本はひとにあげてしまつた。

五月一日（日） 曇。十度。＊朝寝坊をして昼寝をして今井君と碁を二番打つて五番室でお喋りをして一日が過ぎてしまつた。

五月二日（月） 晴。＊診断。＊Pn36$\left(\begin{smallmatrix}+1\\-3\end{smallmatrix}\right)$250. ＊門ちゃんが、一昨日から帰らないさうで、涼子さんの話相手をつとめる。涼子さんが配給物をとりに行つたあとで久美子ちゃんを抱つこして遊ばせる。＊夕、太田君のとこ、田村君のとこ。＊高橋ゲンちゃんが自然気胸を起し暫くついてゐる。

五月三日（火） 祭日。晴。風あり。＊午前中オサカベさんと碁二番。＊午後、芸能祭で軽音楽と看護婦生徒のお芝居がある。梅林のアヅマ屋に模擬店が出て酒井潤子さんなどが給仕をつとめてゐる。中島氏と一寸気まづいこと。後ろから音楽を覗いてみたり部屋に帰つたり。伊東さんのとこへカルピスを持つて行つてやる。清水の話を廊下で聞く。お芝居を少し見る。＊朝から燕が二羽部屋にしよつ中入つて来る。巣をつくる場所を探してゐるらしい。

五月四日（水） 晴。＊中島氏の問題で（昨日また看ゴフをどなつたので）医官が来て同氏と話をする。今井・谷崎両君も強硬になつて医官に転寮を願ひに行く。＊今井・田村君と四時頃モギ店にアイスクリイムを飲みに行く。＊そのあと透視。今度の医官で始めての。＊芸能祭第二日。私は誰でせう、を見る。あとの映画は見ないで帰つて来る。今井谷崎君に上方さんが処置に来て一緒に話す。ほころびを縫つてもらふ。

五月五日（木） 祭日、晴。＊伊東三夫君、五時五分逝去。看ゴフが起しに来たので早起して焼香に行く。看ゴフとの間の連絡。＊入浴。＊夕、一寸、杉山、飯原さんのとこに行く。＊伊東さんのお通夜、個室にて。＊その帰りがけに山ちゃんから聞く。夕方先生に呼ばれて中島さんのこと何とか部屋で話をつけるやうにと言はれたさう。やりかたが片手おちなので憤慨する。

五月六日（金） 晴、二十度。＊部屋の四人と医官に会ふ。しかるに山ちゃんに彼が言ったのは、前の約束（一週間以内に何とか根本的な処置をする）を変へたのではなく、山ちゃんに様子を観察してゐてくれと頼んだだけとのこと。馬鹿々々しくなる。＊この夜、霊安室にて再びお通夜、山ちゃん、オサカベさんと十時半ごろまで。

五月七日（土） 晴。＊十時、伊東さんの出棺を見送る。そのあとお母さんと姉さんとを分館のとこまで送る。＊ひる、鈴木琢磨〔1918-2005　児童画家〕夫妻来訪。芝生に寝ころんで話をする。二人とも少しやつれたやう。生活に追はれて大変らしい。アンゴラを飼ひ、お家の仕事を二人で手伝つてゐるとか。絵をかく暇もないらしい。＊夕、おとなしく寝てゐる。

五月八日（日） 晴。＊澄子来る。ひるを一緒に食べ、安静時間中を散歩に行き緑の濃い林の中を歩く。C・C・Dの話。母親から厭な手紙が来たといふので返事をたのまれる。秋に家を持ちたがつてゐる。＊いつぞやの三、〇〇〇のうち二、〇〇〇を彼女にやる。真善美の方あと四万くらゐ残つてゐるとか、但し仲々くれさうもない。＊旧版のボオドレエル全集二冊と堀口大学の訳とを持つて来てくれる。アメリカの鉛筆を一本もらふ。

五月九日（月） 晴。＊診断。＊診断書、在所証明書を澄子に送る（家族手当のため）。山下にあて手紙を書く。＊夕、飯原さんを見舞ふ。父を母にとられ妹をその御主人にとられた孤独。強さ、意地の悪さ、弱さ。

五月十日（火） 晴、＊Pn 37 $\binom{0}{-2}$ 200 ＊中島氏のことで医務課長に会ふ。＊夕、田村君とタケノコ飯をつくる。五番室で歌をうたふ。＊「誕生と死との間」について構想。

五月十一日（水） 晴、昼の気温二十五度に達する。一二三日来早い蟬を聞く。＊血沈（1, 2.5, 10）＊中島さんのことで医務課長に呼ばれ面談。いづれ手術を理由にして短期患者として外科病棟に廻すといふのだが、今井君がそれに不服で決著《ママ》しない。とにかく来週月曜の医官会議の結果を待つ筈。＊部屋にゐると何となく気分が悪くあつちこつちに出掛ける。＊門ちやんは久美子ちやんを家に連れてかへつたので、落ついてゐる。＊夕、栄さんのとこに行く。僕のハンカチを洗濯してあげるといつて自分のと取かへてくれる。モヂリアニの絵をほしがつたのに僕が断つたので悲観する。清瀬病院の方に移らうとする気持の奥にあるものは分らない。「あなたが悪いんだわ。」

五月十二日（木） 夜中の一時に小西看護婦に起される。本多哲郎君零時十分逝去。森井さんを起して一緒に個室に行く。そのあと晩くまで寝られない。＊曇、風強し。＊高橋来る。佐藤がフレンド女学校関係で病人用としてもらつてくれたアメリカのミルクを持つて来てくれる。時間がないとかで急いで帰る。＊そのあと土肥君の友人で経済学部の学生が訪ねて来る。＊入浴。＊夕食後、医師が部屋に来て中島氏の問題につき議論百出。中島氏の方を移すわけには行かないといふので今井君が個室に行くといふことになる。谷崎君の方はどうにか収まる。＊お通夜（本多君）に行く。盛会、玉井君なども来てゐる。＊僕の留守中にラヂオをレシイバアだけで聞いてくれといつたことで、谷崎君と中島氏との間がまた不穏になつたさう。晩くまで寝られない。

五月十三日（金）　朝、雨。谷崎今井君、医師と面接、そのあと僕が話してゐると中島氏が来て暫くその話を聞く。それから医官に中島氏の方を個室に移せないものかどうか相談する。＊出棺見送りに行く。＊帰つてから中島氏と東屋に行き説明を聞く。平和な解決はとても望めない程こじれてしまつてゐる。＊空がからりと晴れ、ひるごろ、気温ぐんぐん上る。二十五度。＊昨日今日風が強く、二百十日頃の倒錯した季節の感じ。＊安静時間中に医師に呼ばれる。中島氏を個室に入れることにしたといふ報告。来週早々に本多さんのゐた部屋に移る筈。＊太田君の部屋に行く。門ちやんがとび出して帰つて来ないといふ話。＊夕食後五番室。

五月十四日（土）　曇、風強し。＊風呂場へお湯を汲みに行く途中、小川先生に会ふ。あまり動かないやうにと威かされる。「僕は菌が出ると思ふね。」＊L・S・一六〇円。＊四時頃澄子来る。勤めの話を色々きく。朝の御飯が間に合はず（ベエルさんのお母さんが焚《ママ》いてくれる）お弁当なしで出掛けるといふ話。これでは身体を壊してしまふ。ＣＣＤの方は愉しいらしい。夕食を共にする。雨になり看護室のソファを宿直室に入れて看護婦と一緒に寝かせる。

五月十五日（日） 朝十度、雨やみ晴れる。澄子を送つて雑木林の中で話す。澄子は早くベエルさんのとこを出たいと言ふ。秋に僕に退所してもらひたいらしい。何なら札幌のＣＣＤに転じようかとも言ふ（半年間）。三ケ月たてばＳＥＴになれるからペイが一〇、〇〇〇に近くなる。僕が出ても暮せるといふ。＊太田君のとこにアパアトのことを問ひ合せに行く。松本が来る。＊一寮に行く。高村さん（マリアブアスツタ）から童話をあづかる。杉山さんから「ルック」と「ニューヨーカー」を借りる。栄さんに本を貸す。植村医官の当直だといふので早々に帰る。＊近代文学から小文の依頼。＊真善美からくれた一、〇〇〇のうち六〇〇を澄子持参。

五月十六日（月） 晴。雨あがりですつきりと晴れわたる。緑はもう峠を越え眩しいばかり。外気の方が見えない位。ここ数日来時々早い蟬の声を聞く。＊型の如き診断。＊培養一月（－）気にしてゐたのでほつと安心する。＊昼に松本と碁を二番打つ。＊中島虎一氏個室に移る。＊一寮に行く。杉山さんが高村さんを呼んで来る。昨夜あづかつて行つた童話を批評する。宗教的な話題、栄さんはお腹が痛いといつて顔をかくしてゐる。香水を小ビンに頒けてもらふ。そつけない話をしてゐながら帰り際には「今度はいつ来て下さるの」といふ。

五月十七日（火） 晴。＊Pn38$\begin{pmatrix}0\\-2\end{pmatrix}$200·　＊予定が繰上つて医師の方から、懇談会を申出られる。

看護室に二、三十人あつまる。小川先生が七寮で騒動がもち上るといつたとかで医師が感情的になつてゐる。ゲンちやんはじめ色々と注文が出る。＊一時ごろ戸田雅雄君来訪。早大文科西洋史学科学生。もと戦闘機操縦士。彼の書きかけの長篇「砂丘の蔭にて」を約一時間半読んでくれる。五時頃帰る。＊夕食後寝てゐると澄子が来る。苺をもつて来たので初夏の味ひをたのしむ。ＣＣＤで「ある青春」が売れさうだといふので、取りに来たもの。八時頃薄暮の中を送る。＊帰つてみると、ゲンちやんが医師から転寮をすすめられたとかで物情騒然。色々話を聞く。

五月十八日（水）　うす曇。＊寝こみを門ちやんに起される。明日家に帰りそのまま退所するといふ。涼子さんと分れるといふ。＊安静時間中、門ちやんのとこで和久井さんと共に彼と涼子さんの話を聞く。門ちやんの方がだいぶ感情的になつてゐる。昨夜涼子さんが別れた方がいいと言つたのを根にもつて、すぐにも荷物は家に送り自分は四国高松に行くつもりでゐる。説得すべきなのは寧ろ彼の方。それでもどうやら収まつたのでほつとする。＊夕食を河野さんのフイアンセから御馳走してもらふ。＊夕食後、太田君に指ケ谷町のアパートのことを訊く。帰つて河野さんと話す。

五月十九日（木）　晴、十八度。＊医務課長によばれて懇談会のこと医官のことを話す。＊入浴。＊一寮に行く。松本が来てゐる。「初めあれば終りありだわ」最近僕がよく動いてゐるのをひどく心配してゐる口振。それから例によって「憐れまないで下さいね」「あなたが悪いんだわ。」

五月二十日（金）　終日雨。＊安静に寝てゐる。＊今井君と静臥室の山口氏とがうちの医官にモリオドオルをされる。コカインを入れすぎて二人とも、様子が変になり、山口氏は酸素吸入をする。明かな医者の手落。午後から夕にかけ医者が何度も来る。所長までみに来る。＊山下より手紙。＊澄子より泊れるといふ電報。

五月二十一日（土） 晴。＊十時出発。裏道を通る。この前に較べると遥に楽に駅につく。電車にも坐れる。ベエルさんのとこで暫く休んでゐるうちに澄子が世界社から帰つて来る。二時頃二人で出掛ける。池袋までのムサシノ線がひどく混む。山手線の外廻りで東京駅、それからバスで三軒家町、一寸歩いてタミヱさんの家に着く。中山氏夫人、そのテルミちやんといふ女の子、妹さん、その子の哲ちやん、お母さん、などに紹介される。少し気分が重い。澄子が夢さんのとこに出掛けた留守をテルミちやんと遊んでゐる。夕刻になつて妹さん二人、谷さんといふ男性、八時に夕食、中山氏と粱さんと来る。台湾の話。食事。十時近く二階の寝室に引上る。澄子は残つて尚話をする。

五月二十二日（日） 快晴。＊朝十時まで寝坊。昨日中村に電話を掛けておいたのでバスの停留場まで迎へに行く。ぶらぶらと公園を歩いてゐると彼に会ふ。家が分らなかつたとか。二階の見はらしのいいヴエランダで話す。仲間のこと、景気のこと、彼の結婚のこと、仕事のこと、など。タミヱさんに澄子の引越のことを頼む。三時すぎに帰る。エビスで中村と分れる。江古田のベエルさんのとこに休み、夕食、関さんと一寸話す。引越のこと落着しない。民生委員の書類（減額に関する）明日に延びる。澄子に江古田駅まで送つてもらふ。八時十二分の電車。病院に着いたのは九時すぎ。＊澄子から七〇〇もらひ、一〇〇〇あづかる。

五月二十三日（月） 雨。＊留守の間に医者の問題が大きくなつてゐる。＊健康会議五月号（三号）二冊、内田信治君持参。＊帯広の高等学校長（菅原信氏）から来信。教諭にして休職[*31]になると二年間本俸を出せるので届を出せと言つて来る。＊所長免除の査定が木曜にあると松本に聞いたので、澄子に水曜に行く旨打電。内藤看ゴ婦に水曜に外出しないかと訊いてみる。＊栄さんのお母さんが来る。g(X)が集菌で出たとか。おもちを貰ふ。＊門ちゃんがまた退所すると言つて来る。＊一寮に行く。栄さんと話が少しちぐはぐになつて詰らない思ひをする。

五月二十四日（火） 晴、午後から雨。＊Pn39 $\begin{pmatrix}0\\-2\end{pmatrix}$ 100. ひどく入らなくなつたのでがつかりする。＊山ちゃんと共に沼田先生に呼ばれ、妥協案を聞く。沼田先生が斉藤先生の指導をして寮棟に来てくれるといふ案。＊ひるに各室の代表に同案を説明する。＊八寮に行く。ロマネスク三号が出来てゐる。印刷かんばしからず。

五月二十五日（水） 夜の雨も暁方に漸く晴れる。＊午前中に各室から集つた医務課長案に対する解答を編集する。＊ひどく叮嚀な診断。＊医務課長に呼ばれて経過を話す。＊ひる、部屋長を集めて説明。＊四時、外出。馴れたせゐか疲れずに駅まで二十分で行く。電車も坐れる。ベエルさんに聞いてみるとまだ手続が出来てゐないので、折井民生委員の自宅に行き、事情を説明、□□の査定をもらふ。澄子六時半に帰宅。ピアノを聞き、七時半の電車で帰寮。

五月二十六日（木）　晴、＊松本に減額願書を渡す。＊沼田先生に十箇条の条件は賛成の文書を渡す。＊入浴。＊査定委員会は所長不在のため土曜に延期。＊三時から看ゴ室に患者代表が集り沼田先生の挨拶がある。＊夕食に部屋の全員で肉を食ふ。＊湯浅君が書置を残して出奔したので大騒ぎになる。外気の連中が探しに行き連れて帰る。一時は不安の色が濃く憂慮する。＊七番室にポオタブルを持ちこんで「新世界」を掛けてゐるのを、ベッドに寝て、暗闇の中で、聞いてゐる。＊島瀬が官物のBとCとを注射してくれる。思ひ出話を聞く。＊消燈ごろ外気に行き内田一郎さんから湯浅君の様子を聞く。＊毎日多労。

五月二十七日（金）　晴、やや涼しく十五度。＊斉藤医官が部屋長を集めて湯浅君のことを訊き合せる。散会後彼の愚痴を聞く。＊高橋ゲンちゃん八寮に移る。＊ロマネスク三号出来。＊肥田野さんを見舞ふ。プロンベ失敗で来週タマを出して成形とか。＊一寮に行く。またGXが出たとかで悲観してゐる。「気が弱くなりさうで怖い」「あなたについ甘えてしまひたくなる」。

五月二十八日（土）　晴。＊齊藤医官が自分の立場を釈明したいといふので、懇談会を開く。無事。＊そのあとで帯広中学の件を相談する。彼は教諭になつて金をもらへといふ説。また考へこむ。＊このとこ毎日安静時間中に一時間以上眠る。＊夜、島瀬さんが来て話しこむ。身の上話を聞く。レコオドコンサートに行きそこなふ。

五月二十九日（日）　晴。＊麦メシは段々にあきて食慾が減る。少し疲れてゐる。＊一時少すぎに澄子来る。「随筆レオナルド」[32]と苺をもつて来る。散歩に出る。疲れたから帰らうと言つたため泣き出す。他人のことで疲れてわざわざ来たのに話も聞いてくれないと言ふ。延ちゃんから厭な手紙が来たらしくて、そのことでもこぼしてゐる。御機嫌を直して戻る。夕食後、送つて行く。駅まで行く。大して疲れてもゐない。＊映画会があつて皆出払つてゐる。静かでいい。

五月三十日（月） 晴。＊診断なし。査定委員会があつて沼田先生も見えない。委員会は原則をきめただけで個々には渡らない。＊杉山さんとパンゼラ[33]の話。栄さんと金魚の話。死んだ三つ尾の金魚を埋めてくれと頼まれて持つて帰る。

五月三十一日（火） 晴。＊沼田先生による気胸。Pn $40\binom{-1}{-3}25$－齊藤医官がひどく感情的な態度で側に見てゐる。＊所長廻診。「いつ迄ゐるつもりだい。この頃は落ついてるね」＊河野土肥両君にロマンのノオトなどを見せる。

六月一日（水） 晴。＊朝、松本来る。査定委員会の話をし、碁を一番打つ。＊夕食に日直の慰労コンパを越坂部氏、山ちゃんと三人で行ふ。肉屋まで買出に行く。食後、オサカベ氏と碁を一番、そのあと河野さんとお喋り。＊「風土」について少しく構想。

六月二日（木） 晴。＊午前中少しく構想。ラヂオで「イタリア」を聞く。＊入浴。＊大学より卒業証書の写来る。履歴書及休職願を書く。＊夜、つい横山さんと碁を打つて仕事が出来ない。先月の疲れが少しづつ出て来るやう。

六月三日（金） 晴、＊沼田さんによる透視。＊山下あて書翰。中学校長の手紙、及び手続書類を同封。＊夜、仕事を少ししようとすると、今井君がこのところ連日ラヂオをピイピイやつてゐるので、厭になつて、気晴らしに栄さんのとこに行く。「風土」の後の部分の話をする。＊歯が痛くてよく眠れない。

六月四日（土） うつすらと曇。＊午前中構想。＊朝寝をするので昼の食慾がない。＊安静時間が明けてからと夕方、「風土」を書き始める。第二部過去、一章、（1―8）

六月五日（日） 薄曇。＊午前中仕事（8―14）＊午後二時半澄子来る。風邪を引いて木曜から休んでゐたとか。元気がない。ベエルさん、多美恵さん、どつちに住むか決定してゐない。いつそ札幌のＣＣＤに半年行かうかとも言ふ。夕食。駅まで送る。電車を待つ間に家がない、どうしようかといふので泣顔を見せる。宮本先生に駅で会ふ。澄子を見送つて帰る。一種の後味の悪さ。道の途中で雨がぽつぽつ降つて来る。

六月六日（月） 曇。＊昼前に歯科から呼び出しがあつて行く。石田さんと山ちやんとがゐる。待つてゐるうちに厭になつて帰つてしまふ。＊三時にまた呼び出し。しようことなしにまた出掛ける。がりがりやつてもらふ。杉山さんといふ看ゴ婦がとても綺麗な感じ。帰つて来てからしくしくと歯が痛くなる。＊杉山さんは加特力でアナスタジアといふ霊名。＊栄さんとお喋り。＊風土（14—18）。＊夜、雨。

六月七日（火） 雨。＊気胸は斉藤医官、沼田さんは見てゐるだけ。やはりうまく入らない。Pn 41（+1 −2）150・ ＊風土（18—26）一章終。

六月八日（水） 雨。梅雨の季節となる。＊血沈（1.5, 4, 12）＊午前中仕事、風土（27—29）＊蚊屋が来る。昨日ジャンケンで新品に当つたがこれがどうもやりにくくて吊るのに苦労。＊夜、うそ寒くて蚊屋を吊つて寝てしまふ。

六月九日（木） 雨、朝十度しかなく寒い。＊風土（30—36）

六月十日（金） 曇、うそ寒い。＊レントゲン撮影、つづいて歯科。＊夜、栄さんのとこに一寸行く。杉山さんに失言したとか。杉山さんは遊びに行つてしまふ。＊風土（36—42）

六月十一日（土） 曇、尚涼しい。＊朝、杉山さんが来る。宇佐見さんに失言したといふので、その弁明。＊午前中仕事、もつともくたびれたので長く続かない。＊「風土四章」の原稿とゲラ来る。中村の手紙で「風土」の残りを「序曲」[*34]に載せるやう三島君が言つてゐるとのこと。＊散髪。＊夜、「未完成」の映画がある筈で一谷君に席を取つてもらひ出掛けさうなとこに太田君が来る。

映画はとりやめとのこと。＊河野さんがジュコオ館から大山さんを連れて来る。一時間位皆でお喋り。＊仕事、近代文学のための短文を六枚書く。

六月十二日（日）　晴、＊近代文学の原稿を二枚書いたとこに澄子来る。十時頃、安静時間中散歩。四時頃、谷長茂君来訪。フオクナア二冊を渡す。ビワをもらふ。夕食後澄子を駅に送る。今井君と途中まで一緒。帰りも一緒になる。

六月十三日（月）　晴、＊歯科。＊栄さんの妹さんが見える。スタンドを持つて来てくれる。＊本の位置を変へ、スタンドをつけ、パリの地図を壁に張るとすばらしく明るい効果がある。＊栄さんのとこに行く。杉山さんとも話す。風鈴を吊つてあげる。＊近代文学の原稿完成、「文学と生と」十二枚。

六月十四日（火）　晴＊午前中手紙二通、中村真一郎あて（「風土」のつづきを「序曲」に載せること）中村光夫あて（「二十世紀の小説」の礼状）。＊午後、Pn42（-1 -3）250、沼田さんだと誰もよく入るやう。＊夕食に河野さんを入れて六人前のカレエをつくる。＊隣室のラジオがうるさくて仕事さつぱり。風土（42―43）。

六月十五日（水）　晴　＊「世代」の日高君来訪、安静時間中話す。＊玉井君と井上氏が来る。二人の碁を見る。＊調子が乗らなくて仕事難航。「風土」二章をやつと終る。（43―48）

六月十六日（木） 雨、＊うそ寒くて寝てゐる。歯科に行く時々寒気がする。＊入浴。＊三時の検温7°7 7°9·＊頭が痛く具合が悪い。＊夜、7°5 ＊夜中に汗が出て何度も覚める。＊二ヶ月培養（－）

六月十七日（金） 晴、＊朝6°6昼6°8＊沼田先生の不時診断。そのあと齊藤医官に呼ばれて話す。野口医官とも。＊三時6°9＊夕方もぼんやり寝てゐる。

六月十八日（土） 晴、＊平熱。＊所長に呼ばれ、沼田先生と二人を前に齊藤医官のことを種々説明する。＊この日も安静に寝てゐる。

六月十九日（日） 昨夕から雨、終日降り続ける。＊栄さんのお母さん見える。百合をいただく。＊高島美雪さんといふ結研の女の人が、第一外気の飯田さんといふ人と一緒に来てくれる。この前谷長茂君に頼んだヘミングウエイの短篇集を彼の友人の小野協一君が持つてゐるのを予《ママ》つてもつて来てくれたもの。高島さんといふのは小野君の親戚とか。＊一日ぼんやり寝てゐる。熱の方はすつかり収まる。澄子来らず。

六月二十日（月） 終日小雨。＊山下より中学の方うまく行つた旨の書翰。＊藤本が東京にゐるとのことで手紙を書く（詩集五十部の件）、＊Hの短篇、A Canary for One「「贈り物のカナリア」」を読む。＊「風土」第二部三章（49—53）

六月二十一日（火）　雨、気がくさくさする。＊歯科に行く。奥（左）の上下にセメントを詰めて今日で終り。＊斉藤医官によるPn43$\left(\begin{smallmatrix}0\\-2\end{smallmatrix}\right)$150・＊百合の花が咲く。匂が強い。＊「風土」（53―56）＊Old Man at the Bridge〔「橋のたもとの老人」〕を読む。

六月二十二日（水）　雨漸くあがる。デラ颱風の名残強く、気温二十三度、気分が悪い。＊沼田さんの診断。左にラッセルが尚聞えるといふ。＊夜、仕事（56―61）

六月二十三日（木）　快晴、血沈再験査《ママ》（1, 7, 24）やはり少し悪い。＊午前中仕事（61―65）＊夕、太田君の手術を九寮に見舞ふ。杉山さんが来てゐるので吃驚する。スタンドを貸す。＊栄さんのとこに久しぶりで行く。ちえちゃんがだいぶ宣伝したと見えて、いやに威かされる。不朽の傑作をお書きになつてゐるの、などと皮肉を言ふ。

六月二十四日（金）　曇。＊終日無為。三章2の構想で行き悩んでゐる。＊夕、太田君のとこ。

六月二十五日（土）　曇、夕微雨。＊川越保健所の平さん（?）といふ人がお見舞に来てくれる。井上幸子のお友達。＊映画「未完成」があるので坐つて待つてゐるうち厭になつて帰る。一寮に行く。気分が重く晴れない。＊仕事行き悩み。

六月二十六日（日）　曇。午後から晴。＊昼に澄子来る。安静時間中散歩。真善美から金が入らず大いに不景気。四〇〇円くれる。いづれ何か本を売つた金か。夕食後駅まで送る。もし病気が悪くなつたらどうするかといふ話が出て二人とも少し憂鬱になる。

六月二十七日（月）　曇。＊土曜の集菌の結果が分らなくて、神経熱を出す。夕刻（二）と分る。＊兼高多美恵さん訪れ来る。先日澄子と気まづいことがあつて（彼女の父が知らずに澄子の悪口を言つたもの）そのお詫びと知人の新入所のことを問ひ合せて。トマトをもらふ。＊太田君好調。＊仕事相変らず仲休み。＊土肥君にロオトレアモンの原書を三五〇円で売る。

六月二十八日（火）　曇。＊Pn 44 $\left(\begin{smallmatrix}0\\-3\end{smallmatrix}\right)$ 150・齊藤医官による。はらはらさせられる。＊蘆花「思出の記」「不如帰」を読む。＊少し仕事（65―67）＊栄さんのとこに行く。「カナの饗宴」（大久保泰著　美術出版社　1948）を一寸見せてもらふ。テイチアンの色刷が素晴らしい。もう一度手術になりさうとか。サクランボをもらふ。

六月二十九日（水）　曇。＊タミヱさん紹介の人のことで沼田さんを探して会へず、またその人にも会へない。＊午前中仕事（67―70）＊澄子からのハガキ。月曜に藤本のとこに行つたらその日帰帯したとのこと、中野から歩いて（電車賃がなくて）帰つたさう。ひどくヒステリクな文章で悲しくなる。省線に飛び込まうと思つたなどといふ。パスが買へず毎日の電車賃にも困つてゐるらしい。＊中村真一郎あて手紙。＊山下あて、藤本あて、鷹津あてに手紙。澄子にハガキ。＊神経熱七度一分。＊お金全然なくなる。牛乳360 バタ110 米240その他。＊夕、喜谷来る。散歩。彼から三〇〇円借りる。

六月三十日（木） 雨、梅雨の陰気な日が続く。＊入浴。＊七度一分。＊ラゲルレーフ[*35]「地主の家の物語」「沼の家の娘」を読む。＊田村幸雄君[*36]の成形手術を九寮に見舞ふ。八寮に太田君を見舞ふ。

七月一日（金） 晴、久しぶり。＊澄子のハガキ、屋上から飛び下りるといふやうな。＊鈴木教授からマラルメ詩集を贈られる。＊仕事（70—74）三章了。＊夕、四章の構想。

七月二日（土） ＊仕事（75—77）＊澄子来る。藤本のことでひどく怒つてゐて泣き出す。帰るといふのを引止める。雨が降つてゐるので附添部屋に泊る。

七月三日（日） 雨。澄子の気嫌《ママ》直る。四時すぎ駅まで送る。

七月四日（月） 曇。＊仕事（78—80）＊夕、栄さんのとこに行く。

七月五日（火） 曇。＊Pn45（0 −3）150· ＊仕事、昨日の分二枚ほど書き直し。（79—87）＊「魔の山」喜谷から返つて来る ＊田村君をお見舞。

七月六日（水） 雨。＊仕事（87—92）＊夕刻雨あがりに河野さんと散歩。

七月七日（木） 七夕の飾りをする。「七夕・笹の夢の風にかすかに願ひける」「老嬢・七夕や幼き幸の日もありき」「銀河ひつそりと大雪山に傾きぬ」＊入浴。＊仕事（92—95）四章了。

七月八日（金） 昼頃雨。＊血沈（9, 20, 46）ひどく悪くてがつかりする。このところずつと、気分が悪く、疲れやすい。不安。＊一日寝てゐる、夕方天気があがつたので七夕の飾りを川に流しに行く。山ちやん、今井、河野、魚谷、石井さん。黄昏。＊雑誌「世紀」でモリアツク「フアリサイ女」一、二、三を読む。

七月九日（土） 曇。暑くなる。＊藤本より本送つた旨、電報。＊終日無為、「魔の山」の最初を少し読む。＊この日より禁煙する。毎日七度に近く、不安。

七月十日（日） 曇。＊昼すぎ澄子来る。ひどく疲れてゐるやう。健康診断を受けたとか。安静時間中散歩、夕食後駅に送る。どちらも控へるつもりでゐたが顔を見ればさうも行かない。＊今井君に二〇〇円借り、澄子に五〇〇円渡す。＊駅で河野さんと一緒になり疲れて帰る。

七月十一日（月） やはり曇。暑く二十六、七度。まだからつとした夏ではない。＊加藤周一来訪。人間[*37]の木村徳三氏が原稿を求めてゐるとのこと、短篇なら無制限、エセエなら三〇枚。彼のお母さんは五月三十日に亡くなられたと。文学上の話色々。ヘミングウエイのこと。駅の途中まで送る。雑誌五冊持つて来てくれる。＊七度の熱があり、何となく不快。＊夜、鈴木教授にマラルメ詩集の礼状を書く。

七月十二日（火） 曇天、三十度。＊培養。仲々出なくて神経を使ふ。＊Pn46（-1 -3）130・斉藤医官による。沼田さん立会。＊右のコオ丸が痛い。＊熱発七度七分。脈88、気分不快。食慾なし。＊夕食時、前歯が欠ける。＊中田君来る。詩の作曲のこと。

七月十三日（水） 晴。酷暑。沼田斉藤両医官不在。野口医官診断。ほぼ確実に睾丸結核といふことになる。6°9 7°4 7°7 ＊澄子に英文ハガキ。＊夜よく眠られぬ。ホオサン水で冷す。

七月十四日（木） 晴、酷暑。吉村医官診断（一高の同窓）、来週火曜手術に決す。ストマイは不要とのこと。＊澄子、秋吉、中野達彦、中村に手紙。

七月十五日（金） 晴、酷暑。＊毎日同じ熱、痛みは動かないと全然なく、歩くと痛い。＊人間の木村さんから正式に原稿依頼、断りの速達。＊飯原さんに手紙、その返事。

一九五一年十二月十日〜一九五三年三月三日

【日記　一九五一年十二月以降　（至一九五三年三月）[*1]】

＊

日記を附けなくなつてから久しい。先日ふと一九四九年一月から七月迄の日記を読みかへしてみると、僕の書いたもののうちこれが一番いいものであるかもしれないと思つた。それは寂しいことだが、現実は一度しか起らず、何等のフイクションを混へず、卒直な感慨を伴ふ点に於て、その内容は正確に僕を定義する。あの時もし具合が悪くならなければ、引続いてそのあとを書いてゐたに違ひない。それから今まで、さまざまのことがあり、僕はもうそれを正確に思ひ出すことは出来ないだらう。作家にとつて一日一日は貴重であり喪はれたものは帰らないが、日記は書くことのメチエを自分にためす点に効用があるのではない。現実が一度しか生起せず、それを常に意識し、その一度を彼の眼から独自に眺めるために、小説家に日記は欠くべからざるものであるだらう。日々の記録として価値があるのではない、小説家の現実と彼が如何に闘ひまた如何に自己を豊にしたかにその効用があるのだ。その日常が平凡でありその描写が簡潔であつても、その日記が詰らなければ作者である小説家が詰らないのだ。ゴンクールにしても、ルナールにしても、ヂイドにしても、文章が巧みであるとか、選ばれた場面が秀逸であるとか、感想が独自であるとかの理由によつて面白いのではない。彼等が自己が何者かを意識し、常に外界との接触で自己のコスモスを形成したその過程が面白いのだ。小説家は固有の眼を持つ、彼はその眼によつてしか物を見ない。僕が生きるのは、僕が生きるやうにしか生きないのだ。せめてこの日記の中に於ては僕は自由だらう、僕は何人にも煩はされず精神の王者として在るだらう。しかもこの自由の中にさへ僕が味の苦いものを感じるとしたら、それは僕の選んだこの道、小説家としての眼が物を悲しくしか見られないせゐだらうか。一九五一年十二月。

*

一九五一年十二月十日　月曜、晴、暖し。
*外出、新潮社へ行き、新田敞《にったひろし》に「風土」[*2]改稿約五〇〇枚を渡す。原書三冊及びケセル「幸福の後にくるもの」一巻、「エコールドパリ」一巻を受取る。*窓から眺めたもの、小春のやや薄ぼけた青空、うそ寒く燃える歩みの遅い太陽、その間に物ほしに乾された蒲団の色（くすんだ茶と殆ど色にならない緑）に点睛を感じる。*人生座《ママ》で映画「パンドラ」を見る。部分にすぐれても全体はよくならない、どのやうにすぐれた部分のみを組合せても芸術は完成しない。*最終バスで帰る。

十二月十三日　晴、暖し。
*谷静子[*3]二次成形。谷孝子[*4]、野上彰[*5]を伴ひ昼ごろ来訪。野上彰と初対面。詩及び日本語についての会話。ややダンデイ、情熱を潜在させてゐるが、やや放漫に流れ易い。活動的芸術家の一タイプ。

＊手術良好、午後呼吸困難を起し、小野先生[6]により排気。蒼白い顔。＊夕刻谷孝子をバス乗場へ送る。生と死とに関する意見、しかしそれを述べる資格が果して僕にあるかどうか。＊谷孝子は今月新聞売子をしてゐるとのこと、もしそれによつて生きる意志が生れれば、ムヤミと同情する必要はない。

十二月十四日　晴やや曇る、温暖。

＊岩松貞子[7]と共に外出。紀伊国屋にて原色版二十四葉入画集「ブラック」を買ふ。「モヂリアニ」との選択に苦しんだ後に。現在最も関心のある画家、ブラック。＊新宿三越で夏樹[8]にオモチャの汽車を買ひ、クリスマスカードを入れて送らせる。一、六〇〇円、予定大いに狂ふ。半長靴、魔法壜を買ふ。中村屋で食事、地球座で「パリ《ママ》〔巴里〕の屋根の下」及び「カルメン」を十五分ほど見る。＊閑があれば、岩松貞子と別れて谷孝子の家へ行くつもりでゐたが、オモチャの処で疲れて行けなかつた。＊夜、新潮社より持参した原書を読む。

十二月十五日　土曜、晴。

＊血沈（0.5, 2, 7）この前は凝固、その前は風邪で悪かつたので自信がなかつた。外気舎に移つてもいつかう不安が去らない。＊谷静子の許で小説の方法について語る。現実感、密度、意識。＊夜Henry Castillou: le Fleuve mort, récit を読了。一九四六年の作品。ブラジルの奥地を背景に、ロマン・バルテスの「死せる河」探険への夢、その中絶の原因としての若い妻エリザ、その子ヨアヒムの三人を描く。ヨアヒムはエリザに教へられて父の人格に失望し、父と話して恋するエリザの人

格に失望する。彼は自ら「死せる河」へ旅立つ。メリメ的文体。彼に尚 Orteno, Cortiz s'est révolté, Seigneur du Nord, Le Feu de l'Etna のロマンがある筈。

十二月十六日　日曜。

＊前夜から冷え込んで、朝零下三度。池が凍り、あひるの姿が見えない。＊谷静子の大きな眼。彼女のくれたドランの女の肖像との類似。＊岩松貞子が風邪気味ゆゑ夜レスタミンの注射をしてやる。＊終日短篇の構想。前に「遠方のパトス」[9]と題して十枚ほど書きかけて止めたもの。原田義人に教へられてニイチエの Pathos der Distantz《ママ》は予期の内容ではないことを知つたため。再考。＊夜寝てから前掲小説集所載カステューの Les Transfuges を読む。限界状況に於ける心理。やや退屈な会話のあとの詠嘆的なクライマクスはうまい。

十二月十七日　月曜。終夜風が吹き、朝は意外に暖く四度。風の音が強く小さな外気舎をゆるがす。

＊皿谷幸雄の入所書類を林主税[10]に送る。共に未見の人。関山久雄にたのまれたもの。＊散髪のため午前中つぶれる。＊谷静子、音楽の話をしてゐる時の彼女の眼の耀き。＊夜、岩松貞子の風邪が癒らないとかで、またレスタミンを打ちに行く。クリスマスの贈物は要らないから、画集「ボナール」の解説を訳してくれと言ふ。金で購へる好意は真の好意ではないと僕が言つたためか。しかし好意は強制するものではない。＊Aimer c'est souffrir, m'a dit Thérèse. Si elle le savait plus tôt.〔愛とは耐えること、私はテレーズに言った。仮に彼女が早くそれを知っていたとしても〕＊夜、仕事。

十二月十八日　火曜。晴。

＊仕事、昨夜から「遠方のパトス」を書き始める。長篇では貯へなければならぬ、短篇では容赦なく切り捨てなければならぬ。＊夜、谷静子と話す。妹のこと。谷孝子と彼とは幼馴染で十年も一緒に暮した。彼は野上彰の前の妻の弟。二坪先生といふ仇名の女と同棲し、孝子と別れた。孝子の自殺未遂の後、単身沖縄へ去つた。二坪先生もタイピストとして試験を受けたが一緒に行くことは出来なかつた。二人の間には音楽に関して種々の思ひ出がある。彼は優秀なピアニスト、誰からも愛される。二坪先生は二坪の家を建て、靴みがきをし、小説を勉強してゐる。情熱的、美貌。孝子はしづかに、美しく、愛し続ける。しかしこの愛が破れた後に彼女にはもう何もない。＊先日、谷孝子が僕の小舎に来て借りて行く本を探した時、ウルフを見て眼を耀かせた。二坪先生はウルフが大好きなの、きつと悦ぶわ、と言つた。その時僕は二坪先生が誰であるかを知らなかつた。今考へれば、谷孝子には女性の美しい魂がある。人を愛することを知つて憎むことを知らない魂。＊如何にすれば谷孝子を生きる方向へ導き得るか。心には常に記憶があり、身体は弱く、経済的にも不安が多い。心を許した姉は病床にある。

十二月十九日　水曜。晴、寒し。

＊午前入浴。＊広島で出てゐる雑誌エスポアールが文学51[*11]廃刊後同じ傾向で出るといふので同人になることを求められる。応諾の返事。＊谷静子との対話。岩松貞子は朋輩の間で頗る評判が悪いといふ。野上彰に於ては人間より作品に興味があり、僕に於ては作品は大して関心がないといふこと

の違ひ。ベルリオーズは貧窮の妻子を抱へて、思ひ附いたメロデイをノオトに書きとめなかつたといふ挿話。あなたならどうなさる？　＊深夜、「遠方のパトス」を書き終る。意外に短く三十九枚。これは容赦なく切り捨てたためだ。方法が分つた以上は短篇もまだいくつも書けさうに思ふ。新田敞へ葉書。＊この日、十一月中旬の培養一月マイナスだつたことが分る。＊心がゆらいでゐる。憐憫は愛ではない。自らの心を偽ることは卑怯だらう。

十二月二十日　木曜、晴。
＊朝ラヂオでボーイソプラノ、クロード・パスカルの「家なき子等のクリスマス」（ドビュシイ）を聞く。＊終日風邪気味。＊谷静子に小説を読ませる。中途から顔が紅潮する。如何なる讃辞にもまさる無言の興奮。＊彼女は今日新六寮（手術病棟）から一寮へ帰つた。三十五日間、と彼女は指を折つた。彼女は向ふで、こころゆくまでラヂオで音楽を聞くことが出来るだらう。＊夜、中村真一郎と谷孝子あてハガキ。先日彼女に借《ママ》したレコード三枚（パンゼラ、アンダスン、ショパン）をあげる旨。＊夜、うどんを東療クラブに食ひに行く前、岩松貞子のところへ寄る。話してゐるうちおそくなつてクラブは終り。レスタミンを打つて寝る。＊Je ne supporte pas d'être aimé. Il suffit J'aimer, mais elle ne le comprend pas. Je ne me sens que l'amitié depuis. Je l'a proposée. Elle hésite.〔私は愛に耐えられない。それには私の愛で十分、しかし彼女はわからない。私は友情以上に感じない。私はプロポーズした。彼女はためらった〕

十二月二十一日　金曜、晴。

＊風邪の具合が悪い。昨夜岩松貞子にたのまれて、朝、火だねを附添部屋へ持つて行く。その時忘れてあとから僕の持つてゐる半分のお金。＊午後、谷孝子来訪。びつくりする。カステラを持つて来てくれたので紅茶をいれる。「遠方のパトス」を読ませる。ラヂオがショパン「バラード」三番をやつてゐる。本を数冊貸す。髪をパーマしてゐる。一番上のお姉さんがパーマ屋に連れて行つてくれ、セーターを買つてくれて、そのあと家出をしたとのこと。＊谷静子の短い手紙で、写真をあげる。「私達の交友が周囲の誰をも傷つけない事をやはり私は望むＳＩＫＯ」＊終日褥中にあつて前田河広一郎「蘆花伝」を読む。＊レスタミンを打つて寝る。

十二月二十二日　土曜、曇小雨。

＊依然風邪気味。褥中にあつて「蘆花伝」読了。＊東とみ子[*12]来訪。洋菓子のおみやげ。東義国[*13]相変らず神経衰弱とのこと。＊岩松貞子のとこへお菓子をもつて行く。客がゐたので直に帰る。＊谷静子あて仏文のハガキ。「Aimez la musique (des ondes), c'est la moins dangéreuse《ママ》.」〔音楽を愛しましょう（放送で）、それがもっとも危険がない〕＊夜早く寝る。

十二月二十三日　小雨後に霽れる。

＊当番ゆゑ朝六時頃から眼覚める。レン炭をおこすので前より一層仕事が多い。＊昼ラヂオでブライロスキイ《ママ》のショパン「ワルツ」集を聞く。半分ほどで停電、がつかりする。＊藤村忠男送別のスキ焼を同室の坂田一男と共に。＊風邪の具合少しよくなる。＊就寝後カステイユー短篇集最後のLe Maître を読了。終りが少し落ちる。しかし確に才能ある新人。他のロマンを読みたい。

十二月二十四日　月曜。曇。

＊今週歩行当番。午前、坂田一男と共に所内一週《ママ》。＊今井淳がオート・トランスを取りつけてくれる。三〇〇円。先日来彼と話してLPの電蓄をほしくてしかたがない。終日雑誌「レコード音楽」の一年分を借りて読む。＊夜、岡田〔敬茂〕医師来訪。分裂病についての対話。ヤスパースの翻訳中。＊岩松貞子がバラをくれる。＊この日クリスマス・イヴ。夏樹へのおもちゃは届いたかしら。

十二月二十五日　火曜。やや曇り日。

＊外出。池袋まで嘉村文男と一緒に行く。＊新潮社で新田敞に「遠方のパトス」を渡す。「どうしてこんな題を附けたんですか。」脈がないことはないといふ話。「風土」の方もジャーナリステイクな作品ではないが多分大丈夫だらうといふ話。カステイユー「死せる河」の内容を伝へ、ロジエ・ヴァイヤンの小説一冊を借りる。＊銀行を経て神田に至り、古賀書店にて谷静子のために「ジュピター」総譜、ベートーヴエン「手帳」（仏文）を購ふ。＊渋谷東横百貨店レコード部にて。昨日つくつたリストを見せたがほしいレコードが一枚も在庫してゐないのに驚く。結局在庫品の中からデユパルクを一枚見附ける。デパートの喧騒の中の「波」の流れ。＊代官山の駅に谷孝子が待つてゐてくれる。二時半。彼女のアパートへ行き、母親と会ふ。五つほどの妹の子。人見知りをしない男の子。ふとした郷愁。＊デユパルク「波と鐘」「フイデイレ」を聞く。前者の素晴らしい荘厳さ。「旅への誘ひ」も聞く。＊昨夜来用意したといふお昼の御馳走。＊音楽の中に人生があるといふ彼女の生き方。ブラームスやマーラーやデユパルクへの親近。＊薄暮の街をえびすまで二人で歩く。

群集の中で。昨夜おそくイヴの銀座を彼女は一人で歩いたとのこと。何を考へて？　＊最終バスで帰る。谷静子の許に寄る。元気に見える。＊デュパルクのことを思ふ。「なし終へた僅ばかりのことは考へずに、なし得なかつたことへの痛惜のうちに」過された五十年。＊夜疲れて早く寝る。

十二月二十六日　水曜。午前中暖かい小雨が降つてゐる。風邪気味が取れないので入浴しない。＊夕刻ラヂオでラフマニノフ「ピアノ・コンチエルト」二番を聞く。スミス演奏、録音が悪い。＊夜早く寝て、昨日借りて来たヴアイヤンの小説を読む。＊夜八時のＮＨＫ・ＳＨで「新世界」を聞く。トランスを入れたので非常によく聞えるやうになつた。＊音楽を愛し得る者はいい。僕はとても谷姉妹のやうに音楽に（またその他の芸術に）悦びを感じてばかりはゐられない。音楽を聞く時の、束の間の放心。＊人を愛し得る者はいい。昨夜、谷孝子はオキナワへ手紙を書いただらう。遠方のパトスは彼女を生かすだらう。愛し得る者は仕合せだ。僕は自らを冷たい心と言ふだらう。＊中村真一郎からのハガキ。彼は成宗の堀さんの旧居へ移つた。

十二月二十七日　木曜。晴。

＊午前中、外気清掃。小舎の廻りを掃く。＊ひる、退所する藤村忠男を池袋まで送る。娯楽映画を見、お茶をのんで別れる。清瀬駅からのバスで偶然岩松貞子と一緒になる。＊彼女が小舎に来て夕食を共にする。寝衣を買つて来てくれる。彼女の愛情を理解しながら、この孤独感は彼女には分らないだらう。＊ドヴオルザーク、ピアノ三重奏曲「ドンキイ」を聞く。＊夜、就寝後読書。

十二月二十八日　金曜。晴。

*午前、外気食堂の清掃。*新田敵にこの前約束した「ヌーヴエル・リテレール」の切抜を送る。*中村真一郎「魂の死《ママ》の中を〔魂の夜の中を〕」を読む。長篇第四部。意識の交錯を同時間的に扱つてゐて、特に最後の部分はいいが全体的になほ未熟の印象。意識と行為との計算がしばしば疎であること、意識に於て特に個を表現する特徴を捕へてゐないため平面的であること、また城栄といふ主人公があまりに無力であること（ロマンの内的デュレ〔時間〕の芯として）、最後に文章があまりにセック〔味気ない〕である（作者がそれを意識してやつてゐるとは思はれない）。

十二月二十九日　土曜。晴。

*外出。一人で浅草へ行き雑沓の中を歩く。群集の中の孤独。*夜、岩松貞子と対話。もう会はない方がいいといふ彼女の気持。

十二月三十日　日曜。晴。

*中村真一郎の家へ行く。奥さんと久しぶりに会ふ。河出の緒方正一も来る。「ボードレールの世界[*14]」を文庫にもとめられる。中村とロマンについて色々語る。彼は長篇の第五部にとりかかるとか。*夕、早く帰る。谷静子の許に一寸立寄る。*中村の結婚生活は（表面では）成功してゐるやうだ。しかし羨しいとは思はない。彼等はバナリテ〔平凡〕に堕さないだらうが、それでも中村の個性は少しづつ削られて行くやうだ。しかし彼ほど芸術家の自覚をもつて生きてゐる奴は、他には尠いだらう。

十二月三十一日　月曜。曇、のちに雨。

＊昨日もちや炭の配給があつたさうで、一日中暇。午前入浴。坂田一男自宅へ帰る。終日戯作の試み。＊夜、岩松貞子がもちを持つて来てくれる。正月用の折詰をあげる。このやうな形で友情が続くだらう。＊かうして一年が過ぎた。かうして歳月が過ぎて行く。この一年にしたことは僅しかない。「風土」の完成。短篇が一つ、散文詩が二篇、やりかけでサボつたままのボードレールの訳。貧しい。常に誰かを愛してゐなければならない気持、そして孤独。ある時は強く、ある時は弱く。苦しみの間の僅の悦び、ニヒルな自嘲、冷たい眼、冷たい心。そして尚生きてゐる。悦びも悲しみも強く心を打つこともなく。何時まで？

＊

一九五二年一月一日　火曜。晴、あたたかい。

＊朝ラヂオでギーゼキング—カラヤンの「グリーク協奏曲」を聞く。ひとりでもちを焼き、所から出たお雑煮をつくる。東京療養所で迎へる五度目の正月。＊午前、今井淳来り、ラヂオの話をする。スピイカーと増幅器と別々の方が如何に性能がよくなるかといふやうなこと。＊午後、谷孝子来る。正月料理を持つて来てくれる。僕の作品の感想など。この人と話してゐる間は心の中が暖かい。＊夕、岩松貞子来る。心の中で争ふ二つのもの。＊風邪気味で早く寝る。

一月二日　水曜。くもり。

＊風邪、終日寝る。

一月三日　木曜。雨。

＊依然として風邪。無為。

一月四日　金曜。晴。

＊午前、中川幸永[*15]来る。ひげを剃つて風邪ぶりかへし。＊夜、坂田一男帰る。レスタミンを打つて寝る。

一月五日　土曜。晴。

＊風邪。終日臥床。「忘却の河[*16]」の構想。＊暮に読みかけて放つておいたRoger Vailland: Un Jeune Homme Seul, roman, Corrêa, 1951を読了。全二部よりなり、第一部は一九二三年Eugène-Marie Favartはまだ十六歳になつてゐない。ライム中学校の生徒、その家庭、祖母にポリテクニクに落ちて平手打を食はされた父親、エゴイストの母親、家系の説明、少年の「孤独」の意識、舞台はパリに移つて叔父の結婚式、祖母Eugénie、父を牢屋に持つ少女Domenica Dominguèz、そしてMarcelleを恋して労働者Madruに平手打を食ふ。第二部はヴィシイから来た警察官を中心にして一九四三年四月Madruの事故死とその葬儀の前後。マドリユはコミユニストのシエフ、そのあとをドミンゲスが受持ち、手入があつてマドリユの息子がつかまる。主人公は真の労働者になり得

てゐないが、最後にマドリュ（息子）を逃して自ら牢へはひる。その間老祖母はレジスタンスの闘士となり主人公の妻と固く結ばれてゐるし、またブランシエットの思ひ出の中に、主人公の三十年代の生活が回想される。第二部は探偵小説的（映画的）構成でレジスタンスの一面をたくみに描いてゐる。インテリゲンツイアが如何にして労働者の友になるかといふテーマ。作者に他にDrôle le《ママ》 jeu (Prix Interallié45) Bon pied bon œil, Les Mauvais Coups. 等のロマン、Héroïse《ママ》 et Abélard（三幕劇）、Boroboudour（バリ、ジャバその他の島嶼への旅行記）などがある。尚この作は五一年ゴンクール賞次席。

一月六日　日曜。雪が朝から夕まで降りつづく。＊谷孝子のところへ行く約束があるが風邪がなほりきらないので止す。＊赤痢さわぎがあり、二、三十名の患者が出たとか。＊中村真一郎から借りて来たFaulkner: Moustiques（Mosquitoes）を寝て読む。＊昼、カラヤンの「パセチク」、夕、トスカニーニ指揮の「椿姫」全曲を聞く。＊夜、雪どけの音。谷孝子へ手紙。＊賀状十八枚来る。（今日まで）

一月七日　月曜。
＊朝から雪どけで道が悪い。＊終日寝て荷風全集第二十巻、断腸亭日乗二を読む。＊夕食を小山宗惣、上野茂、坂田一男と共にする。後に清水重澄来る。＊夜レスタミンを打つて寝る。

一月八日　火曜。

＊朝歩行。清水重澄を送り芝山サロンでコーヒーを喫す。＊集団赤痢が大きくなり、外出泊中止。午後外気の会議がある。＊夕食後一寮の谷静子の許を訪ねる。音楽の話。＊徳富蘆花《ママ》「黒い眼と茶色の眼《ママ》」を読む。期待したほどの作品ではない。

一月九日　水曜。晴れて頗る寒い。朝食の時なほ零下二度。＊午前清瀬駅前の初心堂書店まで行く。＊未見の人塚本邦雄[*17]よりその歌集「水葬物語」を贈られる。＊夜、岩松貞子来る。自宅に三日ほど帰つたとか。

一月十日　木曜。晴、依然として頗る寒い。＊牛山充「洋楽鑑賞の知識」を読む。＊所のポータブルとレコードを長山泰介[*18]と共に借りて来て聞く。ショパン「スケルツオ」など。＊夜寒い。前に傷をした右手の薬指が痛む。

一月十一日　金曜。雨。＊一晩よく眠れなかつたので、外科に行き吉村君に切開してもらふ。瘭疽及び腋下リンパ腺炎。ペニシリン注射。一日為すこともなく寝てゐる。

一月十二日　土曜。晴。＊午前外科へ行く。＊夜、谷静子を訪ふ。岩松貞子の部屋でコーヒーを飲む。＊中央公論社版「茂吉秀歌」を読む。佐藤佐太郎の撰になる。その印象。「赤光」「あらたま」以後は「つゆじも」中の

「山水人間虫魚」、「ともしび」中の「箱根」「妙高」を経て、歌境は沈頽の一途。その理由。⑴大正九年の長崎療養時代に人間的気魄に於て喪はれたものが多いこと。⑵同年の作「短歌〔に於ける〕写生の説」の理論が、作歌に先行したこと。茂吉の本分は象徴にあつて写実にはない。⑶西欧的冒険心が喪はれ日本的枯淡をよしとしたこと、従つて西欧的影響（また観潮楼歌会─明治四十一、二年─の影響）なども喪はれ「あららぎ」の独善に堕したこと。⑷一般に推敲苦心の痕が見えることをいさぎよしとしなくなつたため、「赤光」の特徴たるゴチック的建築美が喪はれたこと、等。この書、撰も悪い。

一月十三日　日曜。晴、最も寒く、零下五、六度。室内の水すべて凍る。
＊午前中大田《ママ》一郎[19]来り「群青」[20]九号のため口述筆記をする。「高村さんのこと」[21]八枚。＊夕食にかからうとする時、看護婦が来て先日の検便の結果、二寮の隔離病棟へ移つてくれといふ。仰天する。食事の間待つてもらひ、坂田一男と共に湯豆腐[22]を食し、直ちに身の廻りのもの、ボオドレエル数冊を携へて移転。赤痢菌は流行の駒込BⅢ号。二寮北二番室に入る。自覚症状は全然ないのでどうも本気にならない。夜よく眠られず。

一月十四日　月曜。くもり午後より雨。
＊沼田〔至〕医官が担任で診断がある。症状がなければ隔離する法的根拠はないが、同じ病院内だから用心のため移したとのこと。検便で分つた位のは頗る微弱とか。終日臥床、次第に退屈を感じる。＊三笠書房編輯次長小池喜孝[23]（未見の人）が面会に来たらしく名刺を残して去る。＊坂田、谷

姉妹、岩松、中村、創元社、新潮社へハガキ。

一月十五日　火曜。晴。

＊割合に暖い。今日は祝日、回診もない。昨夕から一日四回ズルファミン剤を呑む。朝うで卵がつき三時にお八つ、牛乳と焼リンゴ（昨日）カステラ（今日）食事は特別食といふが大して御馳走も出ない。＊同室に五寮より高済[*24]、小島、八寮より坂下、三寮より石崎、終日喋り合つてゐる。殆ど誰も自覚症状はない。＊瘭疽の痕は殆どなほつた。＊ジョゼフ・ケッセル「幸福の後にくるもの」一巻「メディシスの泉のほとり」を読む。ロマン的構想は頗る巧み。ブリリヤンな印象。＊岩松貞子より手紙来る。夜、野崎〔イネ〕看護婦に托して必要なものを書いてやる。＊夜、坂田一男が窓下にやつて来る。

一月十六日　水曜。晴。

＊朝、第一回の検便。＊沼田医師回診。＊何の異常もない、少しく空腹。＊上野茂より手紙。＊人文書院よりサルトル全集「文学とは何か」を送り来る。＊終日サルトル「Baudelaire」を読む。＊夜、岩松貞子が窓下に来る。洗濯物、リンゴ、タバコ、ガムなどを持参。五〇〇円借りる。＊スタンドがないので夜、本を読むと眼が痛い。

一月十七日　木曜。晴。

＊午前、洗髪、鬚そり。＊終日サルトルを読む。＊角川書店へハガキ。「パリの憂鬱」の翻訳もす

つかり遅くなつてしまつた。三笠書房小池喜孝へハガキ。

一月十八日 金曜。晴。

＊第二回検便。＊回診。＊サルトルにも漸く飽きる。どこからもハガキさへ来ない。谷孝子の沈黙は何故だらうか。＊高済そのほかの諸君と会話。北海道のこと、中学のことなど。北海中学[*25]の蛮風を聞く。＊夜、岩松貞子が窓下に来る。タバコ、レモン、ケーキをくれる。

一月十九日 土曜。晴。

＊検便の結果はまだ分らない。色々と不満が多い。＊依然としてサルトルの「ボードレール」を読む。あまり進まない。＊谷姉妹より返事。二人とも紙面の大部分をベートーヴェン後期のクワルテツトに使つてゐる。谷孝子は朝から新聞を売つてゐて殆ど暇がないらしい。彼女の可愛らしい小さな字。＊音楽がなく、自由がない。考へることの空しさ。遠方のパトス、そのパトスさへも。＊夕方、関山久雄と坂田一男が窓下に来て立話。タバコ五箱を持つて来てくれる。＊夜、谷孝子へ手紙。

一月二十日 日曜。晴。

＊第一回検便の結果、部屋で高済一美と僕とがプラスなのが分る。全部で二十九名中十二名プラス。＊川口豊子来り広田夫人と岩松貞子の手紙を齎す。岩松貞子は十八日の外出に見合をしたとか。＊谷静子へハガキ。今井淳に外気小舎からラヂオを持つて来てもらふやう手紙で頼む。＊Jean-Paul Sartre: Baudelaire, Les Essais XXIV, n.r.f. 1947 を読了。「彼は自らにふさはしい人生を持たなかつ

た」といふに始まり、「自らのために実存することを選んだ」ボードレールが、あとずさりに過去を生きることによつて現実を生きたため、未来に投企することが出来なかつたその失意のポルトレエを描く。しかし「自らに為した自由な選択とは、人が彼の運命と呼ぶものと絶対に同じである」といふ結語。

一月二十一日　月曜。晴。

＊第三回検便。回診。＊今西錦司「人間以前の社会」（岩波新書）を読む。＊第二回の結果は依然プラス。今晩からストレプトマイシンを打つてくれるとか。プラスが二十三名でマイナスが十二名。前回よりずつと成績が悪い。＊同室の高済一美がチビオン[*26]で発熱、白血球が激減してゐる。

一月二十二日　火曜。晴。

＊昨夜就寝時と今朝、ストレプトマイシン注射、五グラムの予定。＊千葉〔胤夫〕医官来り、十一月の培養二ケ月プラスと教へてくれる。十、十一と二月続いて二ケ月プラス故、不安が多くなる。＊昼に今井淳からラヂオとスタンドと届く。＊サルトル「文学とは何か」を読みつづける。文章が粗く頭が痛くなる。＊尚、昨夕岩松貞子が窓下へ来ての話に、先日の見合といふのは日比谷公会堂で行はれたフランス美術映画の試写とのこと。「見合なんか本当にすると思つてゐたの？」＊夜、川崎静子の独唱「スペインの七つの歌」（フアリア）を聞く。

一月二十三日　水曜。うす曇。

＊第四回検便。＊七時半から九時四十五分までラヂオを聞いてゐる。カルテット（B．op.130）「道化師の朝の歌」（R．）「月光」「雨の庭」（D．）など。＊夕刻の角力の放送を聞いて部屋で賭などしてゐる。＊谷孝子へハガキ。早ければ日曜には行けると前便に書いたので断り。＊夕方から七時半ごろまでラヂオがよく聞えない。電圧のせゐらしい。八時からN・H・K・S・Hでブルクナア「第四交響曲」（ロマンチツク）を聞く。ドイツ的憂鬱。

一月二十四日　木曜。うす曇。

＊第三回の結果、プラス。＊回診で沼田医官が困つたやうに笑つてゐる。五回連続マイナスでなければ帰さない方針に変る。＊朝の放送、ベートーヴエンop.131のカルテツト。感銘。＊岩松貞子から新聞と手紙。自炊場で彼女と立話。＊角力の賭で相変らず大騒ぎ。＊今日はラヂオの調子がよくJOKRでグリークのチエロ・ソナタを聞く。

一月二十五日　金曜。うす曇。

＊毎晩のやうに夢が多い。夢の二つの主題、父との生活と昔の恋人。＊第五回検便。＊ベートーヴエンop.132のカルテツトを聞く。谷姉妹の最も愛する音楽。もとより感銘はあるが、何度も繰返して聞かなければ真の感動にまでは亢まらないだらう。＊東とみ子よりハガキ。返事。＊第四回の結果、依然プラス。広田充宏も五回目プラスとかで悲観してゐる。＊夜、所長[*27]と医務課長〔植村敏彦〕とに陳情書を書く。寮棟で全治患者を危険視するのでそれに対する陳情。各部屋を廻つて署名を集める。

一月二十六日　土曜。晴。

＊朝、ベートーヴェン最後のカルテットop.135を聞く。今迄に聞いた130 131 132 135のうち最も感銘が強い。山巓の霊気といふ印象。＊ストレプトマイシンの注射は今朝で五グラムを終る。＊回診の時沼田医官に、ストマイ注射後に菌プラスの節はクロロマイセチンを使ふ旨の確約を得る。＊谷静子へハガキ。＊夜、窓下に岩松貞子が来る。

一月二十七日　日曜。晴。

＊朝サンサーンス「VC3」を聞く。＊よく晴れて、寝てゐることが苦痛に感じられる。＊伝田〔初代〕婦長に背中を拭いてもらふ。＊寄贈本、フルキエ「実存主義」、河出版「近代日本文学講座」三巻、共に到着。＊河出書房、緒方正一へハガキ。＊夜、岩松貞子がのり一帳《ママ》〔帖〕を持つて来てくれる。二十九日に外出、墓参の予定とか。

一月二十八日　月曜。晴。

＊第六回検便。培養。＊ラヴエル「マダガスカル島土人の歌」「シエラザード」ドビユシイ「ビリチスの三つの歌」をジエニイ・トウレルの独唱で聞く。昔同じ「マダガスカル」を聞いた印象に較べて、声がつめたすぎる。＊中村勝治[*28]、窓下に来る。＊「近代日本文学講座」を読む。＊花沢綾子が同じ隔離病棟にゐるが、彼女の母親が見舞に来て窓下に寄る。＊就寝際に第五回の結果がプラスと教へられる。

一月二十九日　火曜。晴。

＊朝、「冬の旅」より九曲（ヒツシユ）、モツアルト第四十番、フオーレ「ペレアスとメリザンド」を聞く。＊回診。第五回の結果は男子五名、看ゴ婦二名、女子七名プラス。今度は一日下剤をのんで、そのあとマイシン三グラムを呑むさう。クロロマイセチンは一日分二千円とかでなかなか使つてくれない。＊さつそく下剤をのまされる。＊谷孝子が今日東療に来たらしく、「ボードレールの世界」と手紙を看ゴ婦がことづかつて持つて来る。モンブラン・ジョワの演奏会の番組がはひつてゐる。果して行けるかどうか分らなくなつて来た。二月六日のが一番いいが（ソナタ三つ、「クロイツア」、フランク、ラヴエル）とても行かれない。＊ベートーヴエンPC3、ドヴオルザツクピアノ三重奏曲「ドウンキイ」を聞く。＊岩松貞子が外出の帰りに寄る。ヨーカンのお土産。＊花沢綾子の話によれば、同室の鈴木嬢が六回マイナスで一寮へ帰つたが婦長に要注意者と言はれてまた二寮北一番室（隔離病棟内の普通室）へ戻された。議論百出して皆憤慨する。＊下剤のせゐでお腹がしよつ中変。

一月三十日　水曜。晴。

＊第七回検便。＊朝、「冬の旅」のつづき、フオーレ「C・Sト短調」を聞く。＊回診で沼田医官に昨夕のニュースを伝へ、所側の反省を求める。沼田医官は現場として所側に交渉する旨確約。＊中村真一郎よりハガキ。返事。＊夕、プロコイ《ママ》エフ「古典交響曲」シベリウス「V・Cニ短調」（ハイフエッツ演奏）を聞く。後者の感銘。＊第六回の結果、部屋の三名もマイナスとなる。プラス八名。その中に第七回目、第六回目にプラスの人があつて、マイシンの効果に関して不安が大き

くなる。各部屋をめぐり意見を聞く。特に女子の憤懣が強い。六番室に「そんなことは医者に任せておきなさい」と言ふのがゐて、厭になる。かういふことでも全員の一致はむつかしい。＊マイシンは五グラム追加になり、今日から一グラムをのみ一グラムを注射する。＊「文学講座」読了。平凡な論文ばかり。

一月三十一日　木曜。曇。

＊血沈（2, 3, 9）＊朝、モツアルト「P・C」K五九五を聞く。＊昼、ピアフのシャンソン四曲を聞く。＊NHKから手紙が来て世界の名作に「アタラ」を脚色してくれと言つて来る。＊再び長文の陳情書製作。＊太田一郎が「群青」九号を持参。＊陳情書を七番室へ持つて行く。六番室でおそくなり今晩中には廻らない。七番室でも意見が割れる。次第に不愉快になる。＊夜、予定のマイシンがなく、看護室へ掛合に行く。無駄に。

二月一日　金曜。朝来雪。

＊第八回検便。＊陳情書の訂正。＊雪は夕方やむ。一寸ほどもつもらなかつた。＊頼んでおいた横光利一「旅愁」を岩松貞子が持つて来てくれる。＊陳情書修正案を七番室で清書してもらふ。署名の結果静臥室で悶着があるといふので出掛けて行く。頗る寒い。六番室は四名、静臥室は一名、署名から欠ける。＊マイシン十グラムを終る。

二月二日　土曜。晴。

＊終日点滴の音を聞く。＊第七回の結果、マイナス。部屋で石崎のみプラス。全体で九名。いよいよクロロマイセチンを使ふらしい。＊昼、シベリウス第一交響曲ホ短調（ストコフスキイ指揮）を聞く。感銘。第一でさへこれだけよいのなら第二以後は期待が大きい。ラフマニノフ「ＣＳト短調」の途中で停電。＊谷静子へハガキ。＊伝田婦長がゲタと部屋訪門《ママ》のことで厭味を言ふ。不愉快のきはみ。＊この日坂下氏八寮へ帰る。

二月三日　日曜。曇。

＊昼、ブラームス「Ｓ３へ長調」モツアルト「絃楽五重奏曲ト短調」ベートーヴエン「運命」を聞く。＊「旅愁」を読みつづける。＊谷孝子へ手紙。＊ＮＨＫ教育課一戸久と野上彰とにハガキ。

二月四日　月曜。曇。

＊第九回検便。＊底冷えのする日、夕方から小雪となる。＊終日「旅愁」を読みつづける。読むのに多大の努力が要る。＊夕、谷静子から手紙がことづけられる。＊谷静子へ返事。＊第八回の結果、マイナス。＊夜八時からＮＢＣアワーを聞く。トスカニーニ指揮のベートーヴエン七重奏曲。

二月五日　火曜。晴。立春といふのに凄烈な寒さ。

＊ひげを剃つてゐると所長が現れたのでびつくりする。＊高済一美五寮へ帰る。残りは三人になる。
＊横光利一「旅愁」読了。これは失敗作といふより悪作であらう。横光の最も悪い面。この中にある民族主義が悪いのでなく、その非論理的な展開が論理的なるべきロマンの構成の中に独断的に投

げ込まれたのがロマンを殺してゐる。前半のパリのみでいいので、日本の部分は（魚が水を得た感があるだけかへつて）蛇足であらう。＊夜、岩松貞子窓下へ来る。夜の中に顔が白く美しい。

二月六日　水曜。快晴。今朝は今冬最寒。コップ凍る。＊第十回検便。＊植村医務課長が来て話をする。駒込BⅢ菌は化学療法のせゐで強くなつてゐるから法定の三回だけでは分らないさう。＊夕、ウイリアム・ウオールトン「V・C」（ハイフエッツ）とモツアルト三十九番を聞く。＊第九回マイナス、これで四回つづく。今回はプラス四名。＊岩松貞子が頼んでおいた「金枝篇」二冊を外気から持つて来てくれる。＊NHKSH、チヤイコフスキイ「P・C」。

二月七日　木曜。雪もよひのうそ寒い曇日。＊朝、ショパンをマリーラ・ヨーナスの演奏で聞く。＊夕、チヤイコフスキイ「悲愴」（カラヤン指揮）。＊外出した岩松貞子が八時頃窓を敲く。頼んでおいた「アタラ」原書と共にクリスマス号のヌーヴエル・リテレールを気を利かして買つて来てくれる。雪が降り出してゐる。＊園田のショパン曲集を聞く。「バラードト短調」がいい。

二月八日　金曜。雪がやんで快晴、無風。雪は約二寸。＊第十一回検便。＊所長廻診。＊夕方六時半ごろ第十回の結果が分る。慾が出てゐるのでびくびくもの、マイナスと聞いてほつと安心する。八名プラス。またふえる。＊「アタラ」を半分ほど読む。

＊ラヂオで浪曲のある夜は部屋の人のためにラヂオを掛るから本を読めない。

二月九日　土曜。晴。

＊沼田医官の話に七回目の結果が分るまでは帰れないといふ。但し八度目は出さなくとも可。やはり憂へてゐた通り回数がふえて行く。これでうまく行つても来週木曜になる。＊中村に頼んでおいた「アタラ」の原・訳書二冊を東大仏文研究室から送つて来る。＊磯部慶一郎来信。＊夜、岩松貞子。＊Ｎ・Ｈ・Ｋ・Ｏの演奏でベートーヴェン「第九」を聞く。＊小野寺綾子、退所挨拶に来る。

二月十日　日曜。晴、無風。

＊夕、モンブランとジョワ夫人の演奏をＪＯＫＲで聞く。ヘンデルとラヴエルの「Ｖ・Ｓ」。素晴らしい音色。＊就寝時に看ゴ婦にこつそりたのんでシナソバを皆で取る。滑稽で、うまい。

二月十一日　月曜。晴。

＊第十二回検便。＊「アタラ」読了。脚色について構想。＊岩松貞子が風邪を引いて休んでゐると松本さんに聞く。夕、川口豊子来り彼女の手紙を持参。＊ＮＢＣアワー、トスカニーニ指揮でプロコフイエフ「古典交響曲」ベートーヴェン「第七」を聞く。＊夜、第十一回の結果分る。マイナス、これで連続六回、あと一回で帰れる。今回はプラス五名。同室の小島直が六回目にプラス。隣室の看護婦阿部瀧田〔ツヤ〕、依然プラス。

二月十二日　火曜。晴。寒く床に零れた水が凍つてゐる。
＊藤村忠男来訪。＊「ルネ」を読む。＊早手廻しにシヤツ、ズボン、スエーターを消毒に出す。＊夕、ブラームスの「ＰＣ２」を聞く。ゼルキン演奏。＊モンブラン・ジョワ演奏のフランク「Ｖ・Ｓ」を聞く。やはり素晴らしい。

二月十三日　水曜。曇。
＊今朝の検便は断つて出さない。婦長が厭な顔をする。＊朝、「ブランデンブルグＣ１」を聞く。
＊終日この前の結果を待つて落著《ママ》かない気持でゐたところ、研究所が休みとかで夜になつても結果が分らない。＊太田一郎、湯山桂子、窓下に来る。＊方岡輝子、岩松貞子の使ひで様子を聞きに来る。＊ＮＨＫＳＨでバツハ「二台のＶのＷ・Ｃ」ショスタコヴイツチ「Ｓ９」を聞く。

二月十四日　木曜。曇、雪もよひの空。
＊沼田医官をつかまへて文句を言ふ。研究所へ電話を掛けてもらふ。＊この朝グリーク「ＰＣ」（ギーゼキング演奏）を聞く。＊終日面白くない気持。電話は故障で不通とか。沼田医官「出てゐるかもしれないぞ」と言つて笑ふ。腹が立つ。＊今朝帰るつもりにしてゐたので煙草がなくなり松本さんに新生をもらふ。＊岩松貞子へ手紙。＊夕、フーゴー・ヴオルフの歌曲を聞く。

二月十五日　金曜。曇、午前中小雪。午後から霙まじりの雪となり寒気きびしい。夜、本格の雪。
＊「金枝篇」一巻を読む。＊夜、いらいらして待つてゐると、漸く結果が分る。マイナス、連続七

回。明日は開放《ママ》される。

二月十六日　土曜。依然小雪ちらつく。

＊朝から用意してゐると、外気の看護婦が月曜にしてくれなどと言つて来て慌てる。看護室で清拭、着替。沼田医官と話をして、看護婦たちと別れ小雪の中を外気に帰る。坂田一男が途中まで長靴を持つて来てくれる。小舎にはひつてほつと安心する。千葉医官に挨拶。外気の諸君が一人づつ言葉を掛けるのでこちらがくたびれる。昼食は隔離で出るので一番室の曾我さんのところで共にする。帰りにラヂオを持参。夕食を坂田君と。そのあとで谷静子のとこへ行く。妹さんの子が再発病したといふこと、孝子さんが部屋を持ちたがつてゐること、など。明日出掛けようと思つてゐたがやめる。名曲解説全集上下を借りる。

二月十七日　日曜。雪曇。

＊朝寝坊してショパン「P・C・1」リスト「前奏曲」を聞く。＊午後安静あけに坂田一男と時計屋まで行く。小雪がはらはらとかかる。＊谷孝子へ手紙、野上彰へハガキ。＊夜、岩松貞子来る。

＊夜寒。

二月十八日　月曜。依然として雪催ひの空。

＊朝寝をして起床八時半。隔離へ新聞を持つて行く。＊「アタラ」の脚色を始める。＊十一時すぎに便所へ行つて留守した間に看護婦が消毒済の書籍、衣類を持つて来た。灰皿と煙草とを持ち去ら

れたのを発見、看護室に三四度足を運ぶが返してくれない。看護婦の意地の悪さにおどろく。夕刻高橋つぎ主任が返しに来る。＊藤村昌[*29]（赤城さかえ）氏が肉野菜等を持参してくれてスキ焼をする。坂田一男太田一郎と四人。後ほど中川幸永来る。消灯まで閑談。

二月十九日　火曜。朝来また雪。

＊仕事。＊安静時間中岩松貞子来る。＊三時すぎに村役場の衣料配給があり夏のシャツとズボン下をもらふ。＊夕消毒ずみの蒲団かへる。＊夕食ごろ一谷秀哉来り閑談。嘉村文男と共に来月初旬退所といふ。＊夜、谷静子の許へ行く。看護婦に咎められる。

二月二十日　水曜。久しぶりの晴天。

＊外出予定のところ不許可になりくさる。いろいろと不愉快なことばかり。碁などを打つてまぎらす。＊安静あけに研究室へ行き千葉医官に話して許可をもらふ。沼田医官の助太刀あつてやつとのことで。＊夜、岩松貞子来てほころびを縫つてくれる。

二月二十一日　木曜。晴、あたたか。

＊朝、「皇帝コンチエルト」を聞く。＊外出。新潮社で新田敞に会ふ。「風土」は部長の手許にあり決定はまだだがほぼ確実とのこと。しかし出版は六月になるといふ。「遠方のパトス」は駄目。三〇〇枚ほどの恋愛小説の書き下しをすすめられる。＊銀行、昼食。＊秋葉原駅で谷孝子に会ふ。新聞を売るのを見ながら立話。冬のうそ寒い太陽。＊藤村忠男訪門《ママ》、不在。＊赤木屋で「ホフマン物

語」の前売切符を買ふ。来月六日二時半。＊高島屋ＯＳＳ、丸善洋書部へ行く。ほしいものが色々あるが買はない。＊東京銀行に寄つて窪田啓作と一寸話す。＊ＮＨＫ教育課で一戸久と用談。＊池袋で六時を五分すぎたので清瀬のバスに間に合はず歩いて帰る。＊夜ショーソンの「ポエム」を聞く。＊岩松貞子来る。＊磯部慶一郎来訪。

二月二十二日　金曜。

＊朝、バツハ「組曲二番」を聞く。＊歩行の帰りに清心園[30]外気に中川幸永を訪ふ。＊安静時間中、岩松貞子と野火止[31]を散歩。＊夕食、一谷、上野、嘉村、坂田四君による歓迎スキ焼。夜雑談。

二月二十三日　土曜。晴。日光温暖。

＊午前の歩行時間、長山泰介と散歩。梅林[32]の梅ちらほら。麦二三寸。＊脚色の仕事。＊午後ワルター指揮で「エロイカ」を聞く。＊夜、慌しく谷静子と話す。妹の仕事のこと。寂しい微笑。＊谷孝子へ手紙。切符を送る。＊夜、風が吹き寒い。

二月二十四日　日曜。晴れたり曇つたり。

＊初心堂に勘定一、六〇〇円を払ふ。荷風全集断腸亭日乗㈢を持つて来たのでまたつけ。依然として興味津々たる内容。＊昼、「ジユピター」とドビユツシイ「Qト短調」ショパン数曲を聞いて停電。＊岩松貞子が誘ひに来て少し散歩。＊脚色。小説のプラン。＊寂しいことを考へてゐる。

二月二十五日　月曜。くもり頗る寒い。
＊脚色の仕事。＊荷風の日記を読みつづけ濹東綺譚を参照する。＊夜、小雪。＊太田一郎と詩誌「群青」について協議。

二月二十六日　火曜。めざめれば雪。約二寸つもる。次第に雨となる。
＊荷風濹東綺譚の source は昭和十年十月二十五日、十一年九月七日以降の日記にある。＊午後日射のあかるい好天気。＊「アタラ」の脚色終る。二十六枚。NHK教育課一戸久あて送る。＊「遠方のパトス」を「群像」早川徳治あて送る。＊中村あてハガキ。

二月二十七日　水曜。晴。
＊終日無為。＊夜、一谷・嘉村両君送別、坂田、上野両君来る。＊岩松貞子来る。Elle pense encore au mariage.〔彼女はまだ結婚について考えている〕

二月二十八日　木曜。曇。
＊無為。＊夜、一谷・嘉村両君送別会を小山・奥田・山口・小納四君と共にする。トランプ遊び。

二月二十九日　金曜。朝めざめれば雪、ひるすぎまで降る。
＊「断腸亭日乗」㈢読了。＊夜、谷静子のところへ行き、旧臘〔十二月〕以来借用のカーディガンを返す。共にラヂオでデュパルク「フイディイレ」を聞く。

三月一日　土曜。曇。
＊「濹東綺譚」読み直し。＊昼過、一谷秀哉退所を見送る。坂田一男帰宅。＊夜、岩松貞子来る。

三月二日　日曜。晴、久しぶりの暖い日射。
＊「忘却の河」構想。＊清心園に中川幸永を訪ふ。＊人文書院よりサルトル全集劇作集㈡を送附し来る。＊夜に至つても気温尚十度。＊心落つかぬままに日を送る。未来の生活と現在の état d'âme〔精神状態〕と。＊「なし終つたわづかばかりのことは考へずに」とデュパルクの伝に言ふが、なし終へたことを思へば暗然とする。長篇「風土」七五〇枚のうち二五〇枚をのぞいても未だに出版のことは未定である。短篇集「塔[*33]」のうち「雨[*34]」と「めたもるふおおず[*35]」は再び見たくもない。「河[*36]」と「遠方のパトス」との二短篇。詩集「ある青春[*37]」。「一九四六[*38]」に含まれる幾つかの評論。書き直さなければ気の済まない「ボードレールの世界」。それから幾篇かのボードレール訳詩。それらの他に活字になつてゐない「独身者[*39]」の発端三〇〇枚と「慰霊歌[*40]」一九〇枚。これが過去の約十五年間になし終へた「わづかばかりのこと」だ、何といふ空しい収穫だらう。未来にかかる構想がいくつあらうと、その未来に果して希望があるのかどうか。昔は文学を、芸術を、信じてゐたが、今は明かなクレド〔信条〕さへもない。そして昔は「愛する」ことを信じてゐたが、今はそれさへも信じられぬ。それならば何のために生きてゐるのか。

三月三日　雛の節句。快晴、春らしい暖い日。

＊培養。＊千葉医官に外出証を出し面接。＊昨夜来鷗外「渋江抽斎」を読む。＊昼の間、碁ばかり打つてゐる。少しノイローゼの気味。すべてが空しくてしかたがない。五万円の権利金をためなければ退所出来ないことが分つてゐて、仕事への情熱も次第に衰へてゐる。＊夜、生暖かい風が吹く。谷静子の許へ行く。彼女は手紙を何度も書いたが皆破つてしまつたとのこと。果して何を書いたのか。「わたしが苦しみとか絶望とか言つたら笑ふでせうね。」しかし彼女の魅力は快活で皮肉で生意気で内面の苦しみや絶望を隠してゐるところにあるのだ。＊夜、岩松貞子外泊より帰る。懸案の間借、決定したと言つてにこにこしてゐる。一五〇〇円の家賃、権利金なし。僕も共に悦んでやる。四月から八月まで保健婦講習に出ることがこれで可能になつたのだから嬉しがる筈。彼女自身の道が拓けるだらう。

三月四日　火曜。うす曇り、また寒くなる。

＊血沈（0.5, 2, 6）＊終日無為、碁ばかり打つてゐる。＊富士銀行ギャング事件[*41]の犯人はフランス人。＊夕食後上野君（東療会委員）来り、映画会についての職組とのもめ事を相談される。＊坂田一男家から戻る。＊岩松貞子、今日の夕刊を持参。北海道強震[*42]、ぎくつとする。＊看護婦が谷さんが来てくれと言つてゐると伝へて来たが、行く暇がなかつた。

三月五日　水曜。曇。うそ寒い。天気予報は晩から雪。

＊歩行の途中で見ると梅がだいぶ開いてゐる。＊左手の凍傷でこのとこずつと繃帯をしてゐるので入浴出来ない。今年になつてまだ一度もはひらない。＊夜、谷静子訪問。「独身者」草稿を貸す。

三月六日　木曜。朝小雨、次第に雪まじりとなる。
＊坂田君の柄の抜けたコーモリ傘を借用、池袋まで試験を受けに行く太田一郎と同行。別れて代官山に谷孝子訪問。彼女が新聞売をやめ音楽新聞社に今月から勤めるやうになつたことは昨夜聞いてゐる。共に外出、放送局で一戸氏に会ひ野上彰が来たら待つてゐてもらひたい旨伝へる。アタラ脚色料税込七、〇〇〇円を受取る。コロンバン小憩。有楽座で「ホフマン物語」を見る。五時すぎ放送局へ二人で行く。「アタラ」は一週繰り上つてこの日六時から。野上彰と再会、団伊玖磨に紹介される。テストとナマ放送を見かつ聞く。脚色は割に好評だが長すぎて肝心のところをだいぶカットされる。野上氏が退所しても仕事の方は心配がないからいつでも出ていらつしやいと言ふ。谷孝子と共に省線に乗りヱビス駅で別れる。清瀬駅から小雨の中を歩いて帰る。

三月七日　金曜。朝から霙まじりの小雨。
＊「エスポアール」の同人会が午後本郷であるが外出見合せ。＊生協売店に東とみ子を見る。一月勤める約束をしたとか。お茶をのんでバス乗場まで見送る。＊夜、小雪となる。谷静子を訪ふ。「アタラ」の脚色をほめてくれる。ついで「独身者」を。この前、彼女の妹は彼女の苦しみをentre moi et lui（私と彼との狭間）であらうと言つた。この前訪問したあとで書いた楽譜一枚の長い手紙をつひに渡してくれない。＊夜、雪ふりしきり松の枝が雪の重みで折れる音を聞く。この頃夜よく眠られず。

三月八日　土曜。大雪、約五六寸か、なほ昼ごろまで降りつづける。
＊日直。＊嘉村文男、咯血して七寮へ戻る。＊停電断水、夕刻復旧。＊夜、少し風邪気味。

三月九日　日曜。晴、午後割合に暖くなる。
＊一時頃、谷孝子来る。ココアを御馳走し、絵の本を見せ、ラヂオでショパン「P・C・1」（ルビンシュテイン演奏）を二楽章まで聞く。林檎を買ひに行くといふので、谷静子のとこへ午前中に書いた手紙と「慰霊歌」とをことづける。林檎を買つて姉のとこへ戻つた谷孝子が、荷物を抱いて再び出て来るのを待ちバスで駅へ送る。姉さんがあの手紙を見て泣いてゐたと言はれてびっくりする。「何てお書きになつたの？」懸命に思ひ返すが、彼女を泣かせるやうな文句を思ひ出さない。むしろ悲しんでゐるのはあの人よりも僕の方なのだ、と言ふと、或はあなたのために悲しんだのかもしれないと言ふ。駅で別れ、本屋をのぞいて帰る。＊小堺喜代子より来信。昭和十九年春以来音信のとだえてゐた人。＊夜、月明。谷静子のことを思ひ、また昔識つてゐた小堺喜代子のことを思ふ。澄子とナツキとのこと。

三月十日　月曜。午前雨、午後より晴。
＊風邪気味で終日臥床。＊夜、谷静子へ手紙。書き終へると出す気がしなくなる。

三月十一日　火曜。微雨、午後風強し。
＊終日臥床。＊夜、山下庄之助へ手紙。失つたものはあまりに大きいか。＊手紙を書きながらフラ

ンクQ・ニ長調を聞く。僕でさへも幸福であることは出来た筈なのに。

三月十二日　水曜。晴。

＊朝、一月の培養二ヶ月一コロニイを知り、がつかりする。千葉医官に会ひ、当分歩行は現状維持を申入れる。＊入浴。＊音楽リストをつくる。＊夜、谷静子に会ふ。この前の涙を打消す。帰りに手紙をくれる。その手紙。＊消灯後、寝て返事を書く。＊この日シベリウスS・2、ベートーヴェンS・4を聞く。

三月十三日　木曜。晴、少し暖かい。

＊朝、岩松貞子に頼まれて結核研究所[*43]へ行く。そのあと初心堂で「デイスク」三月号を購ひ、広田夫人宅に寄り臨時の附添志望の人と共にサナへ戻る。＊自由貸出の図書を数冊借りる。＊山口治三郎退所の紀念に小納大策と三人で碁を打つ。＊「世界の名作」のリストをつくる。

三月十四日　金曜。風雨。

＊岩松貞子が保健所へ身体験《ママ》査に行くといふので、外出を共にする。池袋で別れ、新橋行のバスを待つたが、雨が烈しいので隣の浅草行のバスに乗る。王子廻でそぼ濡れた裏街を走る。浅草でストリツプ劇場に入る。低調。地下鉄で高島屋に行きDSSでパイプを買ふ。藤村忠男のとこで小憩。武蔵野線の途中から雪が白く積つてゐるのを見る。＊夜、岩松貞子来り、金策駄目になつたといふ話。従兄が貸してくれると聞いてゐたが実際は父親に交渉して自宅から通ふならといふ条件が出た

とか。それならば不可能だといふ。＊ドビュシイ「P・et M・」の一部を聞く。最大の傑作か。

三月十五日　快晴、あたたかし。
＊岩松貞子が気晴らしに映画でも見たいといふので池袋へ一緒に行く。昼食後「天井桟敷の人々」を見る。カルネのロマンチックな味はひ。＊バス終り、清瀬駅から歩いて帰る。道をそれて星月夜の下で語り合つたこと。二人とも空しいことを知りながら、一人は愛を求め、一人は愛の醒めた自分の心を懼れる。どちらが更に空しいか。

三月十六日　日曜。晴、今日も春めいて暖か。
＊終日ぼんやりとパイプをふかしてゐる。＊谷静子の許でアルレツテイ[*44]のことなど。七時半までに帰るのでいつも慌しい対話。彼女の中にある旅への想ひ、僕の中の忘却への願ひ。＊悔恨を伴ふ不幸な愛。＊小堺喜代子へ返事。＊何故ともなく心が疲れてゐる。

三月十七日　月曜。晴、春暖。
＊血沈（0.5, 2, 4）＊無為。夜、翻訳を少しやつてみる。明かにスランプを感じる。＊岩松貞子、襦袢とイチゴを持つて来てくれる。

三月十八日　火曜。晴。
＊無為。＊中川幸永のとこへ遊びに行く。

三月十九日　水曜。南の強風、雨を混へ気温十八度まで昇る。＊入浴。＊清水重澄来り夕食を共にする。＊今週の朝のコレクションの時間にシャンソンをやつてゐて、この朝ダミアを五曲聞く。＊寄贈、河出版近代日本文学講座第二回。＊中川君から雑誌の色ずりを一枚もらつて、額に入れる。スワンベルグ「美と虚飾」。＊この日誕生日。

三月二十日　木曜。うす曇、風強し。＊坂田一男外出。

三月二十一日　金曜。彼岸。晴。＊一日為すこともない。中村のとこへでも行かうと考へてゐたが、おつくうになつて昼寝などをする。何をする気持もなく、心も重い。昔は祭日や日曜には誰か来ないかと思つてたのしみにしてゐたものだが。＊夕、ラヂオでベートーヴエン「V・C・」（フランチエスカテイ）を聞く。＊小堺喜代子より来信。写真同封。思へば昔は純粋だつた。自分も人も。彼女は今日まで独身だと言ふ。それは僕のせゐではあるまいがもし僕の存在が少しでもその中にあるとすれば人は如何にしてその責任をつぐなひ得るか。僕も彼女も、一度も互に愛といふ言葉を口にしたことはない。しかし当時、彼女が僕を愛してゐたことは確であらう。そして僕は山下澄子を選んだ。人間はみんなエゴイストだ。僕に過去の失敗を後悔する資格はない。今の僕にとつて、小堺喜代子は「独身者」の中の一モデルにすぎない。＊ＮＨＫ一戸久より「私は音楽です」について来信。返事。＊赤城さかえ啄木祭の原稿をもつて来る。シュプレヒ・コールの原稿。＊岩松貞子来る。

三月二十二日　土曜。晴、うす曇。

＊啄木祭のため短歌を選び、短文をしるして赤城さかえに手交。＊太田一郎、船橋周道、退所見送り。＊岩松貞子と安静時間に野火止を散歩。ひばりが啼き、ジェツト機が乱れ飛ぶ。＊長篇の構想が漸く定まり、ノオトを取る。新潮社の新田敞にすすめられた恋愛小説は、現代では純粋な恋愛小説は不可能だといふ主題に終つた。再び愛と孤独との主題。

三月二十三日　日曜。晴、暖し。

＊昼、外出。オーヴアなしで丁度いいお天気。中村の許へ行き、雑談。生活のためにはラヂオ以外に方法がないといふ共通の意見。小説家の成立条件。職業的風俗作家になるか、革命家になるか。希望は薄い。フオークナー仏訳本を借り、原稿用紙、タバコをもらひ、オギクボまで一緒に歩く。古本屋で片山敏彦氏に会ひ、コーヒー店に入り、ロラン書翰集のことなど聞く。店を出ると春の驟雨。最終バスで帰る。＊留守中に山下延子訪問。澄子の手紙が残されてゐる。愕然として読む。子供を東京の学校に入れるため上京PXに勤めてゐるが生活が苦しくて学校へやる支度も出来ないとか。非常に困つてゐる様子がひしひしと伝つて来るが、僕自身の手許には全く余祐《ママ》がない。今日の電車賃の残りが一五〇円、銀行に五、〇〇〇円、これでどうなるといふのだらう。借りる他はないので窪田啓作へ速達を書く。＊恐らく現実といふのはかういふものだらう。過去は常に尾を引いてそれから逃れることは出来ぬ。人はみな不幸にしか生きられぬ。

三月二十四日　月曜。晴、午後に驟雨。

＊ラヂオドラマ「人生の街角」[*45]を書き始める。山下延子が来るかと思つて待つてゐたが来なかつた。＊東とみ子が田口夫人を案内して来、明後日のモンブラン・ジョワ演奏会の切符二枚を買はせられる。一枚二〇〇円。坂田君に切符代を借金。水曜は外出の予定だが、澄子のとこへ廻るつもり故行けるかどうかは分らない。＊夜、啄木祭の朗読練習を西講堂[*46]でやる。＊消灯後十一時まで仕事。

三月二十五日　火曜。晴、風強く気温十度以下。

＊日直。＊ラヂオドラマ安静あけに脱稿、二十六枚。＊切符は売れなかつた。谷孝子へ電話せるも不在。＊夕刻、中川幸永来る。＊谷静子のところで立話。＊岩松貞子来り、試験はうまく行き、家では喧嘩別れをして来たといふ話。金は方岡さんに借りることにしたらしい。

三月二十六日　水曜。晴、暖か。

＊外出。清瀬の駅で雪の富士がよく見える。新潮社、新田敞不在。飯田橋の銀行で残金全部（五、〇〇〇円）を出す。東京銀行で窪田が不在のため三越で時間を過し、洋書部で子供の絵本を一冊買ふ。窪田に会ひ、一〇、〇〇〇円借り、コーヒーを飲みながら色々の話。放送局へ行き一戸久氏に七スタヂオで会ひ、読書案内の録音に立会ふ。表へ出てコーヒーを飲みながら用談。伊藤海彦[*47]に紹介される。「私は音楽です」の時間にブラームス、バッハの次のヘンデル（三回つづき）をやることを約し、「世界の名作」の五月、ドイツ浪漫派からノヴァリス（青い花）かアイヘンドルフ（愉

快な放浪児）の何れかをもらふ筈。なほＲＤ「人生の街角」を手交。野上氏には会へず。電話で谷孝子と打合せ。田村町の洋書屋でデント著「ヘンデル」を買ふ。神保町角で谷孝子と会ひ、お茶とお菓子で小憩、共立講堂でモンブラン・ジョワ演奏を聞く。ヘンデルにフランクのソナタ。後者は技術が原曲に及ばぬ感じ。会場内がざわざわして最後まで落つかず。終つて神田まで歩く。途中で小憩。坊やが熱を出してゐるとか。省線ヱビスで別れ、京王線で上北沢、東義国のとこへ行く。十時半、夫人と同時に着く。東君の帰宅は更におくれ十二時。ダベつて就寝二時半。

三月二十七日　木曜。晴、次第にくもり。
＊六時半にめざめ、八時半に夫人と共に出掛ける。渋谷でお菓子を買ひ、中延[*48]へ行く。小雨。地図のとほりに行つてみたが、とうに他へ移つたとか。がつかりする。十一時に有楽町都庁の看護課へ行き、保健婦試験の発表は正午と聞いて構内の喫茶店で小憩。ひどく疲れてゐる感じ。発表。33番なし。急いで帰る。＊岩松貞子にその旨を報告。＊昨日留守中に山下延子が来て七時まで待つたとのこと。丁度引越をする前後とかで依然としてアドレスは不明のまま。手のつけやうがないが金曜に再訪問の予定といふ。＊夜、岩松貞子来る。彼女に二、〇〇〇円借りる。＊谷静子より来信。

三月二十八日　金曜。晴、温暖。
＊関山久雄来る。東海大学をやめ横須賀の聖泉《ママ》〔清泉〕女学院に転職とか。昼に帰る。＊三時近く山下延子来る。がつかりしたやうな疲れた感じ。ぽつぽつと語る。現に大崎の附近にゐるが環境が悪いので世田谷下馬[*49]の辺に移る筈。引越は月曜（その日のみ澄子がPX休み）部屋は七畳ガス附、庭

も広いとか、離れらしい。権利金三万、家賃二千、周旋屋に一割。引越の日に行くといふと、延子が曖昧な返事をするのでいろいろ訊くとそれはお姉さんに訊いてくれと言ふ。しかし遂にみんな話してくれる。借りて来た一〇、〇〇〇円を与へ、また延子に一、〇〇〇円をあげる。彼女は非常に恐縮してゐる。駅まで送り、途中でコーヒーを飲んでまた暫く話す。駅で別れ歩いて帰る。西の夕空に繊月を見る。
＊山下澄子。昨年夏頃から上京、暮にナツキの教育のために東京の方がいいからと主張してナツキを連れに来る。延子は帯広のアナウンサーとの間に噂が大きくなり、二月頃上京、その時まで澄子が池沢喬[*50]と一緒にゐることは向ふでは誰も知らなかつた。ナツキにはこれがパパだと教へた。ナツキはそれを信じてゐるかどうか、延子には確でない。ともかく姓名を変へたのは病気のせゐであると延子が説明した。池沢喬は家庭の反対があつて、前の就職先を止めた。延子はオキナワ出身で今年大学を出た医学生とこの秋結婚する予定でゐる。ナツキは小学就学児童のメンタルテストで全エバラ区〔荏原区。現品川区〕中の一位だつた。やさしい性質らしい。山下の父は去年の夏から結核[*51]で病院に入院のまま勤めてゐるが、大したことはない。これらが僕の知り得たおほよそのことである。その中に現実がある。

三月二十九日　土曜。晴。
＊岩松貞子のため結研へ診察券を出しに行く。共に帰る。＊読書新聞より書評の註文、テキスト来る。シモーヌ・ド・ボーヴオアル「招かれた女」上巻〔川口篤、笹森猛正訳　東京創元社　1952　以下訳文は本書による〕。＊河出書房よりドストエフスキイ「白痴」寄贈。隔離にゐた頃たのんだ本。＊夕、

谷静子を訪ふ。うれしさうな顔。楽譜を借りる。ベートーヴエン「VC」シューマン「PC」＊一両日前に買つたフオークナー「エミリーの薔薇」を読む。前に原書で二三篇を読んだことのある短篇集。＊もう一寸のところが待てない（と延子の言ふ）澄子、その澄子の現在は幸福なのかどうか、不幸にしか生きられない女、しかし彼女は今こそ自分の意志の中で生きてゐる筈だ。彼女には待つことが出来なかつた。僕には待つ者もない。事情が分り、ナツキに会ふ希望も目下のところ全くない。知るといふことは不幸なことだ。＊日曜の澄子の手紙を読み返してみても、彼女が幸福であるとは思へない。「あなたの側にゐた時と同じやうに離れてもミゼラブル〔惨め〕でゐる」といふのは恐らく本当だらう。それは経済だけの問題ではない。彼女には幸福のレベルがあまりに高いのだ。彼女は書いてゐる。「青春はもはや私のものではありません。その耀きも愛もつひに私の中で花を咲かせませんでした。」しかし青春は僕に於ても同じやうに喪はれた。失はれたものは常に大きい。しかし失はれたものとは一体何だらう。そして「物を失ひつつ」生きて行くこの人生とは一体何だらう？

三月三十日　日曜。快晴、温暖。

＊昼前にマクニース「暗黒の塔」（RD）を聞く。外出しようかと思つてゐたが、時間がおそくなる。＊田村幸雄来訪。久しぶり。元気の模様。＊「招かれた女」を読み始める。訳者のまへがきといふのがバカげたもので、女主人公はボオーヴオアル、相手がサルトルだなどと書いてある。＊夕食後に方岡輝子来る。洋服のことをまかせる。グリーンを基調に合服からつくつて行くプラン。お金はたてかへておくといふのだから非常な好意。岩松貞子と三人で表にすしを食ひに行く。＊寝て

からラヂオでショパン「P・C・1」を聞く。原チエ子[*52]のピアノ。

三月三十一日　月曜。曇。

*今井淳が頼んでおいた「青い花」を買つて来てくれる。*午後から春雨。今日引越をすると言つてゐたが。*「忘却の河」の構想。*小堺喜代子へ返信。

四月一日　火曜。微雨。気温五度、寒くて顫へてゐる。

*血沈（0.5, 2, 4）*シモーヌ・ド・ボーヴア《ママ》ル「招かれた女」上巻読了。(1)処女作の問題。一九四三の作。作者はここに女性としての第一義のテーマ、如何にして女性が自らの独立と自由とに生きるかを選んだ。必然的に第二作「他人の血」に発展する。(2)フランソワズとピエルとの間に招かれた女グザヴィエールが介入する。この女を周囲から描く。フランソワズはその日常のこまかい意識に於て人間性があらはによく出てゐる。ピエルは「ロベール」のやうに描かれる。二人の間に共通の□を持つてそれが生だと思つてゐる女が、「自分が存在することを知らなければ存在しても何になるのだらう?」（p.181）といふ疑問を持つに至るプロセス。従つて上巻のアダジオは下巻のアレグロを待たなければロマンの全体を明示しない。(3)対話を中心とする意識描写。冒険はすくないが、処女作にしては手馴れてゐる。(4)作者が女流である強みは感情のデリカを裸に示した点。重点はデリカの方でなく裸の方にある。男の解釈ではかうは行かない。*琢《ママ》木祭の朗読のことで赤城さかへ来る。*ブラームス「V・S・3ニ短調」を聞く。

四月二日　水曜。晴。

＊入浴。＊山下延子より来信。金曜一時にナツキと共に渋谷で待つといふ。親切な小父さんの役割を果させようと言ふのだが、どうもナツキのためよりは僕のための方が多いし、もしナツキが勘づいたらみなが不幸になるだらう。断りの電報を打たうと思ふが未だ心がきまらない。＊エドワード・デント「ヘンデル」を読み始む。＊夜、野上彰来訪。谷静子見舞のついでだが、岩松貞子が折よく来合せたので食事をさせて遅くまで話す。大阪へ行くとかでもしＡＢＣの連続が取れれば取つて来てくれる筈。

四月三日　木曜。晴。

＊培養。＊外出。石神井公園まで長山泰介と同行。バスでオギクボへ出、中村真一郎訪問。シモーヌ・ド・ボーヴオアルの本三冊（Le Deuxième Sexe I, II, Les Bouches inutiles）を借りる。バスでＮＨＫへ行き一戸久と会ふ。ヘンデルは二回、世界の名作はアイヘンドルフ「愉快な放浪児」に決定。ヘンデル締切は二十日。図書室からロマン・ロラン「ヘンデル」を借りる。野上氏が来てゐるらしいが会へない。新潮社に電話が通じない。田村町の角の海外図書でジョン・ホーレン「グリーグ」を買ふ。文庫本にいろいろ欲しいのがあるが見合せ。ひどく疲れた感じで帰る。＊夜、赤城さかえのとこで朗読打合せ。湯山桂子に朗読指導。＊夜寝てからもしばしば覚める。心臓が時々ひどくおそく打つことがあり、気持が悪い。

四月四日　金曜。晴。

＊朝、決心して山下延子へウナ電を打つ。「ケフユカレヌ」。＊土肥英二、「群像」早川徳治、河出緒方正一、新潮新田敞へハガキ。＊山下延子へ手紙。＊谷静子。彼女は少し肥つたと言ふ。野上彰の洩した amant infidèle〔移り気な愛人〕といふ言葉が心の隅にある。＊デント「ヘンデル」を読む。

四月五日　土曜。晴、漸く暖か、桃の花散り始める。

＊松本英夫来訪。司法修習生に任官、夏に京都に赴任すといふ。＊シモーヌ「第二の性」ひろひ読み、興味深い書物。＊安静あけに啄木祭朗読練習。＊読書新聞小沢修子よりハガキ、返信。＊夕食後、岩松貞子と共に清瀬まで散歩、広田夫人宅へ寄り、都営住宅の貸間の件を断る。野火止を散歩、月あかるく暖い。

四月六日　日曜。晴。

＊午後三時半より啄木祭、渡辺順三[*53]氏講演、そのあとシュプレヒコール。特に女の人たちはあがつたやうだがまづ上出来。西講堂いつぱいの人。夜なほ座談会があり、渡辺氏が短歌とか文学とか言つてゐるのを聞くと厭な気がする。この前の近藤忠義[*54]氏の話ほどではないが、やはり独断的。＊シモーヌ・ド・B「むだ口」を読み始める。

四月七日　月曜。晴。

＊暖く昨日からタビも湯たんぽもやめる。＊玉井君来る。菌が出たとかで元気がない。話二つ、A嬢、三月十日の空襲時、九度近い熱があつたが家族を探して二昼夜、遂に一人も発見しない。唯一

の親戚は彼女の財産（不動産）を勝手にごまかしてゐる。サナに於て次第に具合が悪くなり、不安な瞳の色。改宗後、眼が明るく平和になる。（この人の遺歌集について「野火」に[*55]感想を載せたことがあつた）。B氏、痰がのどに絡んで朝まで苦しむ。やつとそれが取れて落ついたところへ面会（偶然に）に行き、その話を聞く。いつでも死ねるやうな気持でゐたがそれは嘘だつた、生きたい。その三、四時間あとに死んだ。＊Simone de Beauvoir, Les Bouches inutiles（pièce en 2a. 8t.）〔2幕8場〕（n. r. f.1945）を読了。同年十一月カリフール劇場初演。母への献辞。十四世紀、フランドル都市ヴォーセルを舞台にする。この都市はデュクを追放して独立を計つたがブールギニョン軍に囲まれ、フランス王の援軍は春まで来る見込はない。食糧は尽きかけてゐる、といふ状況。ルイダヴエーヌはコンセイユにはかり、むだな口である女子供老人を壕の中に捨てようと決議する。彼の妻カテリーヌ、娘クラリス、その愛人ジャンピエル・ゴーチエ、妹ジャンヌ、その恋人でルイの子ジョルジュは反逆をはかりフランソワと共に主権を得ようとする。ジャンヌはその手に殺され、反逆者は捕へられ、ジャンピエルは決議を変へて、全軍敵に突撃しようとすすめる。「自由に選ばれた死は悪ではない」が、女子供を死に追ひやる時に彼等は自由ではない、それはコンミューヌの魂を殺すことだ。人々を自由にするためにデュクを追つた我々は、かくしてこそ、囲みを破り得ると否とにかかはらず、勝利者だらう。そして最後に、突撃の時が来て、大扉が開かれる。この劇で母親のカテリーヌが作者を代弁する。彼女は娘をジャンピエルに与へようとする。J-P., …Je n'ai pas l'âme d'un geôlier. C., L'amour n'est pas une prison. J-P., Tout serment est une prison. …Chacun vit seul, et meurt seul. C., Non. Si un homme et une femme se sont jetés d'un même élan vers un même avenir, …ils se retrouvent confondus d'une manière indissoluble（p. 56）〔ジャン・ピエール：

（略）僕には牢番の魂はありません。カトリーヌ：愛は牢屋ではありません。ジャン・ピエール：誓いはどんなものでも一種の牢屋です。（略）クラリスは孤《ひと》りで生き、孤りで死ぬ人間です。カトリーヌ：違うわ。男と女とが、一緒になって作った仕事で、彼らが産んだ子供で、（略）二人とも離れがたい仕方で、溶け合う筈よ」（佐藤朔訳「ごくつぶし」『ボーヴォワール著作集』第3巻　人文書院　1967）またジャンピエルが初めのうち手を汚さないで生きようと思つてゐたのが、変るところにも主眼がある（第五場　p.100）Cl., …et tu ne m'aimais pas. J-P., Je n'osais pas t'aimer parce que je n'osais pas vivre…Quel orgueil stupide. Cl., Te paraît-elle (terre) plus pure aujourd'hui? J-P., Nous appartenons à la terre. A présent j'y vois clair: je prétendais me retrancher du monde, et c'est sur terre que je fuyais mes tâches d'homme, sur terre j'étais un lâche et je te condamnais à mort par mon silence. Je t'aime sur terre. Aime-moi. Cl., Et comment s'aime-t-on sur terre? J-P. On lutte ensemble.

〔クラリス：（略）あなたは私を愛していなかった。ジャン・ピエール：生きるつもりがなかったので、愛するつもりもなかったのだ。（略）何と愚かな思い上がりか！　クラリス：今日ならもっと純粋に見えるっていうの？　ジャン・ピエール：僕達はこの大地のものなのだ。今では瞭《はつき》り見える。僕は自分を世界から切り放すつもりだった。そして、地上で人間としての務めを避けた。この地上で僕は卑怯者だった。沈黙することで君を死刑にした。僕はこの地上で君を愛している。僕を愛してくれ。クラリス：地上で、どうやって愛し合えるというの？　ジャン・ピエール：一緒に戦うのだ〕

四月八日　火曜。晴、夕刻より微雨。

＊昨日今日、診断を受けようと思つてゐて医官に会へない。＊外気に住みついてゐるチビといふ犬

が昨夜毒を入れた肉を食つて死んだ。散歩のときによく随いて来た奴。＊池田一朗[*56]よりシモーヌ・ド・ボーヴオアル「人はすべて死す」の原書を送り来る。＊方岡輝子より来信。合服上衣を水道橋の洋服屋へ頼んである故早速寸法を取りに行くやうにと。仮縫十五日、出来上り二十五日の予定。七、五〇〇円。＊夕刻、山下延子来る。ナツキの写真の出てゐるヨミウリ新聞[*57]を持つて来てくれる。夕食を共にし、駅まで送る。八時四十五分の電車で帰る。友人のとこに泊るとか。＊延子が帯広放送局のアナと識り合つたのは暮から正月にかけて。二月にはもう上京してゐる。原因は人の噂と、そのアナがあのお母さんではと言つたのが母親の耳にはひつたせゐ。未だに移動証明も荷物も金も送つてくれないといふので延子は困り切つてゐる。今度結婚する筈の相手（姓、屋富祖（やふそ）沖縄の人。）は澄子が仲人ださうだ。延子はあまり気が進んでゐるやうには見えない。実家では五月に式をあげさせたいらしい。

四月九日　水曜。雨。

＊千葉医官の診断。心臓の方は自律神経の欠陥だらうといふことになつた。＊午後、外出。雨がひどい。水道橋の洋服屋で寸法を取つてもらふ。新潮社へ電話、通じない。池袋で映画「カーネギイ・ホール」を見る。ブルーノ・ワルター「マイスタジンガー序曲」その節度ある指揮ぶりと素晴らしい瞳。ルビンシュテインのフオルテイシモのタツチ。他は相当に退屈。＊帰つてから谷静子。原稿「独身者」「慰霊歌」を返してもらひ、クロード・モルガン「人間のしるし」を借りる。＊夜ボーヴオアルの小説を読む。

四月十日 木曜。晴。
＊歩行の途中で清心園に中川幸永を訪問。「アサヒカメラ二月号」を借りる。若い女性のポートレートに気に入つたのがあり、構想中のロマンの女主人公（B子）の顔にするつもり。＊土肥英二来訪。アイヘンドルフ訳書を見附けて来てくれる。＊谷孝子より来信。この前の日曜にハイキングに行つたとか。「あなたなら多分落伍したに違ひないと思ふと一寸ユカイです。」＊静子のとこへ本を持つて行く。帰つてからヘンデルの作品目録をつくる。＊岩松貞子来る。今日「カーネギイホール」を見たと、明日遠足に行くさう。

四月十一日 金曜。薄曇。
＊外気遠足で作業の連中が江の島へ行つた。＊レントゲン撮影。＊「ヘンデル」作品目録をつくる。出来れば放送は三回にしたいと思ふ。＊岩松貞子来り夕食を共にする。＊原チェ子のショパンを聞く。「バラード3」「ワルツイ短調」その他。＊夜十時半までボーヴオアルの小説を読む。三五〇頁中の一二〇頁しか読んでゐないがその印象を書きとめておかう。S. de Beauvoir, Tous les hommes sont mortels.〔人はすべて死す〕(n. r. f. 1946) サルトルに捧げられる。長文のプロローグ、女主人公の Régine は舞台女優で、名声を得て不朽ならんことを願つてゐる。彼女は不思議な人物 Raymond Fosca を知り、恋人をすてて彼と恋愛する。会話は常にちぐはぐで、彼には生気がない。《Je vis et je n'ai pas de vie. Je ne mourrai jamais et je n'ai pas d'avenir. Je ne suis personne. Je n'ai pas d'histoire et pas de visage.》〔わたしは生きている。それなのに、わたしは生命を持っていない。わたしは、決して死なないだろう。だから、わたしには未来はない。わたしは誰でもないのです。わたしには歴史もない

し、顔もないのです」(p. 35) しかしこの恋によつて彼は生きようとする。《Sauvez-moi. …Sauvez-moi de la mort.》《Ah! …c'est à vous de me sauver!》〔「救ってちょうだい、（中略）わたくしを死から救ってちょうだい」〕〔「ああ」（略）「あなたこそ、わたしを救って下さるのです」〕(p. 42) 彼にとり生は呪詛であるが、彼女の試みるのは Le jeu de l'existence である。彼は去り、彼女はあとを追ひ、《Je regrette. Je me suis trompé. Je ne devrais plus me tromper …on ne fait pas de progrès.》〔わたしは残念です。あやまちを犯しました。もうあやまちを犯すべきではないのですが（略）人は、進歩しないものです〕(p. 79) と言はれる。彼はもう一度一人の人間になれると思つた、がそれが出来ないことが分つた。そのわけは…そこから彼の物語、第一部が始まる。彼は一二七九年イタリアのカルモナに生れた。町の主権は次々に変り、彼も主権を握り、怪しい老人から不死の薬を得て飲む。彼は死を懼れるあまり一息にそれを飲んだ。不死となり、ペストで家族が死に絶えても彼は生きてゐる。Le passé était tombé de moi; plus rien ne m'enchaînait: ni souvenir, ni amour, ni devoir; j'étais sans loi, j'étais mon maître… Sous le ciel sans visage je me dressais vivant et libre, à jamais seul.〔過去はわたしから切りはなされてしまった。もうなにものもわたしをしばってはいなかった。―記憶も、愛も、義務も。わたしには掟がなかった、わたしはわたしの主人《あるじ》であり、（略）顔を持たぬ天のしたで、わたしは、生きて、自由に、永遠にただ一人で立っていた〕(p. 113)（川口篤、田中敬一訳『人はすべて死ぬ』『ボーヴォワール著作集』第4巻　人文書院　1974）

四月十二日　土曜。薄曇。

＊保健同人社岡本正来訪。五月五日締切小品の註文。＊池田一朗よりボーヴォアル「招かれた女」の原書 1943 n. r. f. を送り来る。＊読書新聞小沢修子より来信。枚数三枚半に変更。＊小堺喜代

子より来信。彼女は記憶の世界に住んでゐる。まだ昔の夢を見てゐる。＊やつとのことでEdward J. Dent, Handel (Great Lives, Hinrichsen, 1934) を読みあげる。一戸久あてヘンデル・レコード目録を送る。＊シモーヌ「招かれた女」第二部を夕食までに三〇頁、就寝後五〇頁読む。

四月十三日　日曜。薄曇。ひどく生暖かい。

＊日直。＊午後、谷孝子来る。＊シルヴィとレコード目録について相談。＊夜十一時までかかつて「招かれた女」第二部 (p. 221–p. 418) を読み終へる。

四月十四日　月曜。雨。

＊Simone de Beauvoir, L'Invitée,〔招かれた女〕roman (n. r. f. 1943) 第二部 (一―十章) このロマンは Olga Kosakievicz に捧げられ、chaque conscience pour suit la mort de l'autre〔おのおのの意識は他の意識の死をもとめる〕といふヘーゲルの題辞がある。＊Xavière は全部を通じてただ外部から (従つてFrançoise から) 描かれる。その言葉は常に à double sens〔二重の意味〕(ch. 2, P. 241) それが彼女の強みでもあればまた dégoutante《ママ》〔ひどく不愉快な（やつ）〕にもなる。＊X. était une incessante nouveauté (p. 234)〔会ふたびに新しい魅力が見つかる〕これはFの眼。Belle, solitaire, insouciante (p. 258)〔あでやかで、ひとりぼっちで、屈託がない〕従つてエゴチストであり、何にでも嫉妬し、気紛れで人を憎む。しかし自由である：Comme elle était libre! Libre de son cœur, de ses pensée, libre de souffrir, de douter, de haïr. Aucun passé, aucun serment, aucune fidélité à soi-même ne la ligotait.〔あの子はなんて自由な身分だらう！　心も自由なら、考も自由、苦しまうと、疑はうと、憎まうと、勝手

気まま。過去とか、約束とか、操と言つたものに、いささかも縛られずにすむのだ〕（ch. 4: p 292）＊Xの愛しかた。ça fait un amour sans aucune amitié; ou a l'impression d'être aimé contre soi, pas pour soi. —Ça, c'est sa manière d'aimer, dit Pierre.〔「…友情をまつたくぬきにした愛みたい。求めもしないのに、他人《ひと》のために愛されてるやうな感じよ」「それがあの子の愛しかたさ」〕（ch. 2: p. 245）＊Xが外部から描かれる例：c'est à travers le sourire de X. qu'elle（F.）comprit que l'étreinte de ces doigts était une caresse.〔グザヴィエールがにつこりしたので、（フランソワーズは）やつとピエールの握手が愛撫なことをさとつた〕（p. 248）またXの意識を説明しないためそれを口に出して言はせるからXの性格が一層不思議に映る：j'ai été si contente quand elle a pleuré; c'est juste ce que j'aurais voulu faire.〔「お泣きになつたのでとても嬉しかつたわ。あたしも泣きたかつたの」〕（ch. 4. Xが掌を焼くシーンのあと、p. 303）＊Xの性格。実存的位置：Je trouve ignoble de croire, il n'y a rien de sûr, que ce qu'on touche.〔あたしただ信じるのは恥かしいことだと思ひますわ。手でさはるもの以外に、たしかなものなんてひとつもありはしませんわ〕（ch. 2: p. 253）＊Xが気違ひじみた孤独な微笑を浮べて、セビリア風のキャバレで、自分の手をタバコの火で焼く挿話はうまい（ch. 4: p. 293）従ってXが自由である故に、Fもまた自由であらねばならぬ、彼女は vide〔空虚〕を感じるから：（p. 292 前出）—Mais où était sa（de F.）place? Sûrement nulle part ailleurs. En cet instant, elle se sentait effacée du monde.〔そんならどこにゐたらいいのかしら？ どこへ行つたつて、ゐるところなんかありはしない。彼女はまるで自分の存在が世界から消えてしまつたやうな気がした〕（p. 296）彼女の前に une conscience étrangère〔別個の意識〕が身を擡《もた》げる。それは死のやうなもの、全的な否定、永遠の不在である（p. 301）そしてXが l'unique réalité souveraine〔唯一至上の実在〕である以上、Fは la pâle consistance d'une image〔影のやうにさびしい存在〕

(p. 301) にすぎない。従つて：c'était la faillite de son existence même qui venait de se consommer.〔フランソワーズの存在そのものの破滅がこれで成就したのだ〕＊FはPに ennemi〔仇同士〕を感じるやうになる (p. 306) (ch. 5 : p. 317) 愛とは暗い地獄である：Pourquoi tout leur amour ne leur servait-il qu'à se torturer les uns les autres? A présent, c'était un noir enfer qui les attendait.〔こんなに愛してるのに、おたがひに苦しめ合ふことときりできないとは、どうしたわけかしら？ かうなつては、将来はまつくらやみの地獄だ〕(p. 329) ＊Xの行為を追ひつめて行く時、自ら行為しないFは自らを un témoin inutile〔遠くからじつと見物してるほかしかたがない〕(p. 331) と感じる。＊Xの説明、Fの側から。C'était l'absence de P. qui causait un tel vide dans l'existence de X.〔この子の生活がこんなにうつろになつたのも、ピエールが姿を消したからだわ〕しかしその存在を彼女に返すことは不可能だ (ch. 7) (p. 353) ＊FとPとの間は最早一体ではない：elle (F.) avait bel et bien refusé de prendre parti pour lui〔文字どほり敵になつてしまつたんだもの〕(p. 354) ＊FのGへの愛の行為の伏線：Elle se rappelait soudain qu'il y avait au monde des choses à aimer qui n'étaient ni X., ni P.; il y avait des cimes neigeuses, des pins ensoleillés, des auberges, des routes, des gens et des histoires. Il y avait ces yeux rieurs qui se posaient sur elle avec amitié (de gerblit)〔グザヴィエールやピエール以外にも、愛するに足るものが世界にあることが、急に思ひだされた。雪をいただく山、陽をあびた松、道ばたの旅籠屋、地方の人たちとの四方山の話。そして、なつかしさうにあたしを見つめる、このにつこりした眼〕(ch. 7 : p. 363) ＊Xの嫉妬にFの実存がおびやかされる：ce n'était pas soulement sa présence, c'était son existence même que X. aurait voulu effacer.〔この子は、いま、あたしの姿はもちろん、存在までも抹殺したいと思つてるのだ〕(p. 367) ＊Xの言葉をPが報告する。それによつてFが自らを道徳的に見せようとしてゐ

ること。所謂「献身」の立場が明かにされる。これはFが自ら気の附かなかつたことで重要なテーマ：elle（X）a ajouté（ait P.）: c'est à cause de F., que vous（P.）tenez à paraître moral, mais au fond vous êtes aussi traître que moi et vous avez l'âme aussi noire.〔《フランソワーズ先生の手前、君子ぶつてらつしやるけど、ほんたうは、あたし同様二ごころで、腹の黒さもあたしそつくりなんだわ》だつて〕（p. 368）更にMoi（X.）, je ne suis pas faite pour les amours de dévouement〔あたし、生まれつき献身的愛情にむかない女なんですもの〕（Ib.）＊八章のFとGとの結びつきでFは勝つたと思ふ、Xは最早影にすぎぬ、しかしその理由（意識内部）は説明しない。＊伏線、もし過去が現実なら、過去が形をとるのはXに於てだ（ch. 10 : p. 401）Xの内部（Fから）une vraie haine de femme. Jamais elle（X.）ne pardonnerait à F. d'avoir gardé l'amour de P.〔ピエールの愛を手放さなかつたことをいつまでも根に持つてゐるのだ〕（Ib.）FはPがXを愛したのはpitiéであることを知る（p. 411）しかしXはFに向つてその行為（Gへの愛）の秘密を言ふ：Vous étiez jalouse de moi parce que Labrousse（P.）m'aimait. Vous l'avez dégoûté de moi et pour mieux vous venger, vous m'avez pris G.〔先生は、ラブルッス先生があたしに惚れたんで、焼餅をやいたんだわ。ラブルッス先生をそそのかしてあたしを嫌ふやうにしむけたあげく、まだあき足りないで、ジェルベールまでも横取りしたのね〕（p. 414）此所に於て、Fは自分の行為が裏切の罪であつたことを知る。主題は此所にある、如何にしてこの無垢の愛が汚ない裏切になつたのか（p. 416）Fはわなに落ちる。Xは実存し、裏切も実存する、そして彼女は存在しない。此所に於て彼女は選ばねばならぬ、弁解か行為か、過去か現在か、道徳か自由か、良心か実存か、魂の死か生か、彼女か自分か、そして彼女は自分の意志で、自分を選ぶ：Seule. Elle avait agi seule. Aussi seule que dans la mort. …Personne ne pourrait la condamner ni l'absoudre. Son acte n'appartenait qu'à elle. 《C'est moi qui le veux.》 C'était sa volonté qui était en train de s'accomplir, plus rien ne la séparait d'elle-même. Elle avait enfin choisi. Elle s'était choisie.〔ひとり。自分はひとりで行動した。死ぬときとおなじにひとりぼつちだつた。（中略）だれひとりあたしを裁くことも許すこともできまい。あたしの行はあたしひとりのものだから。《あたしがさうしたいと思ふのだ。》自分の意志がいまなしとげられるところだ。あたしははじめて完全に自分自身になつた。やつとのことでどちらかを選んだ。自分を選んだのだ〕(p. 418)

——＊第一部に於て注意すべき伏線。FがPと一体だと感じるところ：Leur vie, c'était pareil; … la même vie.〔ふたりの生活もひとつだ。（省略部分：と言つても、二人がいつも同じ角度から生活を見るわけにはいかない。それぞれの慾望、気分、楽しみを通して、めいめいちがつた趣を発見してゐるわけだが、）やつぱりひとつの生活なことにはかはりがない〕(ch 3 : p. 52)　＊自分が最早中心でない感じ：D'ordinaire, le centre de Paris, c'était juste l'endroit où elle se trouvait. Aujourd'hui, tout était changé. Le centre de Paris c'était ce café où P. et X. étaient attablés et F. errait dans de vagues banlieues.〔いつもならば自分のゐる所が巴里の中心なのに、今日はすつかり違ふ。ピエールとグザヴィエールがテーブルに坐つてゐる、あのカフェが巴里の中心で、フランソワーズは、茫漠とした郊外をさまよつてゐるのだ〕(ch 6: p. 122)　そのあとの主題、存在を知ること：A quoi ça lui sert d'exister s'il ne sait pas?〔自分が存在することを知らなければ、存在しても何になるのだらう?〕(Ib.)　＊PとXとの間にあつてFの役割：ils (P. X.) lui (F.) apportaient leur amour, comme un beau cadeau, pour qu'elle le leur rendît transformé en vertu.〔（ピエールとグザヴィエールは）結構な土産みたいにして、二人の愛を運んできたのだつた。フランソワーズにたのんで、それを徳に変形してかへしてもらふために〕(ch. 9: p. 214)　＊第一部九章のうち四章、第二部の一章と九章の前半がエリザベート、第二部三章がG.それ以外は全部Fの視点。他の視点でもそれは伏線になつてゐる（九章は別）＊午前中ノオトを書きとめる。＊安静時間くたびれて昼寝。そのあとラヂオでラヴエル「Qへ長調」を聞きながら「忘却の河」の構想。＊桜散り、山吹咲く。＊夜、「招かれた女」書評、半ペラ九枚を書く。＊小沢修子、池田一朗、ハガキ。

四月十五日　火曜。雨。

＊血沈（0.5, 1, 2）。＊この前のレントゲン、変化なしとの千葉医官の話。＊うそ寒く、昼寝。＊夜、ヘンデルのプラン。＊方岡輝子より来信。

四月十六日　水曜。快晴。

＊外出。新潮社、新田敞の話、「風土」は多分七月中旬に出る、例によつて決定とは言へないがほぼ確実らしい。「モイラ」[*58]の訳を急がれる。ジリユ《ママ》アン・グラツク「シルトの岸辺」を借り、ケセル「ベルナン事件」をもらふ。＊水道橋で方岡輝子と会ふ。洋服屋を歩いて、ギヤバのズボンを買ふ。四一〇〇円、彼女の立替。この前の洋服屋で上衣の仮縫。＊別れて放送局で一戸久に会ふ。この前渡したR・Dは駄目で野上氏に廻してもらふことにする。アイヘンドルフはとりやめ、代りにプーシキン「スペードの女王」を六月第一週。「ヘンデル」は多分三回、その第一回目のレコードをスタジオで試聴。＊六時池袋発で帰る。＊創元社より替為《ママ》来る。「幻を追ふ人」[*59]印税の残り、七、三〇〇円。

四月十七日　木曜、晴、風つよし。

＊一日休養。＊山下延子より来信。中に澄子の手紙が同封されてゐる。悲しい手紙。「何れにしても心の棘が鋭くて自分にも人にも深くつきささるやうに生れた身を悲しく思ひます。」

四月十八日　金曜。風雨強く、停電断水。暗くて本も読めない。

＊午後から晴れる。＊「ヘンデル」㈠を書き始める。＊小堺喜代子へ「ある青春」（献辞、返らぬ日のために。）を送る。＊延子へ手紙、中に澄子あてのを同封。＊すべて空しいこと。

四月十九日　土曜。晴。

＊急に延子来る。先日読売新聞にのつたナツキの写真とクレヨン画[*60]を持参。用件、澄子がどうしてもラヂオを買ふといつて、八、〇〇〇円を用立ててほしいとのこと。生活も苦しいのにラヂオといふのは解らないが、そこが澄子らしい。僕も困つたので、とりあへず二、〇〇〇円を渡し、澄子へ手紙を書く。延子の話では、澄子は依然としてヒステリイの連続で、タカちやんとの間もうまく行かないらしい。常に遠くのものに憧れる性格。延子四時に帰る。＊せつかく創元社から金がはひつたが、洋服屋へ三、〇〇〇円（これは方岡さんから借りる予定）本屋へ支払予定一、五〇〇円で残金はいくらもない。その上、岩松貞子から一四、〇〇〇円借りてゐる。方岡さんからの借は全部で一五、〇〇〇円になる筈、窪田の一〇、〇〇〇円。考へると憂鬱。とにかく来月中旬に六千円か八千円、用意してやるつもり。ナツキはアメリカン・サーカスへ行きたがつてゐるとか。＊本屋から「原爆の子」（岩波）「原爆の図」（青木）を買ふ。長篇の資料。

四月二十日　日曜。晴。
＊昼の間中なまけてゐて、夜、原稿執筆。「ヘンデル」㈠脱稿、半ペラ二十七枚。＊夜半から雨。

四月二十一日　月曜。曇。水たまりに空が映つてゐる。
＊一日中なまけ暮してゐる。金曜にNHKに行く予定なので、それ迄に「ヘンデル」の㈡と㈢とを書き上げようと思つたが、少し無理さうなので遊んでしまふ。＊夕食後、長山君の小舎で五人ほど集り、汁粉をたべてゐると、電報が来る。「フード六ツキニシュツパンス」ニツタ」＊やつと決定、六月とは早い。新田君の話では四十日で本になるとか。これがもし原稿全部なら文句はないのだが。しかしそれは贅沢といふものだらう。＊中村と窪田にハガキ。

四月二十二日　火曜。曇。
＊気が散つてぼんやりしてゐる。中川幸永訪問。＊NCBの療養者座談会があり坂田君が出席したが、医務課長の一人芝居だつたとのこと。＊朝の名作曲家がショパン週間で、夜の音楽手帳がドビュッシイとラヴェルのピアノ。「バラード」と「版画」を聞く。＊クリスチイの「予告殺人」を読む。少しあそびすぎるか。

四月二十三日　水曜。曇。
＊うそ寒くて、仕事に気が乗らない。＊原田義人より「ドイツ文学入門」寄贈。＊散髪、入浴。＊夜少し仕事。＊岩松貞子来る。

四月二十四日 木曜。雨、十度内外、寒し。

＊エゴの樹の新緑[*61]が美しい。＊「ヘンデル」(二)を書き上げる。半ペラ二十四枚。＊シルヴィのところで、七時からのドビュッシイのピアノ曲を聞く。＊小堺喜代子へ手紙。

四月二十五日 金曜。豪雨。

＊ためらつてゐたが結局岩松貞子と外出。池袋でヒチコックの映画「断崖」「汚名」を見る。寒くて顫へる。些かくたびれまうけの映画。雨の中を洋服屋へ行くとこれが出来てゐない。彼女にすすめられて傘を買ふ。一、九〇〇円。上等だが借金がふえるばかり。びしよびしよになつて帰る。

四月二十六日 土曜。曇。

＊借物の探偵小説に読み耽る。Van Dine, The Bishop M.C. ＊夜、寿康館で映画と音楽。「麦秋」は佳作。鈴木共子のヴァイオリンはヘンデルV・S・4ニ長調、その他。この前やはりここで「クロイツァア」を聞いたが、演奏者にその時ほどの情熱が感じられない。会場がざわめいて、豚に真珠といふ気がする。芸術家は自分のためにしか仕事をしない、と言ひ得るか。

四月二十七日 日曜。晴。

＊一日中ヴァン・ダインを読む。＊シルヴィがこのところ具合を悪くしてゐる。タンボオは音楽会で彼と会つたとか。＊岩松貞子に三、〇〇〇円借りる。計七、〇〇〇円。＊小堺喜代子より来信。

＊原田義人へ礼状。

四月二十八日　月曜。晴。

＊外出。新潮社新田敞不在。土肥英二訪門《ママ》。ＮＨＫ一戸氏と「ヘンデル」㈠を読み合せ、㈡を手交。放送は五月最後の週に延期、原稿料はあと一週間くらゐで出るとのこと。本屋でポケット版のＴ・ウイリアムズ「欲望といふ名の電車」を買ふ。洋服屋から合服上衣を受取つて帰る。＊方岡輝子より小包、緑の毛糸のチョツキとネクタイ。昨日岩松貞子からもらつたネクタイの方が好みに合つてゐる。＊近代文学同人、本多、佐々木、荒三君から寄書。＊方岡さんに礼状。谷孝子と土肥英二に日仏学院講演会の招待状を送る。山下延子にサーカス代が出来なかつた旨断り。＊寝がけに冷たい牛乳を飲んだところ胃の具合が悪くなり、眠られぬ夜を送る。二時頃少し嘔吐。不眠の夜に考へること。

四月二十九日　火曜。曇。祭日。

＊終日臥床、ミルン「赤い家」（Ｄ・Ｓ）を読む。＊午後、一谷、磯部二君来訪。夕食を共にする。

＊岩松貞子。少し様子がをかしい。何があつたのか。＊関山久雄より来信。ＩＮの件終る。

四月三十日　水曜。晴。

＊日直。風呂掃除、官物洗濯。＊無為。

五月一日　木曜。晴。
＊血沈（1, 2, 4）＊診断。異常なしとのこと。歩行二、〇〇〇米維持。＊昨夜、前歯の継続歯が取れたので歯科へ行く。＊来信、小堺喜代子、方岡輝子。＊読書新聞四月三十日号来る。書評掲載。同時に原稿料送附し来る。一、四八七・五〇円。＊岩松貞子、昨日から具合を悪くしてゐる。一つには心理的に。

五月二日　金曜。晴。
＊保健同人のためのエッセエ「病者の生[*62]」を書き始める。

五月三日　土曜。祭日。晴。
＊エッセエ執筆。＊来信、小沢修子、土肥英二。＊エッセエのため、精神病学の本を少し調べる。

五月四日　日曜。曇、夕より雨。
＊太田一郎来る。＊エッセエ終る。二十枚。

五月五日　月曜。祭日。晴。
＊エッセエ改題「病者の心」。＊返信、小沢修子。「近代文学」アンケート。有明氏記念会。＊ジャン・マラン講演会「現代フランス音楽」が日仏学院で夕方ある筈で、谷孝子を誘つたが今日まで返事がないので行くのを止める。＊気分が落つかずノイローゼを感じる。entre deux amours（二つの

愛の狭間〕＊シルヴィもずつと具合が悪くて落つかぬ様子。その原因の一つは明かにその愛にある。彼女は今迄に何度も身体の危機を越えて来た筈だ、今度のがショックであるとすれば、それは精神的な理由による他はない。＊僕は日なた水のやうな幸福なんか求めたくはない。どんなに悲劇的でも、生きてゐると感じるやうな一瞬のために。僕が変つたのは、このやうなパトスへの傾斜であらうか。

五月六日　火曜。晴。

＊朝の散歩で野火止の向ふまで行く。麦がステツキの丈くらゐ延びた。新芽が美しい。＊「ヘンデル」を調べ、「スペードの女王」を読む。＊藤村忠男来訪。下宿なければ彼の家へ来いと言ふ。＊今日より歯科。＊夕刻、中川幸永訪門《ママ》。彼の下の妹さんのフランス語下請の仕事を問はれる。＊図書新聞の記事に「風土」の予告がちよつと出てゐる。＊夜、谷静子から手紙。妹のことを心配して。

五月七日　水曜。晴。

＊外出。新潮社ではまた新田敞に会へない。谷孝子に電話して一時に有楽町で落合ひ、お伴をして彼女の用を足すのに銀座を歩く。そのあとで有楽座に入り「パリの空の下」を見る。デユヴィヴィエに往年の面影はない。しかしパリへの誘ひ。孝子が旅に行きたがる。一緒にNHKに行く。原稿料はまだ出ない。孝子をエビス駅に送る。遅く帰り、静子のとこに寄り、孝子の手紙を渡す。＊谷家。坊やの母親である末の妹が北海道から帰宅したらしいが、やはり胸を病んでゐる。母親の具合も悪いらしく幻覚がある。上の姉は依然として行方不明。静子もお腹が悪くパス[*63]を呑み出してゐる。

孝子の恋人は一週間ほど上京してゐたが、またオキナワへ戻つた。もう他人だと彼女は言つてゐる。

五月八日　木曜。晴。

＊朝のうち洗濯。＊培養、三月、四月、マイナス。＊「茂吉全集」第一巻初心堂が届けて来る。歌集一、「赤光」「あらたま」「つゆじも」。＊方岡輝子より来信。借金なんか気にするなといふ。＊共産党細胞マイク使用問題で外気会議。＊夜、谷孝子来る。姉のところへ来たついで。駅まで野道を送る。旅への誘ひ。

五月九日　金曜。晴。

＊朝、ラヴェルQを聞く。＊昼に再び会議。＊保健同人社の記者来る。原稿を短くしてくれといふのを断る。写真を持つて行かれる。一昨日、外出の折、清瀬駅で今井淳の撮つてくれたもの。＊連日新潮社へ電話するがいつも新田君不在。＊吉村〔輝仁永〕医官とアヅマ屋で閑談。子供が四人で月に三万円はかかるといふ話。彼の月給は二万円ちよつと。しかし療養所の医者は温室にゐるやうなものだらう。＊新田敞、山下延子、谷孝子へ手紙。

五月十日　土曜。曇、夕より雨。

＊朝、「ヘンデル」㈢を書き始める。＊田中愛子来訪。銀座コーヒー店のレヂスター係りとか。所帯やつれといふ感じがする。＊気が向いて「風土後記」[*64]七枚を書く。＊岩松貞子来る。風邪のあとがまだ本当ではないらしい。＊毎夜、寝てから茂吉の歌集を読む。

五月十一日　日曜。晴。

＊「風土後記」を訂正。＊芸能祭の仮装行列が全寮を廻る。上野君チンドン屋になる。＊ふと気が向いて、詩「死と転生」[*65]断章三十一行をつくる。詩を書いたのは何年ぶりか。病床でノオトに書きとめたのもすべて失はれた。＊夜、薄君[*66]来る。東大経済学部助手。昭和二十四年頃、私大講師一時間八十円の時に、博士論文代作（アルバイト学生の指導）に週二回通つて月一万円のくちがあつたといふ話。先日清瀬駅で撮つた写真持参。

五月十二日　月曜。晴。

＊詩を推敲、一行ふえる。＊夕刻外出、岩松貞子と共に日仏学院のジャン・マラン氏講演会に行く。少しく遅刻して既に満員、入場出来ない。諦めてピカデリイに「旅愁」を見る。ジョン・フオンテーヌ、ジョゼフ・コツトン、ジエシカ・タンデイの三人にロゼエ。佳作。ラフマニノフＰ・Ｃ・２を巧みに使ふ。帰れば十二時半。

五月十三日　火曜。晴。

＊ジエシカ・タンデイは「欲望といふ名の電車」ブロードウエイ上演の主役女優たることを発見する。＊サナの中でフランス語を教へようかといふプランがある。＊歯科。前歯を取つたので話がしにくい。＊「群青」に詩の原稿を渡す。

五月十四日　水曜。晴。
＊美しい五月が続く。＊「ヘンデル」続稿。＊安静時間中、歯科。帰りに治療棟廊下でシルヴィに会ふ。＊夕食後、パイプをくわへて一人で三角山まで散策。日輪の沈むのが赤い。＊夜、「ヘンデル」(三)執筆。

五月十五日　木曜。晴、風が強く砂ほこり。
＊午前「盲目のヘンデル」脱稿。半ピラ三十枚。＊野中登退所見送り。樹頭に風光る。＊安静時間中、ショパン「ポロネーズ」「ワルツ」を聞く。＊「エスポアール」より二十五日東大で講演会を開催する故、出席を求め来る。不参加の返事。＊歯科で継続歯を入れてもらふ。＊谷静子に詩をあげる。＊就寝後、毎夜少しづつ読んでゐたウイリアムズの戯曲読了。Tennessee Williams, A Streetcar Named Desire, 11scenes. 1947. 一人の中年の女を主人公にし、幻想の中に生き現実に敗れて行く径路を描く。「私はいつも他人の親切をたのみにして生きて来た」といふ最後の科白までリリカルな雰囲気描写とダイナミクな盛り上りは凡手でない。オニール以来のアメリカ演劇の成果。映画を見るのがたのしみ。

五月十六日　金曜。晴。
＊「スペードの女王」の構想。＊夜、「死と転生」断章十四行。岩松貞子来り、そのあとは駄目。
＊就寝後、「茂吉全集」一巻読了。

五月十七日　土曜。晴。

＊終日、「死と転生」。約二十行ばかしを推敲、うまく行かぬ。＊ＮＨＫ一戸氏より速達。「ヘンデル」㊂は来週水曜、本読み、木曜、録音。

五月十八日　日曜。晴。

＊午前、「死と転生」断章二十五行成る。＊午後、「スペードの女王」執筆。田辺君から原書を借り、久しぶりに少し読んでみる。

五月十九日　月曜。晴、やや曇。

＊赤沈（1, 4, 12）少し悪い。＊日直。＊午前、「スペードの女王」を少しく執筆。＊午後、山下延子来る。大学研究室から前に借りたアリストテレス「詩学」対訳本を持参。他に象徴派関係の原書数冊。栄養士の就職がきまりさうだといふ話。＊夜、マリノ白井のラヂオ実況を聞く。外出を明後日にのばす。

五月二十日　火曜。曇、むし暑い。夕刻より雨。

＊「スペードの女王」脚色、二十七枚。やはり枚数が少し長くなる。もう推敲の時間がない。＊ＮＨＫより速達。「ヘンデル」㊂明日、本読。明後、録音。

五月二十一日　水曜。快晴。

＊外出。新潮社、約一時間待たされて新田敞と会ふ。「風土」の初校が少し出てゐる。社で済せた初校を僕の方に送つてくれる筈。後記の他に作者の言葉と広告文案を頼まれる。部数は七、〇〇〇位、頁は二八〇―二九〇頁、定価は二五〇円位、装幀は林武。つづいて「モイラ」[*67]の訳をやるつもり。＊放送局、「ヘンデル」(一)の稿料、税込四、二〇〇円、あまりに少いのでがつかりする。二時から本読に立ち会ふ。＊新宿に行き、伊勢丹で岩松貞子にたのまれたブラウスの箱を受取り、紀伊国屋で「ポータブル・フォークナー」[*68]を買ふ。去年の夏に註文したもの。「ヘミングウエイ」は絶版。二ドル、一、〇〇〇円。前の払込があるので二四〇円を払ふ。清瀬駅に岩松貞子迎へに来る。＊フォークナーはマルコーム・カウリイの編纂になり、貴重な本。大いに研究するつもり。

五月二十二日　木曜。晴。

＊保健同人社より、前に来た若い記者が原稿を四枚半ほど短くしてくれと言つて来る。不愉快かぎりなし。最初からそれだけの長さをカツトする。いづれ全文を発表したいもの。＊谷静子と話す。昨夜、放送局にトラウベルの切符がありながら僕が行かなかつたことの理由から、彼女の言ひかたに気分を悪くする。或は昼の保健同人の時の鬱憤が晴れてゐないためか。このやうにしてバランスをとることへの自己嫌悪。煩はしい。そして自ら煩はしいと感じるやうなしかたに於てしか、自分を関与させることが出来ぬ。＊夜、「風土」の広告文案をつくる。＊ラヂオ、ジユリエツタ・グレコ、シヤンソン「それからどうしたの」「失はれた恋」。＊この頃、毎晩就寝後、フォークナー「墓場への闖入者」を読む。難解であまり進行しない。悪訳。

五月二十三日　金曜。夜来の雨、朝あがる。

＊谷孝子への電話は不在で通じない。＊矢内原伊作より寄贈「抵抗の精神」。＊中川幸永来る。妹さんの訳文はあまりうまくない。＊広告文案はなかなかむつかしい。＊「墓場への闖入者」読了。

五月二十四日　土曜。晴。

＊谷孝子へ電話。明日は来られないといふ。＊筑摩書房、岡山猛来る。もし面白ければ訳してほしいと言つて、エリザベート・C「愛と怖れ」の原書を置いて行く。サナで死んだ若い女性の日記と手紙。出版界の不況に関する雑談。去年の夏に僕がやりさうになつたコランの翻訳は、結局大して売れなかつたさう。＊そのあと東とみ子来る。ケーキのお土産。久しぶり。現状から突き抜けたいといふその気持。そとみには幸福さうでも本人は幸福だとは思つてゐない。話の途中で彼女は一度涙ぐんだ。その時どのやうな話をしてゐたかどうしても思ひ出せない。Th.の場合が初めから間違つてゐたとしたらその原因はどこにあるか。＊夜、岩松貞子来る。シルヴィの手紙持参。＊その手紙は僕を咎めてゐる。彼女もまたプライドが強い。彼女にさへも、その時の僕の気持が分らないとしたら。

五月二十五日　日曜。夜中、風が吹いてゐたが、朝は爽かな快晴。眼に入る青葉の色が鮮かに美しい。

＊中村のとこへ行かうかと思つてゐるうち、何となくやめる。＊本屋から、フォークナー「兵士の給与」を買ふ。＊寄贈「エリュアール詩集」。＊安静時間に岩松貞子がその従兄を連れて来る。雑

談。＊夜、片山泰三君送別会。集る者九人、ハイボールと焼鳥。愉しく、議論に花が咲く。＊仕事の方、無為。

五月二十六日　月曜。晴。

＊坂田一男の退所は来週月曜に決定。僕は今週中に奥の長山泰介の小舎に移る予定。＊終日、胃の調子が悪い。＊「愛と怖れ」を少し読む。

五月二十七日　火曜。晴、夕より雨。エゴの花が咲き、かすかに匂ふ。

＊「風土」後記の書き直し。なかなかうまく行かぬ。＊坂田君からジュリエット・グレコの写真をもらふ。墜ちた天使の顔。同君から作業衣をもらふ。＊中川幸永来る。雑談。＊ＮＨＫから電報、本読み木曜十一時。＊文庫からポケットブックを大量に持つて来る。題名を訳す仕事。ダブつたのを一二冊もらふ。中で一番面白さうなのは Frederick Rodmer,《ママ》〔翻刻者注：Bodmer〕The Loom of Language 惜しいことに前後の数頁がない。＊夜、シルヴイのとこへ行く。詩稿を渡す。眼が悪くて持つて行つた本を読めないといふ。病状への絶望的観測。

五月二十八日　水曜。晴。

＊「風土」後記、書き直し六枚。広告文案、作者の言葉、各半枚足らず。＊夜、斉藤力が来て、林輝子嬢の死を伝へる。共にお通夜に行く。飯原栄と再会。先月末一寮南五番室に再入所とのこと。＊モツアルト「Ｖ・Ｃ・５」イ長調を聞く。＊校正はまだ来ない。

五月二十九日　木曜。晴。

＊外出。歩くと汗ばむほど。初夏の感じ。＊新潮社、新田敞に会ひ、後記、広告、作者の言葉を渡し、一七六頁までの校正を受取る。レエモン・ゲランの小説を読むやうにたのまれる。谷孝子に電話。放送局でヘンデル㈠と㈡との本読み。一戸氏から海に関する「私は音楽です」をたのまれる。丸善、三越の洋書部へ行き、東京銀行に窪田を訪ふも不在。渡辺一夫氏をひさびさに訪問。ペシミストな表情。昔に変らぬやうでもあり、老けたやうでもあり。池袋でもう一度電話。不在。少し早目に帰る。＊夜、校正を見る。＊古沢淑子のフランス歌曲をきく。デュパルク「悲しき歌」。＊山下延子に千円の小為替を送る。ナツキに「ピノキオ」を見せるため。今日、局からヘンデル㈡㈢の原稿料七、一四〇円を受取る。

五月三十日　金曜。晴。

＊終日校正。＊昼すぎ、坂田君が写真をたのんだので、伊与田氏撮影に来る。＊寄贈「近代日本文学講座」第一巻。＊夜六時より「ヘンデル」㈠の放送。＊上野・長山両君と坂田君送別会。ビールを久しぶりで飲む。気分が甚だいい。中川幸永は電話したが来なかつた。＊岩松貞子来る。毎夕微熱が出るとのこと。二千円だけ返却。＊彼女の話に、谷静子が昨日咯血したとのこと。気胸の際のあやまちで大したことはないとは思ふが。

五月三十一日　土曜。曇。

＊午前中に坂田君が荷物を出すのでごたごたしてゐる。午後は僕が本を奥の小舎へ移す。田中銀さんに棚をとりつけてもらふ。くたびれる。＊谷孝子へ電話せるも不在。＊夜、中川幸永来る。昨日は外泊とか。ウイスキイを少し飲んでお喋り。今日は校正全然進まず。＊初心堂に本代約千円を払ふ。

六月一日 日曜。晴。
＊校正続行。＊新潮社から速達で残りの校正来る。全頁、二七七頁。＊NHKから速達で「スペードの女王」台本。放送は一週繰上つて今度の木曜になる。＊谷孝子来る。野火止を一緒に散歩。＊坂田一男の送別会。会する者十二名。焼鳥とハイボール。＊消灯後、校正を続ける。

六月二日 月曜。昨夜半より雨。ほしつ放しの洗濯物がびしよ濡れ。
＊昨夜よく眠れなかつたので、今朝の血沈は心配だつたが。(0, 1, 3) ＊校正は一度全部終り、二度目にかかる。やはりミスを発見する。＊雨で、坂田君の退所を昼から三時半にのばす。漸く晴。清瀬駅に見送り。＊そのあと広田さんのとこで岩松貞子と会ふ。ずつと微熱。気管支炎の混合感染。＊夕刻帰つてみると延子が来て待つてゐる。澄子の手紙持参。それによれば、すべてうまく行つてないらしい。延子は、もう一度やり直してみてくれと頼む。手紙には助けて下さいと書いてある。しかし、もう一度不幸を繰返すことになるだけだらう。愛することに臆病な気持。だいたいまだ愛してゐるのかどうか。延子を駅まで送る。とにかく木曜に澄子と会ふことにする。今更何にもならないのに。＊局から電報。明日の本読み、夕六時半になる。

六月三日　火曜。晴。

＊午前中に奥の小舎へ引越。なかなか大変でくたびれる。＊合間に校正。＊夕方になつて、放送局へ出掛ける気がなくなる。夜、校正。＊神西清氏へ手紙。「スペードの女王」と「風土」のこと。＊今度の小舎の方が明るく、気持がいい。

六月四日　水曜。曇。

＊二度目に読みかへしてゐる校正が思ひ通りに進行しない。＊培養二ヶ月マイナス。＊入浴。＊夕、谷静子。少し具合がよくなつてゐる。僕のあげた詩稿は孝子が持つて行つてしまつたとのこと。彼女は「風土」の校正を読みたがつてゐたが、その暇もなく、また眼も悪くしてゐる。＊岩松貞子、写真は大したことはなかつたと。

六月五日　木曜。晴。

＊二度目を見出した校正が前の晩で終らず、朝の十時半までかかる。電車の中でも、尚、眼を通してみる。池袋の公衆電話で孝子に電話。新潮社で新田敞に校正を渡す。出版は月末か来月初めになる。時間がなくなつたので、局へ行かず、有楽町へ出掛け、ぎりぎりの二時まで待つて孝ちやんに会ふ。ジヤーマン・ベーカリでサンドイツチを食べる。疲れすぎて食慾がない。有楽座で「慾望といふ名の電車」を見る。疲れてゐる神経が一層疲れる。一つには科白を聞きとらうと努力（無意識に）してゐるせゐ。終つても、気が重いが局へ行つてみる。一戸氏から原稿料をもらふが、それが

オリジナルの七割で手取四千円ばかり、しかも既に為替に組んである。テスト、本番の時に孝ちゃんが来る。「スペードの女王」東山チエ子が出てゐるので俳優の調子が全体としてすぐれてゐる。終つて新橋駅で孝ちゃんと別れる。六時四十分。七時までいらいらして待つ。空腹と視神経の疲れ。来てくれない方がいいと思ふ。澄子は遂に来ない。七時すぎて省線に乗る。プラットフォームで川原君に会ふ。写真をやつてゐる青年。電車の中でひどく気持が悪くなる。我慢をつづけて池袋に着く。七時三十五分。だいぶ待たされる。気分は少し癒る。清瀬でソバを食ふ。それで元気になつて歩いて帰る。帰れば元気にお喋りをしてゐる。この位の外出が限度。

六月六日　金曜。晴、風強し。

＊疲れて午前中寝てゐる。＊昨日の留守に野上彰から今日昼までに来てくれと速達が届いてゐるが、電報で断り。＊孝子にたのまれたパス申請書を静子のとこへ持参。＊「風土」の後記と前附の校正来る。＊小堺喜代子より来信。＊「群青」が出て、四部もらふ。「死と転生」の最初の断章を載せてゐる。＊野上彰、山下延子へ手紙。新潮社へ校正を速達。

六月七日　土曜。晴。

＊日直。＊午後、田村幸雄来訪。顔色悪く、ひどく疲れてゐる模様、憂慮に耐へない。＊谷孝子より来信。「誰かの不幸の上にきづかれてゐる幸福に一体何の価値があるのでせう。」＊静子のとこにパンを持つて行つてやる。具合が一層悪いやう。＊今日一日無為。昨夜から就寝後、レエモン・ゲランの「からつぽの頭」を読んでゐる。

六月八日　日曜。曇、昼頃より雨。

＊小金井行のバスで外出、中村真一郎と久しぶりに語る。近代日本文学講座の原稿の打合せ。長篇のこと、詩のこと。寄贈者リスト。[*69] 中村は五貫目ふとつたさう。長篇はいつこうに出来ないらしい。＊そのあと高橋健人訪問。一昨年会つたきり。子供二人（千春、のぶ子）になる。学者の生活は楽ではなささう。去年一月に託せられてゐた通乃さんのハガキをもらふ。[*70] ＊帰宅、夕食後、谷孝子来る。駅まで見送り。＊高橋から聞いた話によれば、鮎沢露子は或フランス人と結婚して現に彼地にあると。

六月九日　月曜。小雨。

＊文学講座の材料を少し読む。伊藤整「小説の方法」を買ふ。＊岩松貞子から電話があり、広田夫人宅に行き、三人でビールを飲む。一五〇〇円わたす。

六月十日　火曜。曇、連日梅雨模様。

＊午後、岩松貞子を広田宅に迎へに行く。夜また来る。その話。先日の気管支炎のあとが悪く、岡本医師の話によれば休養してチビオンを服用した方がいいとのこと。方岡さんから村山へ入るやうにと話がある。僕も半年くらゐ休養する方が安心だと思ふ。＊別れ際に谷静子のことで jalouse〔嫉妬深い〕な表現。＊すべての人間は不幸である。不幸な人間に通じる最大公約数的原因は何か。＊方岡輝子へ手紙。＊彼女がSに関して jalouse なのは、Sが自ら彼女にその感情を言つたからだと

すれば、その時以来彼女はそれを考へてゐたことになる。なぜ一番最後にそれを言はねばならなかつたか。意識の中に常に保ちながら、最後に切札のやうに。僕は彼女をさういふもののない平明な明るい女性だと思つてゐたが、女性は常に女性でしかない。僕が彼女の病状に関して如何に人間愛的なものを持たうとつとめても、彼女の要求するのはエゴイズムの愛情にすぎない。Sもまた（彼女は決して自分の口からは言はないと厳に約束したが）Tに気がつかれるやうでは覚つかない限りだ。そして僕自身の心が二つの愛の間にゆらめいてゐたことに最大の原因があるとしても、僕は誰にでも心をあたたかく持ちたいと思つたまでだ。心はつとにTを離れてゐた。それを口に言へない弱さがいま僕に返つて来ても、それは当然の報いなのか。

六月十一日　水曜。晴。

＊赤痢予防のための検便を出す。＊入浴。＊「文学講座第二巻」「小説の方法」を読む。＊所長と面接。延子の就職の件。どうも脈はなささう。＊夜、同室の長山泰介君外泊。柳橋さんと岩松貞子来り、コーヒーを御馳走する。貞子との対話。彼女は僕とSとのことを聞き知つてゐる。僕の言葉「僕には恐らく愛情なんかないのだらう。すべての人に親切でありたい気持、同情と憐憫だけなのだらう。」しかしそれだから、僕がサンセール〔薄情〕だとは言へないだらう。心は暗く、悲しい。

六月十二日　木曜。晴。

＊朝、長山君が鶏二羽をバスケットに入れて帰宅。山田赳夫と一緒に鳥小舎をつくる。午後早速卵を一つ生む。＊「死と転生」を少し書いてみたがうまく進行しない。＊破防法[*71]反対声明についての

相談。

六月十三日　金曜。晴。

＊初夏の日射。＊血沈（1, 2, 5）。＊野崎包正、淵江淳一来る。詩話会委員。野崎君の三つの疑問。1．ローマ字論者であるあなたが、現に歴史的カナ遣ひなのは矛盾ではないか。2．あなたの詩の中に民衆が感じられない。3．病状の最悪の時に考へたこと（彼はその時、神を信じた）は単なる迷妄であらうか。いちいち返事。＊澄子より手紙。すべてこれ金をくれといふこと。悪しざまに僕をののしつてゐる。悲しい。彼女の今迄の一切の手紙、延子を通しての一切の訴へは、ただ金がほしいだけのものだつたのか。人間の中に善意を信じようとせず、すべてを自己を中心にして考へ、不幸の尺度に於て測る。人間のあらゆる善意も遂に空しく、環境の不遇は心の美しさをまでそこなつてしまふのか。「精神なんか何の役に立つでせう」といふ言葉の中に、自ら美しさをすて去つた彼女の惨めさを見る。なぜそのやうに、自らをおとしめ、他人をおとしめなければならないのか。

＊岩松貞子が熱を出してゐるとのことで、附添部屋に見舞ひ。ペニシリンを打つてあげる。熱八度五分。昨日就職のことで外出したのが悪かつたと思はれる。就職はレッドパージの医者たちの診療所の住込看護婦、七、七〇〇円。二時から九時までの勤務。もし身体が普通に近ければ、こんない口は一寸ないだらう。彼女はつとめる気でゐる。もし今のがシューブ（結核の症状が急に悪くなること）でなければ。＊赤城さかえと語る。氏は僕の詩に抽出されたエゴは民衆だと断言。この詩を高く買つてくれる。＊岩松貞子に長い手紙を先ほど渡されてゐる。読む。素直な心。失言へのあやまり。未来への希望。しかしこの手紙の底にある彼女の悲しみ。＊夜、詩断章を十行ばかり書く。

六月十四日　土曜。晴。
＊朝、岩松貞子。昨晩の熱が九度五分を越えたといふので、思ひ切つて東療で診断を受けさせることにする。沼田医官に会ひ、診断を頼む。レントゲンをとり、診断。シューブではなく、気管支炎とのことに安心する。午後の熱七度五分程度。昨日今日のペニシリンが効いたか。＊かねて河出書房に注文しておいた講座の原稿のための資料が到《ママ》く。現代小説大系中の、プロ文学、モダニズム、昭和十年代より八冊。＊初心堂より「荷風全集二十二巻、日乗の四」及び「茂吉全集八巻、随筆の一」を届け来る。いづれもつけ。＊夜、寿康館で音楽会、今年芸大を出た若い人達のピアノ、ソプラノ、メゾソプラノ、バリトン。曲としてバルトークの「子供のために」九曲が印象に残る。

六月十五日　日曜。曇。
＊破防法反対声明について討議、薄信一起草の文案に加筆。＊磯部慶一郎来訪。＊のどが少し痛く、風邪気味ゆゑ、寝て本を読む。＊岩松貞子熱さがり調子よくなる。＊群像から原稿がかへつて来る。早川徳治の手紙。「甘い」といふ批評に考へ込む。自信がひどく揺いでゐる。＊夜半にめざめる。のどがひどく痛く、眠り得ない。電灯をつけ、砂糖水をつくつて飲む。心は暗く、思考は断絶し、夜は長い。

六月十六日　月曜。雨。
＊朝、千葉医官に診断を受け、ペニシリンを吸入器で吸入することにする。少しよくなる。終日寝

て、「プロレタリア小説集」を読む。＊夜、岩松貞子来る。すつかりよくなつたらしい。＊夜中、くしやみが出てよく眠られない。

六月十七日　火曜。曇。

＊ハナ風邪になる。終日読書。＊山下延子より来信。＊パリ祭ごろに絵画展とレコード・コンサートをする企画がある。尚、文化懇談会のために下旬に講演をする予定。＊昨日今日に読んだもの、佐多稲子「キャラメル工場から」中野重治「村の家」「春さきの風」「空想家とシナリオ」林房雄「繭」小林多喜二「蟹工船」「党生活者」村山知義「白夜」武田麟太郎「暴力」片岡鉄兵「綾里村快挙録」藤森成吉「拍手しない男」「土堤の大会」島木健作「癩」「黎明」これらの中で、やはり多喜二はズバ抜けていい。ナロードの意識にも、文学の意識にも。

六月十八日　水曜。晴。

＊依然としてハナ風邪。臥床。今日は荷風全集のうち昭和十五、十六年度の日記を読む。真に孤高な者の強さ。＊アルベレース「二十世紀の知的冒険」上下二巻を購ふ。＊河出気附で佐々木基一から書評を註文し来る。断る。＊谷孝子よりハガキ。リルケ「愛の手紙」の感想。芸術家の苦しみを理解し得なかつたことへの悲しみ。＊窪田啓作よりハガキ。長篇にとりかかるといふ。＊三人へそれぞれ返信。＊岩松貞子来る。就職の方、むつかしいらしくなつた。

六月十九日　木曜。曇、夕より微雨。

＊午前中にパステル画を一枚かく。＊横光の初期短篇を読む。＊夕、谷静子。やりきれないと彼女の言ふ意味。芸術家に於ける二重の人間像。

六月二十日　金曜。微雨。
＊絵をかきかけたが、クレパスが湿気でうまく乗らない。＊関山久雄来訪。昼夜食を共にする。＊河出より現代小説大系第五二巻を送つて来る。＊新潮社より「風土」の再校。＊午後よりその読み直し。

六月二十一日　土曜。晴。
＊朝のうち、関山久雄帰る。＊松本英夫来る。＊赤城さかえ氏からプロ文学関係の書籍八冊を借りる。多喜二全集第五巻三〇〇円を買ふ。＊終日校正。＊夜、ひろば主催の婦人問題座談会に出る筈でゐたが、風邪気味が抜けないのでやめる。

六月二十二日　日曜。晴。
＊校正続行。＊「保健同人」七月号を送り来る。「病者の心」所載。頭の五枚を取つたので、ひどく詰らない。＊チクマ、岡山猛来訪。先日あづかつた「愛と怖れ」を返却。翻訳する価値なし。新刊の重治の評論をもらふ約束をする。＊パステル画をかく。前ほどうまく行かぬ。＊夜、十人ばかり集つて焼トリ。＊ゲラン「空つぽの頭」を読み続ける。

六月二十三日　月曜。雨。

＊昨夜よく眠られなかつたのでひどく睡い。雨の中を外出。新潮社で校正を渡す。七月十日までには出るとのこと。「モイラ」の訳を急がれる。たまたま窪田から電話があり、一寸話す。＊くたびれたので真直に帰ることにする。池袋の古本屋で横光利一の本二冊を買ふ。「上海」四十円、「無礼な街」六十円。あまりに安くて気の毒みたいになる。はかないものだ。＊帰つて、今週土曜の予定の講演が、映画とかちあふので金曜に変更。＊佐々木基一からハガキ。書評を断つたので、詩をほしいと言つてくる。パブロ・ネルダといふチリの詩人をほめてゐる。＊夜、気になるので、「モイラ」の訳を始める。＊夜、澄子へ手紙。「風土」が出るまで金が入らない旨。＊ダイナ颱風で夜中大荒。

六月二十四日　火曜。朝快晴、盛夏の感じ。夕より再び雨。

＊日直。＊午前中、気が動いて忙しいのにまたパステルを描く。これで二枚できる。共にコンポジション。＊美術手帳の緑川仁子《ひとこ》来る。美術手帳八月に挿絵入りで詩を五人に書かせる企画。僕は「死と転生」(断章の二)を渡すことにし、その挿絵をシャガールから探すやうに彼女に一任。清潔な好ましい感じの女性。＊午後に山下延子来る。澄子の気持がまた変つてあやまつて来てくれとたのんださう。ナツキの誕生日に遊びに来るやうにと。＊今日来た図書新聞に「風土」の広告が出る。恥づかしいやうなことが書いてある。＊「群像」の早川徳治へ返事。＊佐々木基一へハガキと詩の原稿。

六月二十五日　水曜。曇。
＊終日、講演の準備。＊夜、岩松貞子来り、附添の太田さん（太田一郎の母）が意地悪くするとこぼす。一種の病的性格か。

六月二十六日　木曜。曇。
＊講演の準備。数日来読んだもの、宮本百合子「昭和の十四年間」（日本文学入門収録）、平野謙「作家論」嘉村磯多「途上」その他、牧野信一「鬼涙村」その他、荒正人「赤い手帳」井伏鱒二「集金旅行」その他、横光利一「機械」その他。

六月二十七日　金曜。曇。
＊講演の準備にノートを取る。＊河上肇「自叙伝一」を買ふ。初心堂つけ。＊夕、六時半より寿康館日本間で講演、「昭和文学の足痕[*72]」新興文学派とプロレタリア文学。聴衆約三十名、女子五、六名。約二時間弱喋つてプロ文学退潮期ごろで八時半になつたので止める。途中で二度ほど厭になる。豪雨の止むのを待ち、消灯ごろから外気の小舎に十人位集つて、またお喋り。戦争中の思ひ出。当時の経験などを物語り、十時半に及ぶ。

六月二十八日　土曜。曇。
＊「共通のひろば」といふ所内の集りのために、「青春」と題して短文一枚を書く。＊昼すぎ降雹、ウヅラの卵ほどもある。雷鳴豪雨。直にからりと晴れる。＊チクマよりグリーン「不良少年」重治

「鷗外その側面」を送り来る。＊朝、谷静子からの電話で、ラヂオの修理をたのまれ今井さんにやつてもらふ。夕なほり、持参。原価二百五〇円。彼女と立話。戦争は厭といふ時の眼の耀き。＊夜、映画会。不参。長山氏外泊。彼はリミフオンを服用に決定。＊消灯ごろまた雷鳴豪雨。停電。窓から雨が降り込む。

六月二十九日　日曜。曇。

＊久しぶりにラヂオでいい音楽を聞く。ラヴエルQ、フランクS、ベートーヴエン悲愴。＊谷孝子来る。駅まで送る。柳林さんと会つて一緒に帰る。＊夜、外気食堂で幻灯がある。＊岩松貞子来る。＊ゲル〔金〕全く尽く。

六月三十日　月曜。雨。

＊「鷗外の側面」を読む。＊夜、隣の小舎で文化懇談会。約十五人集り、消灯までお喋り。＊夜の夢、愛を失つたあとの絶望、しかしその相手は登場せず、誰だか分らない。

七月一日　火曜。曇。

＊血沈（0.5, 2, 7）＊新潮社へ電話。部数きまらず検印もまだ。＊放送局から速達。「山の音楽」「フランス民謡」をたのんで来る。＊谷静子。ごく短い時間。＊岩松貞子が松本さんの子供を連れて来る。迷子になつたといふので引揚寮まで連れて行く。＊夜むし暑く、二十七度、湿気多く、寝苦しい。夜半に豪雨。＊この日三寮の相原氏（初見）来り、偶然、直村静子が東京にゐることを知

る。＊眠られぬ夜に思ふこと。砂漠の主題。

七月二日　水曜。曇、夕より雨。

＊横光利一「上海」を読む。＊玉井康勝来る。顔色悪く元気もない。今年になつて験査の度に排菌とか。相変らず暗い話。＊夜、構想。「日本プロレタリア文学発達史資料三」をひろひ読み。

七月三日　木曜。曇。

＊午前中、構想。＊赤城さかえ氏と転向及転向文学について話しあふ。小説を書くことをすすめる。

＊夜、住民登録について民生委員岩本氏を囲んで座談会。＊就寝後、横光利一「時計」を読む。

七月四日　金曜。曇。

＊長山氏リミフオンのため胃液検査。小舎で午前中かかつたので無為。＊夕、落雷停電。谷静子のとこへ本を持つて行く。＊停電のために何も出来ぬ。平和祭について協議。＊未知の人細井一郎より詩集「赤い絵具」寄贈。

七月五日　土曜。曇。

＊執筆、約七枚書く。＊岩松貞子から二、七〇〇円、増田君から一、〇〇〇円借りる。＊夜、毎晩のやうによく眠られない。

七月六日　日曜。曇。
＊気が重いが、外出。小金井のバスの途中で気持が悪くなり困る。中村のとこで暫くがつかりしてゐる。必要な書物なし。中村作のＲＤを聞く。つまらない仕事。要するにラヂオは愚劣だ。四時すぎに帰る。＊留守中に太田一郎訪問。＊平和祭にシュプレヒコールをたのまれる。＊夜、豪雨。詩話会例会、外気日本間。

七月七日　月曜。
＊新潮社から連絡がなく、行きやうがない。ナツキの誕生日〔七歳〕で、そのために借金までしたが、アドレスの地利《ママ》も分らず、やめることにする。＊アラゴン「責苦の中で歌つたガブリエル・ペリのためのバラード」を訳す。＊夕食後、疑問の処を問ひ合せるため長山氏と信愛[*73]の大山女医を訪ひ、その紹介で、ベトレヘム[*74]の仏人神父ジョリ氏に会つて訊く。こころよく教へられる。帰つて清書。＊ナツキのとこへは遂に行き得なかつた。心悲しくナツキを思ふ。

七月八日　火曜。曇。
＊「小説の方法」続稿。＊昨日か今日外出するつもりで許可をもらつておいたが、気が進まずやめにする。新潮社へ電話。新田君の話では、本の出るのは二十日頃に延びたさう。出版部長が装幀が気に入らなくてやり直し。＊午後、精神科の岡田〔敬蔵〕医師来所、暫く対話。戦後家庭と自由恋愛との間に立つて四十位の奥さんのヒステリイ例多しと。＊谷静子、右半身が神経痛。字が書けないで困つてゐる。＊中川幸永、アンデパンダン〔展覧会〕出品作を持参。＊レコードコンサート

（シャンソンの夕べ）の解説を引受ける。＊夜、仕事。

七月九日　水曜。曇、後に雨。

＊長山氏気管支鏡。＊一戸氏より電話。山の音楽の打合せ。＊原稿続行。＊夕食後、気が向いてパステルで女の顔を描く。なかなか気に入らず、描き直しばかり。本当はそんな暇はないのに。

七月十日　木曜。依然として雨。

＊五月の培養の二月が一コロニイ出てゐることが分りがつかりする。一月に出て以来。千葉医官に面接し、作業を夏の間待つてもらふ。＊終日執筆。完了しない。二三日延びる旨ハガキ。

七月十一日　金曜。雨。午後より晴れる。

＊日直。＊田村幸雄来る。この前より元気に見える。＊夜、岩松貞子に額縁を借りる。＊「小説の方法」（第一次戦後）を一応書き終る。二十九枚。

七月十二日　土曜。曇。

＊午前中かかつて、借りた額縁に合せて、クレパスでコンポジションを描く。これと「少女の顔」とを出品。＊夕、アンデパンダン展の飾付が終る。約八十点、中央廊下をぶつ通しで壮観。＊夜、ピアノのある寿康館楽屋で、シュプレヒコールの稽古。アラゴン詩の本読み。

七月十三日　日曜。曇。夜にまた雨。

＊午前中は「音楽」の文献あつめ。＊午後、山下延子来る。＊山下の父は一層具合が悪く、札幌の姉が夏休みを繰上げてナツキを帯広へ連れて行つたさう。ひどく会ひたがつてゐるといふ。＊延子は約婚《ママ》者が入党すると言つたとかで、また大いに迷つてゐる。＊東とみ子への紹介状を書いてやる。＊おかげで仕事が全然出来ず。＊田口夫人のところに安沢君とレコードを借りに行く。なし。＊谷孝子おそく来る。不在中に来てゐたので一寮へ行く。グレコのレコードを頼んでおいたが未発売とか。＊平和祭の準備会が外気日本間である。＊当直医官「マーク」のため、やむなく九時に消灯就寝。＊この日創元社から「招かれた女」書評転載を頼んで来る。

七月十四日　月曜。午前中雨、のち曇。

＊朝四時半起床、文学講座原稿を読み直し、訂正。速達で送る。＊血沈（1, 2.6）＊午前中眠くて能率が上らない。フランス史をしらべ、シャンソンを試聴。午後、音楽の材料調べ。＊夕六時から西講堂でシャンソンの夕べ。解説を試みる。聴衆七、八十名。頗る盛況。＊音楽の原稿を少し書き出したが、方針を変更して早寝。

七月十五日　火曜。曇。

＊「私は音楽です」の「山の音楽」を執筆。来週月曜に放送予定なのでぎりぎりのところ。午後にＮＨＫから電話がかかつて来る。夕八時ごろ書きあげる。十三枚。＊中村真一郎から名古屋大学に仏文科助教授のくちがあると言つて来る。

七月十六日　水曜。快晴。漸く梅雨あがり、気温午後に三十二度に昇る。
＊外出。放送局に原稿持参。一戸氏と打合せ。＊坂田一男訪問。ビールの御馳走になる。＊夕刻帰る。＊外気で一・二組対三組の碁大会が始まつてゐる。＊岩松貞子にワイシヤツと下駄をもらふ。

七月十七日　木曜。依然暑し。
＊「美術批評」七月号に東療アンデパンダンの記事があることを広瀬君が発見する。＊新潮社連絡なく、昨日の電話も会議中とかで検印はこちらに送るやう頼んだ。ますます遅れてゐる。＊夜、岩松貞子と散歩。

七月十八日　金曜。また雨模様。
＊外気囲碁大会。

七月十九日　土曜。曇、夕より雨。依然梅雨模様。
＊終日無為。＊夕、アンデパンダン慰労会。そのあとシユプレヒコールの練習。平和祭の許可は難航してゐる。＊新潮社より速達。検印四千部。予想に反したのでがつかりする。

七月二十日　日曜。晴。やや夏らしくなる。
＊外出。中村真一郎訪問。名古屋大学助教授の話をきく。詳しくは分らないが、いい話なのかもし

れない。いづれ渡辺教授に会ふ約束。＊角川書店鎗田《やりた》君が聖心女学院の卒業論文を書いてゐる女性を連れて来るのに会ふ。論文は立原道造。中村と共に詩論。鎗田君とボードレール翻訳について。中村から彼の選集に入れるべき作品を訊かれる。＊夕食を御馳走になつて帰る。＊不在中、谷孝子訪問。＊初心堂より「フランス歌曲」を届け来る。谷静子に渡す。名古屋行の話をする。その寂しさうな顔。＊夜、残りの検印をすませる。

七月二十一日　月曜。快晴。

＊外出。新潮社に検印持参。新田君不在。＊渡辺一夫教授訪問。本田喜代治氏[＊75]への紹介状をもらふ。亡命の話。最近の社会状勢について。デュアメル「パトリス・ペリヨの遍歴」を贈られる。中村夫妻あとから来る。ビイルを飲んで閑談。夕刻帰る。＊夜七時半から第二放送で「山の音楽」。

七月二十二日　火曜。晴。

＊「原爆の図」展覧会。＊松本英夫来る。近日中に北海道に帰るといふ。＊中川幸永来る。名古屋行に対する反対意見。＊夜、岩松貞子と散歩。＊読書新聞広告によれば、「風土」発売日三十一日。

七月二十三日　水曜。晴。

＊「モイラ」の翻訳を始める。＊坂田一男来る。＊昨日の展覧会のカンパをもらひに二寮掛場純子嬢のとこに行く。先日ノセ牧師来訪の節外気へ案内してくれた人。＊夜、シュプレヒコールの練習。

七月二十四日　木曜。晴。最も暑し。

＊外出。石神井公園で小一時間待つてバスで中野昭和通まで行き本田喜代治氏（名大社会学教授）訪問。名大に就職の件。いづれ履歴書を送る旨約束する。相当に責任のある地位らしい。＊東とみ子訪問、不在。＊上北沢の駅のところで丸山熊雄氏[*76]に会ひ、同氏の家へ行き、よもやま話をする。＊帰りに清瀬からバスが出ないので歩く。柳林さんに聞くと今日東夫人は東療に見えたさうで行き違ひになつた。＊「フランスの若き画家達」「美術手帳八月号」来る。＊岸野愛子より来信。＊出版ニュース社より来信。＊夜、七寮出身外気患者のコムパ。

七月二十五日　金曜。晴。

＊翻訳いつかうにスピードが上らない。＊山下延子に速達。岸野愛子に返信。＊夜、平和祭。各文化サークルのメツセージ、シユプレヒコール、堀江邑一[*77]氏講演。盛会。

七月二十六日　土曜。晴。

＊「出版ニュース」へ返信。「我が著書について」欄の記事。＊履歴書をつくる。ペン書で原稿用紙五枚。＊中村にハガキ。彼の選集の内容を選ぶ。＊放送局から原稿料。＊夜、東とみ子来る。延子先日訪問したとのこと。本を貸す。

七月二十七日　日曜。晴。夜、雨。

＊履歴書を本田教授に発送。＊安田徳太郎「人間の歴史」第二巻を読む。＊山下延子来る。新しく

見合をするとのこと。それを済せて帯広へ立つと。夏服を持つて来てくれる。駅まで見送り。＊明日の日直の中継ぎ夕食後。＊夜、岩松貞子来る。＊夜間、豪雨。

七月二十八日　月曜。晴。

＊早朝作業の呼号があるので、早くから眼がさめる。＊翻訳。まだスピードが出ない。＊夜、平和祭の批判会。

七月二十九日　火曜。曇、時々小雨。

＊日課。＊夕、谷静子。近頃の僕のやや政治的な行動への皮肉。＊夜、隣の小屋で、集つて合唱の稽古などをする。「泉のほとり」や「バルカンの星の下に」など。＊「ひろば」第五号が出る。それに数人の三十代の連中の、若い世代への言葉が載つてゐる。僕の原稿は次のやうなもの。題「青春」——

療養所のベッドに寝てゐるうちに、いつしか僕の二十代も過ぎてしまつた。思へば僕たちの青春は、悲しみと憤りとのうちに過ぎた。僕は常に、かのボードレールの二行を思ひ出す。

僕たちの青春は暗黒のあらし、

雲間を抜く太陽の光はあつても、……

しかし青春が、疑ふことと信じること、愛することと苦しむこと、常に真実に生きることをその本質としてゐる以上、またそれが生への冒険と、不正への闘ひとを要求する以上、僕たちは如何に年齢を重ねても、この青春を「終つた」と言ひ去ることは出来ないだらう。

七月三十日　水曜。晴。

＊午前入浴、午後診断（二外一組全員）。＊日課、このところ一日に三頁（原書）しか進まない。もつとも碁なんか打つてゐる。＊岸野の伯母より返信。土曜に行く旨返事。

七月三十一日　木曜。曇。毎日天気が夏らしくからつとしない。大して暑くもない。

＊今日の日課はひどく進まなかつた。＊夜、隣の小屋でダベリ。ＫＰ〔共産党〕にはひる主要誘因としての人間的つながり。グリちゃんの入党の原因になつたのは年上の女性（党員）。彼のために入党スイセン用紙を探し出して来て、自分はそれを書かずに退所したといふ。

以後、新仮名を用いる。すべての原稿を新仮名に統一する。

八月一日　金曜。快晴、暑熱。

＊血沈（0.5, 1, 3）＊昼前に新潮社に電話。今朝の朝日に広告が出たが依然連絡がないため。午後、外出。新潮社に行く。新田君旅行中で幸田徳子さんという女の人に会ふ《ママ》。献本五十冊に署名する。五部もらい、「ゴッホの手紙」をもらう。吉田健一氏にたまたま会い、「悪の華」の訳を本にしようという話を聞く。一緒に電車に乗り途中で別れる。鈴木教授を問うも旅行中で不在。＊帰ると、新田君から速達が来ている。読書新聞小沢修からハガキ。ＮＨＫ一戸氏から、ベートーヴェンを五回でやってくれという依頼。＊夜、岩松貞子と散歩。むし暑い。

八月二日　土曜。快晴、暑熱。

＊外出、池袋まで岩松貞子と一緒。京王線笹塚駅で待ち合せ、岸野愛子に会う。本当は従姉、伯母さんの感じ。礼子〔愛子の娘〕と二人暮している。色々の話を聞く。本をあげる。夕食を御馳走になって帰る。帰ったのは九時。＊「招かれた女」下巻、寄贈。

八月三日　日曜。快晴、依然三十三、四度。

＊新田敞、小沢修へハガキ。堀辰雄、石川淳、和辻哲郎へ手紙。＊谷孝子、夕刻来る。本をあげ、駅まで見送り。

八月四日　月曜。快晴、酷暑。

＊赤城さかえに本をあげる。＊所長室で砂原茂一所長に一冊。沼田さんを混えて、小説や就職のはなし。＊高済一美がサインを求め来る。＊片山敏彦、伊藤整、河盛好蔵へ手紙。桑原武夫、中野重治、中里恒子にハガキ。＊一戸氏に返事。＊夜、谷静子のもとでお喋り。＊今日、本の中に重大なミス・プリントを発見、がっかり。

八月五日　火曜。夜来の雨、昼前にあがり、涼風。

＊山下庄之助あて、本を寄贈。＊次の長篇のプラン。＊初心堂に千円払う。

八月六日　水曜。晴。立秋。
＊プラン。人名と題名がきまらず、細部にもはっきりしないところがある。＊カミュ、窪田訳「結婚」を送附し来る。＊窪田、矢内原へハガキ。＊夜、岩松貞子と散歩。十五夜の明月。＊夜十時すぎに、三角山の頂上で、無教会派の女性四名がお祈りをあげるという怪事件が起り、大騒ぎする。

八月七日　木曜。微風、夜、颱風が来るという。
＊佐々木基一から手紙。送った詩稿をほめ、「風土」の書評を誰に頼むかと訊いて来る。＊方岡輝子に本を寄贈。＊佐々木、山室静、緑川仁子にハガキ。串田孫一、中村光夫に同。＊ケッセル「ベルナン事件」中野重治「鷗外その側面」共に読了。

八月八日　金曜。晴。
＊依然として翻訳を休んで、小説のプラン。＊山下延子からの便りで、帯広中学が退職金をくれるから診断書を送れという。＊白井浩司、福田恒《ママ》存、渡辺一夫、中里恒子、石田波郷からハガキ。＊夜、散歩。

八月九日　土曜。快晴。酷暑。
＊千葉医官から作業（さ来週から）を言い渡される。診断書をもらう。＊岸野愛子から長文の手紙。
＊本多秋五、伊藤整、丹羽文雄、河盛好蔵からハガキ。＊夕、東とみ子来る。本をあげる。立話。
＊谷静子と話す。今度のロマンの大要。＊消灯後、森田、田辺、安沢、広瀬四君と踏切の先まで盆

踊りを見に行き、十一時頃帰る。

八月十日　日曜。曇、涼しい。

＊外出して高橋健人訪問。本を寄贈。ダべって三時頃帰って来る。＊石川淳氏より来信。長文の内容に、懇切叮嚀な小説の批評。頭から終りまで悪口だが、清涼明確、真に批評らしい批評。但し少しがっかりする。小説はむずかしい。＊岩松貞子が或患者にプロポーズされて困っているという話。＊山下延子に速達を書く。

八月十一日　月曜。晴。

＊文化懇談会の明日の集会のため医務課長に面会。そのあと、文化運動の擁護のため、所長と会って所信を述べる。＊東とみ子来る。＊方岡輝子、串田孫一よりハガキ。＊長山氏夫人来り、二人とも外出。＊中川に本。

八月十二日　晴。

＊「共産主義への五十の疑問」(理論社版)を読む。＊小説のノオト。＊山室静、埴谷雄高、窪田啓作からハガキ。山室静の評、「人生の重みが不足」。＊夜、文化懇談会「世代と青春、暗い谷間」について、薄信一司会。約三十名集り、議論活潑。そのあと十時頃までお喋り。

八月十三日　晴、午後雷雨。

＊培養。＊方岡輝子、坂田一男、鈴木琢磨からハガキ。＊谷静子。孝子から彼女への手紙を読む。このような愛を信じられないという。本をあげる。＊藤村忠男来訪。静子は批評をくれなかった。身近な人間にも、僕の小説は何の感銘も与えなかったらしい。窪田は芸術の意味が二人の間であまりに異るのにおどろくと書き、自分はｖｕｌｇａｉｒｅ〔通俗〕かなと悲しんでいる。が僕はそれを皮肉にとる。僕にとって芸術は何のささえでもない。桂昌三〔「風土」登場人物〕と今の僕とはあまりに違う。しかし誰でもが、「風土」を現在の僕の位置で受け取るだろう。僕は民衆の方へ一歩あゆみ出したいと思うのだが、僕の内容は生活を欠いているようだ。次の作品は、題も、登場人物たちの生活も、きまらない。僕自身が、今、善意をもち、生きたいと願っても、嘗て「風土」の主題を信じた僕は、この芸術至上主義から逃れることは出来ないのか。議論の後のこの空しさ。意志さえも弱く。

八月十四日　木曜。晴。

＊昨夜から「白痴」の読み直しを始める。今日第一篇を終る。常に帰って来るところ。＊荒正人からハガキ。未見の少年、長津功三良から手紙。＊夕食に焼鳥の会。そのあとグランドで盆踊りの大会があるので皆で見に行くが、外気患者が踊るのは不許可になったので皆面白くない。縄なぞ張りめぐらしている。田辺、森田君などと、線路の向うの八幡さまの村の踊りへ行く。見物の末、誘われて一周の三分の二ほど踊る。どうも下手なので続かない。十一時頃帰る。

八月十五日　金曜。晴。

＊朝、血沈で早起（0.5, 1.5）。＊佐々木基一からハガキ。＊夕より日直。水瓜割りの大会が花壇であるが行けない。皆は都職療養所[*78]の盆踊りに行ったので、消灯後見物に行く。暫く見て帰る。

八月十六日　土曜。晴、夕、くもり。

＊来週より作業になる。＊毎日、「白痴」を読みつづける。＊小説の構想大いに進む。＊夜、谷孝子来る。共にラヂオでショパン前奏曲集（クロイツァ）を聞き、駅まで送る。

八月十七日　日曜。晴。

＊朝十時半の小金井行バスで田辺グリちゃんと共に外出。帝都線経由、明大前で別れ、笹塚で岸野愛子訪問。礼子が休みでいる。三人でお喋りをし、三時少し前に別れて、原宿に来島[*79]を訪う。小母さんは不在、徳ちゃんと静ちゃん、それに子供が二人。何年ぶりかに会い、さりげない話を交し、ふと時間を錯覚する。「風土」は広告を見て買ったというが、一冊を献辞を書いて贈る。徳ちゃんは依然として九州発送電本社詰。静ちゃんは学習院女子部を教えているという。帰りに彼女は取め《ママ》るのもきかずに原宿駅まで送ってくれた。道を歩きながら、それまで快活にしていた彼女はそっと指の先で眼の涙を拭った。この一しずくの涙。何故に、かくも遅く。＊そのあと省線〔当時は国電〕で田町に行き、鈴木琢磨夫妻を訪問。寿子さんのみいて、健康そうに見える。暫くして琢磨君、上野の展覧会から帰って来る。絵の話などし、夕食にひきとめられビールを御馳走になり、八時頃辞去。＊清瀬駅、岩松貞子が迎えに来ていて、小舎に客が待っているというのでおどろく。親切にしてやった患者が附添料をごまかそうとした話をして嘆いている。この前には、ある患者がプロポー

ズして困っているという話を聞いた。＊小舎で山下延子が待っていて、喧嘩をして来たから家へは帰らないという。岩松さんに頼んで附添部屋に泊めてもらう。夜は既におそい。

八月十八日　月曜。晴。

＊朝六時に起き、作業場に行き、地下足袋をもらう。作業は明日から。＊朝から延子の話を聞く。喧嘩というのはタカちゃんが相手で、昨日の昼、北海道からナツキを連れて帰って来たところ、延ちゃんがいるからナツキが母親につかない、子供は両親に任せておくべきだと言われ、飛び出したらしい。色々に言ってきかせても納得しない。生きる気持は全然ないという。友人もなく、澄子のところを離れたら全く一人きり。帯広に帰れば、保健所の方に就職出来るのだが、そこへは帰りたくない、過去の事件が絶望的に心を覆っている。色々はなしを聞き、やっと承知させて、家まで送ってやることにする。二時ごろのバスで炎天下を小金井に行き、昨日と同じようなコースで三軒茶屋でおりる。ケーキを買う。駅から少しある。二年ぶりぐらいに澄子に会い、また帯広で別れて以来のナツキに会う。痩せぎすの、眼の大きい、寂しげな表情。笑うとたまらなく可愛い。澄子と会ってももう何の感じもない、それが不思議なよう。なぜ昔この女と結婚したのかと思う。それがもし僕のエゴイスムでなければ。人は各々自分の道を歩むだろう。夕食を一緒にする。早く帰りたかったが、ナツキが「僕、帰っちゃ厭だよ、おじさん」とあまり言うので。八時半ごろ帰る。＊小堺喜代子から手紙が来て、本を送る。＊山下庄之助の手紙を延子がことずか《ママ》って来たので、もらって来て読む。悲しいこと。恐らくは事すべて希望とは異なって。＊堀田善衛、中村真一郎からハガキ。中村の文面では「風土」を傑作だと言っている。＊この二日の間に、僕の知っている、また嘗て知

つかない。子供は両親に任せておくべきだと言われ、涙が出たらしい。色々に言っ
てきかせても納得しない。生きる気持は全然ないという。友人もなく、澄みのところを
離れたら全く一人きり。学校に帰れば、保健所の方に就職出来るのだが、そこへ
は帰りたくない。過去の事件が絶望的に心を閉ざしている。色々話して働き
やっと承知させて、家まで送ってやることにする。八時ごろのバスで炎天下を小田
井に行き、昨日と同じようなコースで三軒茶屋でおりる。ケーキを買う。駅から
少しある。二年ぶりぐらいに澄みに会い、また学校で別れて以来のナツキに会う。痩
せぎすの、眼の大きい、弱そうな表情。笑うとたまらなく可愛い。澄みと会ってももう
何の感じもない。それが不思議なよう。なぜ昔この女と結婚したのかと思う。それ
がもし僕のエゴイズムでなければ。人は各々自分の道を歩むだろう。夕食を一緒に
する。早く帰りたかったが、ナツキが「僕、帰っちゃ寂しい、おじさん」とあまりいうので
八時半ごろ帰る。＊小堀喜代子から手紙が来て、本を送る。＊山下庄之助の手紙
も返事がことずかって来たので、もらって来て読む。悲しいこと。恐らくは事すべて希望
とは異なって。＊堀田善衛、中村真一郎からハガキ。中村の文面では「風土」を
傑作だと言っている。＊この二日の間に、僕の知っている、また噂で知った多くの女性に
会った。人はみな幸福になろうと思って人生の道を歩いて行くのだろう。しかし果して
幸福でいるとは何であろう、誰が幸福だと言えるのだろう。人は人生にさまざまの
過ちを犯し、おおく後悔し、求めなかった道を歩き、そして孤独だろう。誰しもが、
心の中に一しずくの涙を持って、それを忘れることに一日の生活を築いて行くのだろう。
八月十九日火曜、快晴、酷暑。＊早朝作業一時間、午前にちょっと採點をする。
＊中川幸永来る。戦後に、生れた子供をお金を二万円つけて人にやり、籍は向
うに入れる約束でいたところ、間に立った仲介者が警察にあげられて、その消息が分らなくな
り、しかも籍が自分のところに入っていることを最近発見したという。油絵をかきに

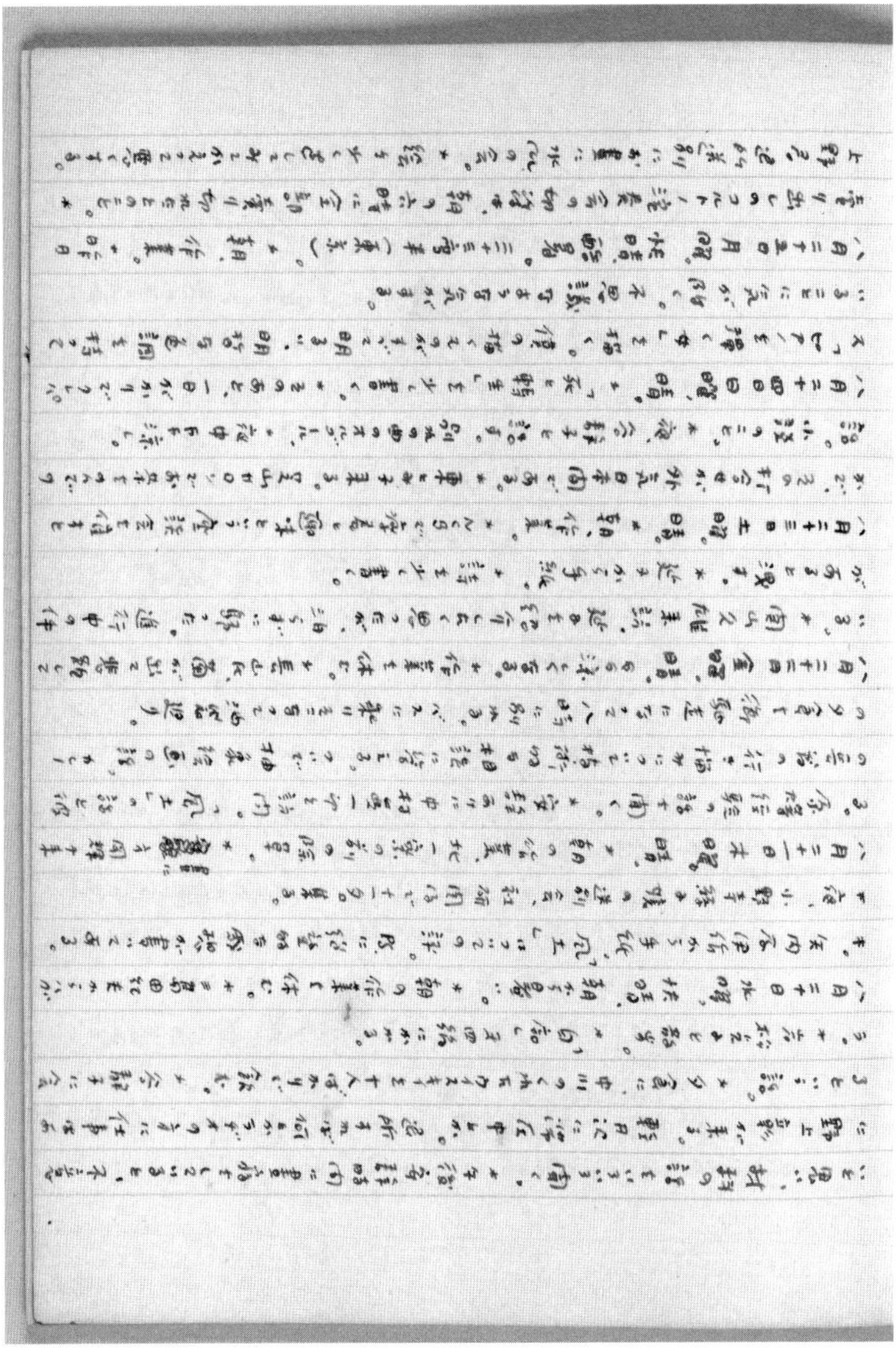

1952年8月18日～25日の日記より

った、多くの女性に会った。人はみな幸福になろうと思って人生の道を歩いて行くのだろう。しかし果して幸福でいるとは何であろう、誰が幸福だと言えるのだろう。人は人生にさまざまの過ちを冒し、おそく後悔し、求めなかった道を歩き、そして孤独だろう。誰しもが、心の中に一しずくの涙を持って、それを忘れることに一日の生活を築いて行くのだろう。

八月十九日　火曜。快晴、酷暑。
＊早朝作業一時間、左手にちょっと怪我をする。＊中川幸永来る。戦後に、生れた子供をお金を二、〇〇〇円つけて人にやり、籍は向うに入れる約束でいたところ、間に立った仲介者が警察にあげられて交渉がなくなり、しかも籍が自分のところに入っていることを最近発見したという。油絵をかきたいと思い、材料の話をいろいろ聞く。＊午後安静時間に昼寝をしていると、不意に野上彰が来る。軽井沢に滞在中とか。退所すれば何とかラヂオの方に仕事はあるという話。＊夕食に、中川のくれたウイスキイを十人ばかりで飲む。＊谷静子に会う。＊岩松貞子と散歩。＊「白痴」第四編にかかる。

八月二十日　水曜。快晴、朝から暑い。
＊朝の作業を休む。＊三島由紀夫からハガキ。矢内原伊作から手紙、「風土」についての評。PS.に絶望的な感想が書いてある。＊夜、小野寺綾子嬢の送別会、社研[*80]関係で十一名集る。

八月二十一日　木曜。晴。

＊朝の作業、北一寮の前の除草。＊昼に方岡輝子来る。原爆経験の話を聞く。＊安静あけに中村真一郎を訪問。「風土」の話と彼の長篇の行き悩みについて技術的な相談に答える。ついで抽象絵画の話。カレーの夕食を御馳走になって八時に別れる。バスに乗りそこなって池袋廻り。

八月二十二日　金曜。晴。やや涼しくなる。

＊作業を休む。＊長山氏、菌が出て悲歎している。＊関山久雄来訪。延子を紹介したく思ったが、泊らずに帰った。進行中の件があると洩す。＊延子から手紙。＊詩を少し書く。

八月二十三日　土曜。晴。

＊朝、作業。＊NCBで療養と趣味という座談会を催すとかで、その打合せが外気日本間である。＊東とみ子来る。芝山サロンでお茶をのんでの話。小説のこと。＊夜、谷静子と話す。別れの曲のオルゴール。＊夜中やや涼し。

八月二十四日　日曜。晴。

＊「死と転生」を少し書く。＊そのあと、一日がかりでクレパス「ピアノを弾く女」を描く。僕の描くものがすべて明るい、明晳な色調を持っていることに気が附く。不思議なような気がする。

八月二十五日　月曜。快晴、酷暑。三十三度半（東京）。

＊朝、作業。＊昨日売り出しのコルトー演奏会の切符は、朝の六時に全部売り切れたとのこと。＊

上野君退所送別にお昼に水瓜の会。＊絵を少し直してみてかえって悪くする。板に描き始める。＊外気でレコードをかけて盆踊りをしている。＊岩松貞子と散歩。＊先週の図書新聞のベスト・セラーに紀伊野《ママ》国屋と池袋新栄堂で「風土」が第二位にはいっている。意外。書評はまだ出ない。

八月二十六日　火曜。酷暑、三十四度。

＊百日紅[*81]の白い花が食堂のわきに咲いている。白い方が美しい。＊朝、作業。少し馴れて来る。＊長津功三良、小堺喜代子に手紙。＊「白痴」を読了。感深し。ロマンというのはこういうもの。これほどの長さでなおすべてを語り尽さず、その空白が無限の現実感を誘う。ナターシャ《ママ》〔ナスターシャ〕の登場場面など、全体でほんの数頁しかない。

八月二十七日　水曜。晴。

＊作業。＊昨夜、就寝後にモルガン「人間のしるし」の第一部を読んだが、今日の安静時間に第二部を読了。最後に涙をおぼえる。真に人間的な主題。特に主人公が小市民性を克服して行く遷路が自然で、すばらしい。自己愛と所有愛とを越えて、「わかち合う努力、共通の世界観、より美しい生活に対する信念の上にきずかれる愛、自由から切り離されず、生きることの唯一の理由である」愛を描いている。＊上野君退所。＊夜、ラジオでラフマニーノフ「P・C・2」を柳川守のピアノで聞く。この曲を自分のものとする。

八月二十八日　木曜。晴。

＊外気清掃。＊小説ノート。皆で独身婦人の最低生活費の研究。＊岩松貞子来る。ショパン作品演奏のコルトーの切符を手に入れた話を聞く。三人前で五〇〇円と三〇〇円の切符が売り切れ、一、〇〇〇円のを買ったとのこと。弟さんが家を出たがっている話。あがなわれた自由。結婚生活についての議論。

八月二十九日　金曜。晴。
＊作業に一寮に行く。＊小説ノート。「死の島[＊82]」という題名はどうだろう。＊新潮社から印税を送ったと電話。＊谷静子、ここ数日熱が出ているとのこと。＊夜、隣の小舎で千秋嬢、橋本嬢などとお喋り。＊サルトル「自由への道」を読み始める。前に途中でやめたもの。

八月三十日　土曜。晴。
＊朝の作業後に、七寮静臥室前の草刈をしてやる。＊窪田からハガキ。「風土」のフランス訳のこと。＊近代文学社から出版紀念会のことを言って来る。＊今週の図書新聞に伊藤整の書評が載る。好意的。

八月三十一日　日曜。晴。風涼し。
＊人文書院より「魂の中の死」下巻「悪魔と神」を寄贈。＊谷孝子は母親が病気とかで来ない。静子は連日熱が高い。＊昨日、新潮から印税来る。六万七千百九十二円。

九月一日　月曜。

*血沈（0.5, 2.5）朝から雨、やや霽れたところで傘なしで外出すると、池袋で大降りになる。飯田橋で銀行へ行き、やむなく傘を買う。放送局で、今度のベートーヴェンの放送について打合せ、文献七冊を借りる。坂田一男訪門《ママ》、本をあげる。東京銀行に窪田を訪い、閑談。主として小説の話。借金一万円を返す。丸善でスペイン語の入門書を買う。雨は漸くあがる。池袋からの電車で多井作君と一緒になる。*中村光夫からハガキ。「風土」の読後感。

九月二日　火曜。

*朝作業。*選挙についての座談会が外気日本間である。

九月三日　水曜。

*朝作業。*詩を少し直す。*田村幸雄から長文の読後感。*河出書房から「幻を追ふ人」の再版について申出で。*夜、広瀬、安沢、森田君等と角瓶二本を飲む。*東療新聞にインタヴューを載せる。選挙で支持する政党。

九月四日　木曜。

*早朝作業が終って八時四十分からになる。残暑が頗るきびしい。*そのあとでピンポンをやる。
*小堺喜代子、岸野礼子、山下延子及び澄子から手紙。*河出書房池田朝子、小堺喜代子へ返書。
*夜、岩松貞子と散歩。月明。

九月五日　金曜。
＊作業のため、そのあとがつい無為に過ぎる。＊夜、音楽会があり、作曲家間宮芳生、メゾソプラノ柴玲子の二君と知る。曲目、「アパショナータ」、ロシア・日本民謡、アーン歌曲、シャンソン等。会のあと皆でお喋り。

九月六日　土曜。晴。
＊外出。＊中村のとこへ行くと旅支度をして、一時半の準急で追分へ立つという。一緒に行こうとすすめられたが、月曜に出発することにする。＊佐々木基一と久しぶりに会う。昔と変らぬ話。東療の講演会に来てもらう約束。「原民喜作品集」の批評をたのまれる。＊岸野愛子訪問。後に佐藤岩吉〔父末次郎の伯父〕来る。家系の話や父のこと、母のことなどを聞く。帰りに雨が少し降りかけている。清瀬駅に岩松貞子が迎えに来てくれる。

九月七日　日曜。晴。
＊午前中、広瀬安沢二君に、宮田白浜二嬢をまじえてピンポンをやる。＊夕刻気が附いて、社研のための「読書案内」（九枚）を書く。＊夜旅行の支度。＊川口さんが来ていたので、方岡さんへ返す金一〇、〇〇〇円をことず《ママ》ける。

九月八日　月曜。雨。

＊この日より旅行。外出願を出してから、かさとカバン（長山氏に借りる）をもって出掛ける。池袋でコーヒーを飲んで、窪田に電話。ついで本屋によって車中の読物を探す。なし。汽車賃、沓掛まで二七〇円、準急代五〇円。上野でまた本屋による。ロクなものはなくて、佐藤春夫「退屈読本」を買う。汽車一時半発。がらがらにあいている。車中ずっと雨が降りつず《ママ》いている。少し延着して沓掛五時半、中村が迎えに来ている。合客とハイヤーで油屋へ行く。堀夫人が出迎えてくれて、疲れているだろうから今晩は来ないようにとの堀さんの伝言。夕食後、中村とお喋り。二人きりでゆっくり喋るのも何年来のこと。

九月九日　火曜。微雨。

＊中村と食事が終ったところに、新床《ママ》〔庄〕嘉章、加藤道夫来る。新床《ママ》氏はジイド日記の訳、加藤君は脚本を執筆のため滞在中。中村と堀家訪問。加藤君がいとまごいに先に来ている。手術や病気の話。午後、中村の小説を読む。夕方にカサをさして、浅間道の方を少し歩いてみる。入浴夕食後、中村とお喋り。Pa. Wの従妹について。エハガキ数枚を書く。

九月十日　水曜。曇。

＊午前中、中村の小説「長い旅の終り」の草稿を読む。昼寝してから堀家訪問。堀さんのスイセン文をもらうのに、新潮はだいぶ無理にたのんだらしい。夕刻にやや霽れるが浅間は見えない。食慾はあるが、足ががくがくして困る。夜、詩稿をしらべ、小説のプランを練る。

九月十一日　木曜。微雨。
＊午前中、ベートーヴェンの文献をしらべる。多恵子夫人が宿屋に来て、神西さんの噂話など。午後、堀家訪問。夕食に中村とビールを飲む。颱風が来そうな気配で、気分が悪い。深夜雷鳴を聞く。

九月十二日　金曜。曇。
＊朝のうち堀家訪問。フランスの新聞にラヂゲの恋人の記事が出ているのを見せてもらったりする。マルト〔「肉体の悪魔」の登場人物〕、実名はアリス。昼過に勘定。二、五〇〇円。一泊三食で五〇〇円。バスで沓掛に行く。駅前の通りで偶然に鮎沢夫妻[*83]に会う。鮎沢嬢はパリで、グラッセから本が出るとか。二時五二分の準急。停車場のホームで、漸く浅間の全貌を見る。車中でまたお喋り。野上彰の挿話を聞く。池袋六時半。中村と別れ、清瀬発最終バスで帰る。＊留守中の手紙。美術手帳から稿料一、七〇〇円。文学界から原稿（青春の記）の註文。新潮社から「蜘蛛[*84]」再版のこと。近代文学社から出版紀念会のこと。

九月十三日　土曜。微雨。
＊朝の作業があり、サボリながら出る。＊終日ぼんやりしている。少し調子が悪い。＊河出書房から速達。サンテクジュペリの翻訳の依頼。＊夜、寿康館日本間で「風土」合評会。約二十名出席。議論活潑で少しくたびれる。

九月十四日　日曜。曇。

＊一日中安静にしている。＊夕、谷静子のところで孝子に会う。お母さんの病気は相当に悪かったらしい。＊木曜にタマヌキ成形の手術を受けた江戸八郎氏、今夕死す。＊夜、冷えて十九度。＊痩せたと岩松貞子が言う。

九月十五日　月曜。曇。朝のうち微雨で作業なし。

＊血沈（0.5, 2, 7）＊何となく元気がなくて、ベートーヴェンの方いっこう進行しない。＊夜、江戸君のお通夜に行く。

九月十六日　火曜。微雨。

＊作業には出ない。昼前に外出、中村のとこへ行く、共に、東中野駅前モナミの近代文学の会へ出席。「シベリア物語」と共に出版紀念会、かつ白井浩司の渡仏紀念を兼ねる。山室、荒、本多、佐々木、中田、原、藤原、島尾などの諸氏。夕刻になり雨になる。オギクボでレコードを一枚買い、石神井経由で帰る。印象、批評家に小説は分らない。（ピアフ「枯葉」。岩松貞子にあげる）

九月十七日　水曜。晴。

＊作業。＊ベートーヴェンの調査。＊河出からフランス短篇集についての手紙。

九月十八日　木曜。曇。

＊作業後、東療会選挙の異議申立のため千葉医師と面接。なかなかうまく行かなくて困る。＊二時

のバスで岩松貞子と外出。富士見台の共立工業学校にあるバザーへ行き、代ズボンを買う。オーヴァはなし。そのあと丸善で、プレイアド版ボードレール全集、三、三〇〇円を思い切って購入。日本橋際ですしを食い、日比谷公会堂へ行く。古沢淑子第一回演奏会。美しいフランス語。休憩に柴玲子嬢に会う。池袋でコーヒーを飲み、十一時すぎ帰る。

九月十九日　金曜。曇。
＊作業。＊なかなか書き出せなくて、ベートーヴェンの文献をあちこち読む。夕刻より執筆。谷静子に一寸相談に行く。千葉医官当直のため、やむを得ず途中で寝る。

九月二十日　土曜。微雨、作業なし。
＊昼すぎに書きおえる。「ベートーヴェン」㈠十五枚。広瀬君に自転車で速達を出しに行ってもらう。＊夜、岩松貞子来り、今月かぎりでここを止めて家へ帰るという。不意の話で理由はよく分らない。

九月二十一日　日曜。曇後晴。
＊一日ぼんやりする。＊谷孝子来る。その友人金子千幸《ちゆき》の原稿が中村真一郎のとこに行っているので、それを読んでもらうよう頼んでほしいとのこと。彼女にお小遣をあげる。明日は誕生日とのこと。＊中村、河出、保健同人社にハガキ。＊夜、岩松貞子と散歩。話を聞いて、家へ帰るというのは口実で、実際はKP関係の就職であることが分る。少し安心する。一人で働く自信というのは大

事だ。彼女の成長のためにいい結果が生れることを祈る。

九月二十二日　月曜。晴。

＊外出。新潮社で新田敞に会う。「モイラ」の翻訳がおそくなって催促される。十月中にたのむという。とにかく十一月初めまでで約束する。契約不履行でおどかされ、「幻を追う人」を文庫に入れるというので釣られる。どっちにしても努力してみるつもり。放送局で一戸氏に会い、「ベートーヴェン」の打合せ。そのあと澄子のとこに行き、一〇、〇〇〇円を渡す。延子が喧嘩をして家を飛び出したそう。ナツキとお喋り。別れて、バスで目黒に出、大塚に鈴木教授を訪問。就職依頼。名古屋駄目なら明治と都立にきいてみるとのこと。ボードレール、マラルメ、ランボーなどについての話。池袋で雨にあう。八時に帰る。雨あがる。＊澄子のとこから本を四冊持って来る。ジャム詩集、ラルボー短篇集、劉生「初期浮世絵」。

九月二十三日　火曜。晴。

＊祭日で作業なし。＊文学界のための小品を考える。最初は高等学校の時、伊豆から飛行機に乗った話を書こうと思ったが、あとで考え直す。夕刻から書き始める。＊岩松貞子が敷蒲団を持って来て、くれるという。＊胃の具合が悪いから煙草の量を減らす。

九月二十四日　水曜。快晴。

＊作業。＊初心堂に勘定の残り七十五円を払う。＊「文学界」のための小品「知らぬ昔[*85]」十五枚を

書く。

九月二十五日　木曜。晴。

＊作業なし、日直。＊ベートーヴェンの調べ。＊夕刻より選挙についての懇談会に出席を求められて、八寮と二寮とに行く。

九月二十六日　金曜。晴。

＊風邪気味のため作業を休む。＊午後、美術手帳の緑川仁子来る。ブラック展を見て、リトグラフイについての原稿を書いてほしいという。三―八枚、火曜朝に取りに来る筈。断り切れない。＊医者が風邪薬を出してくれたので、ついのんだところ、真夜《ママ》、三時、六時と嘔吐する。これで、アスピリンをのんで吐くこと三回目。

九月二十七日　土曜。晴。

＊作業を休む。終日元気がない。午後から原稿を書き始める。＊夜、音楽会。忙しくて柴玲子さんの独唱だけを一寸聞く。＊本田教授より返信。名古屋かんばしくなさそう。

九月二十八日　日曜。晴。夕より雨。

＊夕刻までに、「ベートーヴェン」㈡を書き終える。十四枚。＊花沢綾子退所の挨拶に来る。本をあげる。＊長山氏外泊。

九月二十九日　月曜。朝微雨。

＊岩松貞子と外出。上野へ行き、博物館でブラック展を見る。約二時間。甚だいい、但しひどく疲れる。大阪《ママ》目録を買う。タクシイで放送局へ行き、原稿を渡し、お茶をのんでスキヤ橋から都電、池袋で買物。夕刻帰る。＊貞子と二人で夕食を共にする。送別会というところ。焼肉とアスパラガス、スープ。食慾は殆どない。風邪気味のせいもあるし、疲れてもいる。＊七時半から「ベートーヴェン」㈠の放送を聞く。だいたい予期の効果通り。＊八時すぎから美術手帳の原稿を書き始める。十一時までに終る。「ブラックの版画—壺と音楽」六枚。主題はブラックの「手帳」にある次の言葉。—Le vase donne une forme au vide et la musique au silence.〔ある空虚の形を与えられた壺と静寂の音楽〕

九月三十日　火曜。晴。

＊作業で白菜の間引き。＊緑川仁子、原稿を取りに来る。ＤＳやフランス語についてお喋り。男の子のような髪の刈り方。ベレは紫の毛糸。＊午後に岩松貞子が蒲団のつくろいをしてくれる。＊夕食に初めて松茸を一本買っておつゆにする。二寸ほどで十八円。＊東療会でつくる写真アルバムのことで伊与田昌男来る。＊社研製作のスライド劇のための脚本研究会を広瀬君のとこでやる。

十月一日　水曜。曇、颱風気味。

＊作業。＊血沈（1, 3, 9）＊風邪なおはっきりしない、長山氏も風邪で寝ている。＊午前中、写真

アルバム説明文。＊関山久雄来る。昼食後バスまで送って行き、川口さんに会う。赤城さんの具合が悪くて。岩松さんの引越手伝に来たらしいが、彼女は朝のうちに立ったらしい。作業の時に声を掛けただけで、あっけない別れになった。＊千葉医官の親戚とかいう中沢君という東大仏文の学生来る。＊シルヴィからハガキ。Rの感想。＊夜、ベートーヴェンの調査。ロマン・ロラン「ゲーテとベートーヴェン」を読み始める。＊なお、今日選挙。

十月二日 木曜。快晴。秋晴、ただ頗る涼しくなり今暁十二度位。
＊作業の草刈も気持がいい。＊昨日今日、歯科へ通う。来週から奥歯全部を治療して義歯を入れてもらう筈。＊写真アルバムと幻灯スライドのことで伊与田氏と懇談。安沢君とも。＊放送局から、ベートーヴェン㈡の脚本と㈠の稿料を送附し来る。先日の一戸氏の話では六、〇〇〇円に値上になったと聞いたが、依然四、二〇〇円で手取は三、五七〇円、がっかりする。＊夜、長山氏のところに客があり、仕事が出来ず、薄君のとこに五人集って、お喋り色々。スライド劇のヘロインを誰にたのむか。＊岸野愛子、東とみ子にエハガキ。

十月三日 金曜。薄曇。
＊作業。＊中村と佐々木基一との講演会のことで昨日多井作俊夫君が二人のとこに交渉に行ったが、今日所側で車を出してくれそうにないという故障が入る。＊NHK一戸氏に電話。原稿この分ではまた月曜に持参となる。原稿料は十月一日附で値上になるので次回からとの話。＊赤城さかえ手術経過良好。＊夜スライド劇のことで森田君と二寮島田嬢を訪問。そのあと昨夜に味をしめてまた湯

豆腐。選挙の結果が悪いのと、この辺（俗に開放地区）の連中が四人も執行部に出て忙しいので、皆元気がない。風邪もはやっている。＊ベートーヴェン㊂をまだ書き出せない。夜、少しプランを変える。一枚だけ書く。

十月四日　土曜。快晴。

＊朝の作業はふつう。そのあと島田嬢が来て話している間から少し気分が悪くなり寝る。中食に起されて一層不快になる。安静あけにどうも熱っぽいので、山田さんに検温器を買ってきてもらう。七度九分、脈九〇。あとずっと寝る。夕七時に七度七分、原稿のことを考えると気が気でないが。消灯後、看護婦にペニシリンを打ってもらう。

十月五日　日曜。晴。

＊午前中の気分のいい時に原稿七、八枚書く。昼から少しずつ悪くなる。三時に七度八分。山下延子来る。三井厚生病院[*86]に住込でいるとか、すっかり元気で明るくなっているので安心。母親が僕にといって毛糸のチョッキを小包に入れておいてくれたそうで持参してくれる。ナツキのと同じ色の毛糸だそう。延子に質に入れた時計を出すために一、〇〇〇円あげる。＊夕食後に岩松貞子来る。新しい勤めの話を聞く。寝衣を買って来てくれる。昨夜あまり発汗したので古い寝衣を洗ってもらい、バスがおくれてしまう。元気はいいが忙しそうなとこらしく、うまく続けばいい。＊夕刻ペニシリン、それから仕事。「ベートーヴェン」㊂十四枚を書きあげる。＊九時十分からラジオでコルトを聞く。

十月六日　月曜。晴。

＊寝ている。＊熊田君に原稿を局まで持って行ってもらう。＊午前中川口さん、午後東とみ子来る。東夫人わりに元気そう。ブラックにぜひ行けとすすめる。＊熱は七度二分。血沈がひどく悪くて少し心配になる（3.15、4）インフルエンザ患者は外気で二十名以上。＊今泉〔真澄〕医師（長山氏後輩）が来て、長山君にやはり手術した方がいいと言う。＊夜、ＤＳを読む。

十月七日　火曜。曇。

＊終日ＤＳを読む。＊小堺喜代子から手紙。＊山下ラク、長山澄子へ手紙[*87]を書く。＊今日、平熱。＊「新しい北国」なる雑誌の原稿を断る旨の返事。＊本屋からロマン・ロラン全集「第九交響曲」「復活の歌」（上）を買う。

十月八日　水曜。雨。

＊終日臥床。＊本屋からアガサ・クリスチイ特集のＤＳが来たので終日読んでいる。熱は平熱。＊夜中に腹痛。

十月九日　木曜。晴。ひどく暖かい。

＊朝の脈が40しかなくて気味が悪い。＊終日ＤＳ、夜東療会の写真アルバム製作。＊鈴木教授へ手紙。

十月十日　金曜。晴。

＊診断を受ける。(a)風邪のようではなく、のどはなんともないこと。高熱。現在、熱が下っても違和感があること。血沈の下りかた。(b)心臓のおかしいこと。(c)夜中の腹痛。診断でも左の方が気管枝《ママ》が通ってしまったらしい。レントゲンを撮影。＊ＤＳ終って、ベートーヴェンの調査。＊ＮＨＫから稿料来る。今度から六、〇〇〇円（手取五、一〇〇円）＊夜、原稿一枚を書く。＊今日、嘉村文男退所。＊小沢修からハガキ。読書新聞書評は次号とのこと。

十月十一日　土曜。曇。

＊レントゲンを見るまで不安、千葉医官によれば何の変化もないとのこと。ひとまず少し安心する。
＊講演会の打合せで多忙をきわめる。いっこうに仕事にかかれない。＊岸野愛子、岩松貞子来信。河出、池田朝子からフランス短篇集の翻訳を頼んで来る。＊読売文化部平山信義から詩を求め来る。
＊「文学界」十一月号と原稿料七、五〇〇円（手取六、三七五円）を送って来る。＊夕刻雨の中を、中村真一郎佐々木基一の二君来る。所の特別食というのを用意する。雑談後日本間で「文学と政治」の題名下に講演と座談会。帰りの車が故障を起していて、小金井駅までしか行けなくなる。二人に気の毒。

十月十二日　日曜。晴。

＊午前、前に出来ていた「死と転生」（断章の二）を直し、ベートーヴェンを少し書く。＊読書新

聞十三日号に、神西清の「風土」評が載る。今迄のうち最も好意的で叮嚀な批評。＊岩松貞子が川口豊子と共に来る。仕事は面白いらしいが部屋が悪くて夜よく眠られぬらしい。＊夜、彼女が菊池さんのとこへ行ったあとで、詩を直す。十二行と指定されているので、難航する。＊当直が植村医官で、八時半ごろ見廻りに来る。やむを得ず早寝。「ベートーヴェン」完成しない。

十月十三日　月曜。晴。

＊朝、大急ぎで池田一朗あて速達。「モイラ」の下訳依頼。作業をサボって、ベートーヴェンの原稿執筆。＊長山氏夫人来る。そのため午後ずっと他の部屋にいて仕事が出来ない。局へ電報で断り。＊「ベートーヴェン」㈣、十八枚、夜完了。

十月十四日　火曜。曇。

＊外出。＊NHKで一戸氏不在のため会えない。一時半に谷孝子と会う。土曜のセルジュ・リファールの切符、招待券を持てあましているので一、〇〇〇円で買ってあげる。困っているらしい。風邪が直らず咳ばかりしている。文化放送に彼女が寄っている間、一戸氏と河出書房とに電話。新宿紀伊国屋へ行く。グリーン「ヴァルーナ」五〇五円を買う。コーヒーを飲んで別れる。＊岸野へ行く。二人とも風邪気味で礼子はずっと会社を休んでいるとか。土曜のリファールの切符をあげる。夕食に引とめられ、中河与一[*88]に引き合わされる。初対面。夕食後早目に帰る。＊岸野の話に、側の家で来春に明きそうな離れがあるよし。そこなら岸野に食事に来られるので万事好都合なのだが、うまく行くかしら。＊美術手帳十一月ブラック特輯号送附。絵も記事もつまらない。＊鈴木琢磨か

ら手紙。自由美術に一点はいったとかでその切符。

十月十五日 水曜。曇。

＊血沈（0.3, 6）血沈がいいのでほっとする。＊久しぶりに作業に出る。藷の蔓切りで重作業。＊岩松貞子から電話がかかって部屋を見附けられそうで三、〇〇〇円ほしいとのこと。現金書留で送る。昨日銀行から出した文学界の稿料の小切手も、昨日今日で殆どなくなる。＊千葉医官に会って作業時間を二時間にあげないように頼む。＊小堺喜代子より来信。＊池田一朗から速達で下訳を承知の旨返事。＊保健同人岡本正来訪。いつぞやの原稿の頭の部分はなくなったとのこと。＊夜、翻訳の出来ている部分を読み直す。

十月十六日 木曜。曇。

＊日直。醬油ソースの配給がある。＊河出版フランス短篇集のプランをつくり発送する。＊午後診断。九月の培養16|2出ている。断層写真をとる予定。一日中何となくがっかりしている。＊名曲解説事典の交響曲とヴァイオリンの二冊を買う。＊夜、ベートーヴェンの下調べ。

十月十七日 金曜。晴。

＊朝、作業。＊鈴木琢磨、田村幸雄に絵ハガキ。＊昼すぎ池田一朗来訪。「モイラ」の下訳依頼。印税（再版後も）五分、来月中旬までにやってもらう。重荷がおりたような気持でほっとする。そのあとお喋り、「風土」をあげる。＊近代文学十月号。中野武彦による書評が載る。好意的。ただ

誰も「実験」という言葉にこだわりすぎている。＊石川淳「夷齋俚言」を寄贈される。＊夜、ベートーヴェン、書き出すに至らない。＊当直千葉医官で十時頃見廻り。そのあと隣の小舎でこっそり湯豆腐。

十月十八日　土曜。晴。
＊ベートーヴェン執筆。＊夕食に増田一郎君の送別会、藤井重子嬢と長山氏の四人。夜は仕事が出来ない。

十月十九日　日曜。晴。
＊仕事。＊谷孝子来る。御馳走持参。＊岩松貞子からの電話で、新しい部屋が見附かったとのこと。
＊夜、「ベートーヴェン」㈤完了、十六枚。

十月二十日　月曜。晴。
＊外出、新潮社はお休み。局で一戸氏に原稿を渡しいろいろお喋り。ベートーヴェンの絃楽四重奏の文献を一冊借りる。三回目分の稿料をもらう。映画を見ようと思ったが何となく疲れて、止める。鈴木教授宅を訪うも不在。夕刻に帰る。＊ラヂオで四回目を聞く。割によい。＊玉井君今日入所したとかで遊びに来る。今泉医師も来る。

十月二十一日　火曜。秋晴。

＊一日ゆっくりする。朝の作業も晴天で気持がよく、そのあと庖丁をといだり、増田君の退所を見送ったり。＊岸野礼子、山下延子、岩松貞子から来信。＊貞子あて返事。ラヂオは今井さんに頼むと五球スーパーの小型で七、〇〇〇円で出来るから表のを買うのは愚だという旨。

十月二十二日　水曜。晴。

＊作業。＊中川幸永来る。しけた話。＊なまけ癖がついて、最後のベートーヴェンに取りかかれない。＊先日の読売の詩稿、二字訂正してハガキを出す。中村、佐々木、岸野、新潮社にハガキ。

十月二十三日　木曜。晴。

＊朝の作業をサボる。＊昼前に田村幸雄来る。＊三時のバスで小金井に至る。四十分ほど待ったがTが来ないので、紀伊国屋に行く。モヂリアーニの画集を思い切って買う。池田一朗、緒方正一に会い、一緒にお茶を飲む。Tが来ないので中村屋で一人まずい夕食をとる。バスで日比谷公会堂へ。依然としてTが来ていないので不安。やっと始まる直前に来る。他の人が休んで仕事が三時すぎまであったとか。コルトーの印象。ザハリヒ〔即物的〕な演奏家を新劇名優にたとえれば、コルトーは歌舞伎の味であり、それも年老いた名優だが、枯淡というよりやはり名調子がはいる。晩年の羽左ヱ門というとこ。それに二時間もショパンばかり（ロ短調ソナタ、バラード四曲、小犬のワルツ、スケルツオ三番、アンダンテ・スピアナートとポロネーズ、嬰ヘ長調アンプロンチユ、アンコールにノクターン）聞かされるとそのカンタービレな調子が少しばかりうんざりする。スタインウエイのピアノは凄い音色、コルトーの立居振舞も優雅をきわめている。弾き方も歌舞伎的ポーズ。＊終

ってから彼女が夕食をするのでつきあっている間におそくなる。パン、バタ、チーズ、スープなど買物。電車の中で全く疲れ切っている。C'est pour la première fois que je passe une nuit avec elle. Je ne sais pas quelle force intérieure que je suis attiré à cela. Peut-être par l'amour, mais il y a autres choses que je ne sais pas — besoin de décision par la responsabilité — ou l'égotisme. Et toujours la Tristia que je me sentais. Quelle est la différence entre l'acte et l'imagination?〔彼女と一夜を過ごすのはこれが初めて。内部のどういう力が働いて、こういうことに惹かれるのだろうか。まあ愛には違いないだろうが、自分にはわからない別の要因もある——たとえば責任感による決心の必要性とか——あるいはエゴチスムとか。それにいつも自分はトリスティア〈オウィディウスの詩。名声と流刑がテーマ〉だと感じていたこともある。行動と想像力のあいだにはどんな違いがあるというのか?〕疲れ切って眠れない。このとこ調子が悪いから胸の状態が常に不安。

十月二十四日　金曜。朝から雨。

＊晩い朝食。昼前に出掛ける頃雨がやむ。身体が疲れている時には頭が冴えるらしく、車中や電車を待つ間などに小説の構想が進んでいる。帰って夕刻まで一寝入。＊初心堂から新潮社版井伏鱒二集を買う。夕、それを読む。＊鈴木琢磨から自由美術出品の「銀河鉄道の風景」の絵ハガキ。画壇の悪口。

十月二十五日　土曜。曇。

＊運動会で作業休み。＊昨晩はぐっすりと眠って、疲れは全然ない。ベートーヴェンにかかる。＊

夜、原稿一枚しか書けぬ。

十月二十六日 日曜。晴。風強し。

＊伊与田昌夫氏、保健同人の原稿料をもらって来てくれる。三、六〇〇円ばかり。＊午後、谷孝子来り、駅まで送る。＊放送局から㈣㈤分の稿料来る。＊鈴木教授より明治のくちが有望との返事、ただし佐藤正彰に近く会わなければならない。＊池田君から下訳は期日までに出来そうにないという速達。＊夜、「ベートーヴェン」㈥を完了。十五枚。

十月二十七日 月曜。曇。

＊外気遠足、不参。＊外出、NHKに原稿と文献八冊を持参。一戸氏とお喋りしてから鈴木琢磨君のとこへ行く。奥さんと三人で暫くお喋り。パレットをもらって帰る。＊ラヂオで五回目の放送を聞く。＊絵をかきたい気持。＊池田君あて、下訳に川村克己君[*89]にも分担をたのみたい旨速達。

十月二十八日 火曜。雨。

＊翻訳を午前中に少しする。午睡して眼がさめたら四時、停電が続いて、映画の始まるのがおくれる。O・ウエルズの「マクベス」、期待外れ。＊読売文化部からの速達で、いつぞやの詩は一行の字数を十五字以内にしてほしいとのこと。断りのハガキ。

十月二十九日 水曜。曇。

＊作業。＊岩松貞子へ手紙。山下延子にハガキ。＊昼に次期の外気班長選挙があり、六十一票で班長に当選。次点は十票。副班長は中岡英雄。＊鶏をつぶす（マリーの方）。長山さんの手術が大体二十五日にきまったのと、太田さんが来月末に退所予定なので早目の送別会。＊そのあと藤井嬢が来て詩の話。久しぶりに「ある青春」中の二三篇を朗読する。＊翻訳三頁。

十月三十日　木曜。曇。

＊作業。＊下訳のことで川村克己に速達。＊四段の人が山崎氏と碁をやるというので夕食後見物。そのあと藤井嬢が来て詩の朗読をする。＊断層撮影。＊翻訳三頁。

十月三十一日　金曜。晴、久しぶりに蒲団を乾したが、夕刻からまた雨。

＊昼に外気班長として就任挨拶。＊読売文化部平山信義からの手紙で、先日の詩稿はあのまま掲載になった旨。二十九日附夕刊。ミスプリント一つ。＊川村克己からの返事で承諾の旨。＊谷静子のとこへベートーヴェン関係の本を貸しに行く。重政さんという向いの人が遠視でめまいがするというので、眼鏡を買って来てあげると約束する。＊翻訳四頁。

十一月一日　土曜。快晴。

＊作業場で千葉医官に会い、先日の断層の結果を聞く。異常ないとのこと。＊血沈（0.5, 1, 3）＊班長の事務なかなか多忙。＊岩松貞子より手紙。それに従って今井さんにラジオを頼みに行く。八〇〇〇円渡す。＊翻訳二頁で夕刻より外泊。＊コーヒーを二杯飲んで眠られない。

十一月二日　日曜。快晴。

*朝五度、雪の富士が見える。朝昼の食事をお昼近くに取る。バスの接続が悪く帰ったのは夕刻。夜何もしない。

十一月三日　月曜祭日。曇。

*午前中うそ寒く焚火にばかりあたっている。*成形感謝祭で訪問多し。磯部、坂田、その他。*夜、野上彰来る。来春三月より一年間外遊予定とか。劇「娥《ママ》」〔翻刻者註、蛾か〕について意見を求められる。共にラジオで「ベートーヴェン」㈥を聞く。*貞子来り、松本さんの家まで送る。*この日無為。*シコからハガキ。

十一月四日　火曜。晴、夕より雨。

*午前中は班長の事務で仕事をする暇もない。*先日買ったモヂリアーニの画集が素晴らしくて飽きず眺めている。*夕、谷静子の許に行き、シャンソン「枯葉」を教わる。彼女における二人の男性と僕に於ける二人の女性。芸術家のエゴイズム。*自分の中の孤独の部分は誰にも手をふれられたくない。それにも拘らずテレーズのような女性が僕に必要なわけは何だろうか。シルヴィの場合にそれはとぎすまされた孤独と孤独との戦いなのだ。全く相反する二つのもの。*早く翻訳を終ってロマンを書きたいと思う。それに油絵。アブストラクト（白と黒）と静物と肖像との三枚を平行《ママ》して描いてみたい。*翻訳二頁。

十一月五日　水曜。雨。

＊午前中、班長の事務で走り廻る。＊ＮＨＫから最後の分の稿料、五、一〇〇円。＊翻訳四頁。

十一月六日　木曜。曇。

＊明日からの芸能祭の準備で作業場や治療棟や寿康館日本間を往復し、全く多忙。日本間で仮装の準備が進行している。文芸展に前に描いたクレパスを出品し、野崎君にたのまれて詩を貼り出すことを承諾する。＊河出から「ローズ・ルールダン」の原稿を清書して送って来たので手を入れ始める。＊夜、藤井嬢来る。送って行くうち水たまりに足をつっこむ。＊隣の小舎で皆にソバをおごる。東療会の連中はくたくたになっている。森田君六〇〇コロ出たとか。＊一日生あたたかかったが夜になって風。星月夜。アグネス颱風の名残か。

十一月七日　金曜。晴。

＊芸能祭第一日で終日多忙。午前中、まず長沢医官から仮装の許可を得ていないというので大目玉をくい、作業場で仔牛の命名の審査、外気日本間の掃除。午後、前島氏退所挨拶に見え、文学談あり。そのあと日本間につめきり、夕刻から浅野千鶴子のお相手やら用足しやら、殆ど音楽を聞くひまもなく楽屋で気を使うことばかり。十一時ごろまで奔命に疲れる。＊岸野よりハガキ。例の離れの件は望みうすとのこと。

十一月八日　土曜。晴。
＊午後の仮装行列のため朝から大忙しで加勢をする。昼すぎから二時出発まで戦場のよう。行列が出てからも途中を注意したり票を集めたり。好評でよかった。＊筑摩書房石井立から速達で「世界文学名作選」に「悪の華」全訳を求め来る。既に訳稿があるものと過信して。

十一月九日　日曜。晴。
＊朝十時から仮装の投票を集計する。全寮を廻って残った票を集める。そのあと谷孝子来る。肉屋までお伴。帰ると山下延子が来ている。夕食をたべさせて駅まで見送り。戻ると九時。＊夜の映画には出られない。この三日間仕事が全然できない。こんなことでは全く困る。

十一月十日　月曜。晴。
＊立太子礼で半祭日のため、作業を一時間以内に変更して外気清掃をやる。そのあと慰労会のことで東療会に相談されて何も出来ぬ。＊先月の培養一月で43|2コロニイ出ているのでがっかりする。＊多井作美砂子さんから手紙。先に頼んだカブキ座の切符の件。＊貞子から手紙。＊夜、七寮でお喋り、帰って川本君と絵の話。＊美術手帳、読売へハガキ。

十一月十一日　火曜。晴。
＊朝の作業時に千葉さんに呼ばれて、班長を免職になる。当分作業も休み。＊カブキ総見の話は切符がへって六枚なので僕はやめにする。多井作美砂子嬢に手紙。＊昼すぎ外出。貞子の帰宅がおそ

く、オーヴァを買いに出掛けられない。

十一月十二日　水曜。晴、温暖、夕刻より雨。
*午後帰る。*新潮社より「蜘蛛」再刷二、五〇〇部印税二一、二五〇円。*筑摩書房石井立へ返事。乳井勝見へ本を送るよう手紙。

十一月十三日　木曜。曇、風。
日中に十度、夜六度、北海道は吹雪とか。「ローズ・ルールダン」の修正を終る。*加藤周一「戦後のフランス」寄贈。*「原民喜詩集」を購入。*貞子のために今井さんに頼んだラジオが出来てくる。

十一月十四日　金曜。陰鬱な曇り日、焚火がそこここに。
*手塚千恵子という人の詩に手を入れて、手術病棟に見舞に行く。成形後三週。*ラルボーの訳の修正を終り速達で送る。*翻訳（モイラ）再開。

十一月十五日　土曜。曇って寒い。
*血沈（0.5, 2, 8）*焚火と碁。*川村克己からハガキ。下訳完了とのこと。池田君の方はまだ。
*仕事、わずか二頁。*グリーン「ヴァルーナ」第一部を読む。聖書的文体で、フローベル的浪漫主義。

十一月十六日 日曜。晴。

＊朝のうち外出。ラジオを持って貞子のとこへ行く。とても重い。昼食後、共に新宿行き。物凄い人出。新宿三越でオーヴァを見る。気に入ったのは二万三千円もするのでやめて伊勢丹へ行く。ハーフメードの一三、八〇〇円のを買う。貞子は東家へ、僕は岸野へ行く。伯母は同窓会へ行ったとかで留守。礼子に毛糸のスェーターをたのみ、毛糸代一、三〇〇円をあずける。色はダークフォレスト・グリーン。マフラをもらう。伯母帰って三人で代田橋まで歩く。電車で東君のとこへ行く。十数点の油彩を見る。夕食を共にし、貞子に新宿で別れて帰る。この夜あたたかい。＊川村君から頼んだ下訳全部、池田君から約半分が小包で着いている。＊貞子に二、〇〇〇円やる。

十一月十七日 月曜。晴、小春。

＊午前中、藤井重子にさそわれて野火止にスケッチに行く。写生はうまく行かない。＊夜、手塚千恵子を見舞う。手術前夜。貸しておいた「文学51」を受取る。彼女の友人が「風土」を読んだ二三日後に自殺したとのこと。予定の自殺で、決して僕の小説がその理由ではないが、もし第二部をも併せ読んでいたら、生きる意志が生れたかもしれぬと思う。芸術の責任について感じる。

十一月十八日 火曜。晴。

＊この数日、翻訳中の聖書の引用を調べるので、いっこう先へ進まない。川村克己に二〇頁余分に下訳をたのむ。＊中沢君来る。彼の卒業論文と小説のこと。＊夜、手塚千恵子の手術を見舞う。

十一月十九日　水曜。晴。

＊午前仕事。昼に中村真一郎からの手紙で、明治の講師のことで佐藤正彰氏が研究室で会いたがっているというので直に外出。学習院[*90]の方も見込があるらしい。沼田医官と一緒になり、大学で別れて仏文研究室に行く。佐藤正彰と会う。八時間で月に三千円位と聞いてがっかりする。中島健蔵、河盛好蔵、鈴木信太郎、渡辺一夫諸先生に新田君を混えて、本郷のトップという小さな店に行く。渡辺さんに仏訳むきの日本文学作品を聞かれる。更に鈴木、佐藤、河盛三氏のお伴をして日本橋すし春で飲む。新田君と共に鈴木先生を送り、その車でまた銀座へ戻る。新田君と二人、マンハッタンというバアで洋酒を飲む。新田君とお喋り。狭いバアで人いきれにむんむんする。今日出海氏に会い挨拶する。終電に間に合うよう引上げ、中村橋で新田君と別れて帰る。＊「風土」再版は望みないとのこと。「幻を追う人」は文庫に入れると。＊踊っている女達が骸骨のように見えるというボードレールの感想が、ひどく実感をもって迫った。＊河盛さんの言葉、まず健康になることですね。渡辺さんの言葉、線の細さ。

十一月二十日　木曜。晴。

＊外出。睡くてふらふらしている。新潮社、新田君と会う。新刊書を月に五六冊読んでリポを出す仕事を月三千円くらいでたのまれる。講師のくちよりこの方が面白くて楽らしい。世界文学全集二冊、文庫三冊をもらう。「モイラ」は或は単行でまず出るかもしれないとのこと。＊伊勢丹でオーヴァを受取る。紀伊国屋でセゲル版ロートレアモン選集、n・r・f版プルースト選集を買う。ウ

ィスタリアで谷静子のためにコップを買う。荷物多く、帰り道が長い。＊未見の人堀田珠子から手紙。「風土」の感想。＊夜、谷静子。今日誕生日。孝子が来る筈なのに来ないらしい。＊「モイラ」最初から読み直し。＊鈴木力衛に速達。

十一月二十一日　金曜。雨。

＊朝から「モイラ」。池田君の下訳した部分を見ているが、殆ど原文の痕をとどめない位手を入れるので、ひどく時間がかかる。予期に反してがっかりする。何としても今月中に終らせなければならないが。＊貞子から手紙。いつも自信のないようなことを言って来る。＊藤井重子の送別会のため、駅まで買物に行く。「綴方風土記東北篇」を買う。夜、送別会。枕カヴーをくれる。＊武蔵野簡易裁判所から、住民登録未届出の理由についての催告書というのが来て、その返事を書く。＊「モイラ」二十五頁まで。

十一月二十二日　土曜。晴。

＊手塚千恵子の父親がアイスクリームを買いに行ったので、留守の間の世話をたのまれる。昼の三時間ばかりを附いている。＊川村、池田両君にハガキ。引用句を調べてもらうため。＊「モイラ」三十五頁までしか行かぬ。前途が思いやられる。

十一月二十三日　日曜祭日。曇。

＊昼のバスで中村のとこに行く。瑛子さんが近所に貸間があるというので調べに行ってくれる。二

階八畳三、五〇〇〇円で権利金なし。中村の近くでいろいろ便利だし、殆ど借りる気になって、三人で部屋を見に行く。下に住んでいる人との折合や、台所が狭くて井戸のことなどで、気が進まなくなる。今、急に出ると生活費のことでも不安だし、ロマンを書いて来年二月ごろ出たいと思うので、やめる。夕食を御馳走になり、「長い旅の終り」をもらう。＊ヲギクボ前の古本屋で限定版「日か《ママ》げの花」を安く買う。＊気が変ってテレーズのとこに行く。国立のアパートのことを問い合せに。

十一月二十四日　月曜。曇。

＊十時半ごろ帰り、直に長山氏の転寮の加勢。＊手塚嬢昨夜重態だったとのこと。＊鈴木力衛から返事。学習院有望で助教授か専任講師、一万三千位、十時間（現代文学の講義、演習、語学六時間）もしうまく行けば絶好。どっちにしても東京で頑張るつもりで、名古屋を断る旨、本田教授渡辺教授に手紙。＊長山夫妻、山田さんと四人ですき焼。長山氏、明日手術。今晩から小舎は一人になる。＊夕刻から雨。＊「モイラ」四十一頁。

十一月二十五日　火曜。

＊長山氏の義兄中野氏のため昼食をつくる。手術一時半より四時間。ほぼ順調。出血量がやや多い。＊東とみ子来る。＊手塚千恵子、危機を脱し、一寸話をする。自分でも死を意識したとのこと。どこかで一人で死にたい気持。「私が分りますか」といった看護婦の言いかたによる記憶（先日、隣室で死んだ患者がいる）の回復。時間の喪失。＊夜、長山氏に附添う。＊一寸部屋に帰った間に、藤井重子来る。＊川村克己から、「モイラ」残りの分、二二九頁以降の原稿がとどく。その返事。

＊「モイラ」四十四頁まで。夜十一時。

十一月二十六日　水曜。晴。

＊朝四時半に起きて長山氏の病室に行く。夜中に血圧が下って大騒ぎしたらしい。六時すぎに帰り、八時まで眠る。気温四度、寒い。＊午前中、履歴書を書く。散歩の途中とかで重子来る。＊夜再び藤井重子来る。＊鈴木力衛あて手紙。履歴書同封。＊本日、池田一朗から第一部の残りの分、来る。これで僕の残り二〇頁のほか全部揃う。修正はいっこう進まない。四十九頁まで。

十一月二十七日　木曜。晴。

＊蒲団を三枚と湯タンポを長山夫人に貸したが、このとこ急に寒くて夜寝られない。＊重ちゃんと三角山の手前の原っぱに寝ころんで陽に当っている。小春。私を無限の蒼穹の色に換元《ママ》して下さい。私は蒼穹に換元《ママ》したい、という彼女の詩。本当？　うそ？　いやーん、だって、だめよ、何が、どうしたの、全然よ、平気、それがさ、というような癖。昼ののんびりした一時間。＊池田一朗にハガキ。＊伊与田昌男の写真が入選した祝賀会に一寸顔を出す。＊聖書を調べたりして、やっと五四頁まで。＊寝てから荷風「日かげ《ママ》の花」を読了。完本は初めて。

十一月二十八日　金曜。曇。

＊午前、重子来る。レントゲン持参、水がたまったらしくて退所できないかもしれないという。＊川村克己から手紙。引用聖書の詳しい報告。＊夕刻より雨、あたたかい。十二度。＊長山氏、熱が

高く、面会謝絶だが、元気でいる。＊夜、重子来る。子供あつかいにした時の言いかた。あげようか、かがつくから考えよう、よがつくから止そう、いつまでもそんなこと言う？　本当？　うそ？　だめよ。＊毎晩十時半まで。一人になってから電気を横へ寄せたので明るい。今日六十一頁。

十一月二十九日　土曜。晴。

＊川村克己あてハガキ。＊山田さんと焚火をしては燠をとって炭の代りにしている。夕刻重ちゃん来る。写真を医者に診てもらったら多分大丈夫だというのでやはり五日に退所すると。五寮まで送り、帰りに焚火用の木切を担いで来る。水たまりに足を入れて足袋を濡してしまう。＊澄子から手紙。翻訳をやって生活が楽になったとのこと、話相手がいないから来てほしいと言う。＊夜、貞子来る。月給が半分しか出ないとのこと。無理に二、〇〇〇円渡す。一人の生活では不自由不経済だから二人で共同にしたいとの目論見。松本さんのとこまで送る。月明に靄が深い。＊翻訳、六九頁まで。

十一月三十日　日曜。晴。

＊朝、貞子来り共に食事。バカにお説教をする。出さなかった手紙を置いて行ったが、それもお小言。つまり彼女は彼女の方へ僕を近づけたいのだろう。しかし僕は。＊池田一朗からハガキ。その返事。＊いつぞやの堀田珠子にハガキ二枚。＊昼に重ちゃんが一寸来る。＊久しぶりにラジオを聞く。ブラームスのW・C・（ミルシュテイン、ピアテイゴルスキイ）が素晴らしい。＊夕、一寸、長山、手塚二人の病室へ行く。＊七七頁まで。＊裁判告知書が来る。住民登録の過料一〇〇円。安

沢君はただ、赤城氏は二〇〇円とのこと。みな違うのが不思議だ。＊この日、鶏のローズを隣の小舎に一五〇円で売る。

十二月一日　月曜。晴。

＊朝、血沈（0.5, 1, 2）＊昼に手塚氏が碁を打つのを見てつい時間を取られる。＊夜、重ちゃん来る。お母さんが来たとてシュークリームのおみやげ。社会的な愛と個人的な愛、その結びつき。＊花沢綾子が挨拶に来る。退所後はじめて。＊八七頁まで。

十二月二日　火曜。晴。

＊午後の安静時間中、重ちゃんが来ている。初めて彼女に紹介されたのは、平和祭の時で、その後廊下で会った時に僕は気がつかなかったらしい。彼女は赧い顔をしたと言った。サンサーンスＶ・Ｃ・３を共に聞く。Ｍ２が素晴らしい。彼女には未知があり僕にはもう自分を投げ出す勇気がないと言った。彼女が大粒の涙をこぼしたのは、その言葉のように、音楽に感激したからだろうか。＊方岡さんから貞子の住所を問い合せて手紙が来る。＊小堺喜代子から手紙。彼女に「風土」を読めとすすめた友人があるとのこと。昔、僕の部屋にパリの地図が貼ってあったことや、手にしもやけができていたことを思い出して書いている。僕の昔の手紙を出してみて、色の褪せた文字に無限に流れる時をしみじみと感じたと書いている。＊夜、山田、太田、重ちゃんともちを焼く。そのあと十時半まで仕事。＊九三頁まで。

十二月三日 水曜。晴。

＊朝、原田義人から速達。中村の出版紀念会の発起人になってくれとのこと。承諾の返事。＊昼から買物。葡萄酒のビンを下げて帰って来るところを千葉さんにぱったり。＊夜、重ちゃんと二人でスキ焼をする。自己に誠実である愛、その時々に誠実であると思っても、偽りの意識がそこにないだろうか—というような話。彼女は社会的闘争心に溢れた女子学生になるだろう。＊そのあと十時頃、不時診断があるらしいので寝てしまう。僅に九七頁まで。コンロに火があるのに、既に四度。＊夜中に目覚め、電気を点けると四時。気温は零下一度。眠られぬままにさまざまのことを思う。

十二月四日 木曜。晴。

＊七時に一寸眼がさめ、零下二度なのを寒暖計で見て、また九時まで眠る。午前中焚火や掃除。＊昼すぎ重ちゃんが一寸来て五寮の途中まで送る。＊多井作君と姉さんの美砂子さん来る。翻訳についての雑談など。＊貞子から手紙。日曜に言ったことへの詫び。身体のことを心配してくれるのは分るけれど、（四十字ほど削除）。片側には芸術家の自由、そしてもう片側には生活や病気や（孤独の）不安。＊一人林の中で。詩の一行。「我等愛する者は火花のように別れ行く。」＊河出書房から速達。「漂流物」の文庫編入のことで苦情を言って来る。ついでにラルボーの解説依頼。＊ラルボーとその短篇について原稿一枚を書き、送る。＊夜になって寒冷甚だしい。能率あがらない。小さなコンロを入れたがそれでも気温一度。＊消灯近くに重ちゃん来る。新病棟のそばの東屋まで送る。月夜。＊九時半でやめ、一〇一頁まで。

十二月五日　金曜。晴。朝零下一度。
＊とかく焚火ばかり。＊昼におしるこをつくり、隣の小舎に重ちゃんを呼ぶ。重ちゃん三角山へ散歩の帰りとかでつかれて僕の小舎で寝る。僕は仕事。＊速達が来て看護婦がラヴレターよと言ったのでヒステリイを起す。嫌い嫌いと言う（私は嘘とか吐けないという前の伏線）。＊貞子の速達、明日来てくれと言う。お互に根本的な相違がある以上妥協は止めようと書いてある。＊藤井重子に与えるために前に訳したアラゴン「ガブリエル・ペリのためのバラード」を清書。前書——歌う明日を準備するために君の一切の努力が賭けられんことを、そして「我等愛する者は火花のように別れ行く！」＊夜、広瀬吉一のための送別会。焼とりとウイスキー。一壜の半分以上を飲んでしまう。八時に小舎に戻ると、重ちゃんの置手紙（「寒いよるですお別れに来たのでしたがあなたはおいでにならない、さようなら、いつまでもお元気で」）があるので五寮まで行き、二人で小舎へ帰って来る。九時に東屋まで送り、広瀬、安沢、小島の三君と飲みに行く。清瀬病院の前の店にあがって、日本酒七八本とウイスキー小壜一本、芝山サロンでビール三本とコーヒーを飲む。帰ったのは一時。＊夜半にめざめ、寒くてふるえる。醒ぎわが厭でいつも飲もうという気がしない。この夜は特にひどく、色々のことを思う。

十二月六日　土曜。晴。朝零下四度。
＊眠られなかったので気分が重い。十時頃、長山氏の部屋で重ちゃんに会う。ブロンディみたいな黒い小さな帽子、藤色のオーヴァにハイヒールですましている。外気を通って五寮まで送る。泣くといやだからお別れに来ないと言っていたが格別泣きもしなかった。「群青」が漸く間に合って彼

女に渡す。彼女の「眠られぬ夜の星」が出ている。＊終日うとうとしている。広瀬君退所、太田君長期外泊、長山夫人も帰ったが、寝ていて見送りに行かない。＊夕食は山田氏と二人になる。何だかひどくさみしい感じ。貞子のとこへも行かなかった。＊夜、早く寝る。＊この日、住民登録の過料のことで異議申立書を裁判所に送る。＊山田さんに頼んで科研パスを買う。一、五〇〇円。

十二月七日　日曜。晴。

＊長山夫人に貸しておいた湯タンポと蒲団が返って来たので、ひどく暖かく寝られるようになる。しかし毎朝零下二度位。＊午前に貞子に電話。＊堀田珠子から手紙。関西のどこかの大学の国文科の学生。殆ど最大限の讃辞。今迄に僕の書いたものにそれだけの価値があるかどうか。＊先日池谷さんに頼んだ聖書引用箇所を訊きに行く。ミルサン神父に聞いたとかで一箇所分る。＊その帰りに久しぶりに谷静子のとこへ行く。久しく行かないので心配している。途中まで来かけたことがあるそう。＊一一〇頁まで。ますます予定よりおくれているが寒いので能率が上らない。＊今日、目方を量ったら五三キロ（着たまま）あった。

十二月八日　月曜。晴。

＊千葉医官に会って、しもやけのためにグリーンポールの注射をしてもらうことにする。＊「モイラ」第一部、一一三頁までを終了し、もう一度読み返し。半分ほど。

十二月九日　火曜。朝からみぞれ、ひどく寒い。

＊午前中に第一部の残りを読む。＊藤井重子から手紙。その返事を書く。＊夕食をすませたところに貞子来る。共に所沢を経て立川に至る。寒夜。

十二月十日　水曜。曇。

＊新潮へ第一部の原稿を持参するつもりでいたが、おっくうになる。貞子との話。僕の気持は幸福な家庭からは遠い。僕は孤独に生れついている。現在のような形で僕はそれ以上を望まない。ラジオで、B.のQ135とグリークP・Cを聞く。早い夕食をとって帰る。夜早く寝る。「ヴァルーナ」第二部を少し読む。

十二月十一日　木曜。晴。

＊第二部を始める。川村君の下訳の部分。＊午後四時頃、異様に寒気がする。気温は十度もあるので、急いでレスタミン0.7とB.0.5を打つ。夕食後直に寝る。熱は6.8で次第に普通になる。九時に残りのレスタミン1.3とB.0.5を打って眠る。熟睡。＊一一九頁まで、夜、小説の構想。室生犀星「花吹く風」堀辰雄「曠野」を読み、再び擬王朝小説を書きたくなる。

十二月十二日　金曜。晴。

＊寒くていっこう進行しない。＊シルヴィのとこに一寸寄る。＊一二三頁まで。九時には既に零度になっている。＊朝、ズボン下を三〇〇円で買い、冬のシャツも一枚よけいに着たが、それでも二時頃少し寒気がし、風呂にはいったので直った。夜は紅茶をのみすぎたせいか眠られない。寒くは

ないが。二時頃眼がさめるとマイナス三度。

十二月十三日　土曜。晴。

＊昼すぎまた寒くて寝る。或は連中グリーンポールを打っているせいか。寝て「クロイツァ」とショパンP・C・1を聞く。三時には普通。＊窪田から忘年会をやろうというハガキ。＊一二九頁まで。

十二月十四日　日曜。晴。

＊グリーンポールをやめる。どうも午後少し不快。＊岸野礼子からハガキ。その返事。窪田、中村へハガキ。＊この頃はいつも九時で寝てしまう。一三六頁まで。昨夜から寝て「白鯨」を読む。興味津々たる作品。

十二月十五日　月曜。晴。

＊朝、血沈（0, 1, 2）＊この頃は入浴したあとは爽快で気持がいい。＊中沢俊郎来る。交響曲の作曲をしているとのこと。＊藤井重子に手紙。＊一四三頁まで。いっこうに捗らない。殆ど下訳をたのんだ意味をなさない。＊なお今日中沢君から Robert Benuit Chérix, Essai d'une critique intégrale, Commentaire des Fl. du M. Pierre Cailler, Genève, 1949 を借りる。

十二月十六日　火曜。終日微雨であたたかい、朝四度、日中十二三度ある。

＊先月の培養一月マイナス。＊一四九頁まで行き、第二部の出来た分だけ読み直し。明日持参するため。＊シゲちゃんから手紙。…なのです、を重ねる文体。＊角川の鎗田清太郎から「パリの憂鬱」について催促。＊夕刻、中沢君また来る。千葉さんが僕の身体を心配しているそう。退所後また悪くなりはしないかというのだが、いつまで自重したところでしかたがないだろう。

十二月十七日　水曜。晴、温暖。

＊外出。新潮社に一五〇頁までの分を持参、新田君不在。＊本郷にシゲちゃんを訪う。「ルノワール画集」をプレゼント。＊仏文研究室に寄ったがもう誰もいない。早く帰る。＊夜早く寝る。＊角川へ返事。「パリの憂鬱」来月中にやる予定。

十二月十八日　木曜。晴、温暖、日中十二三度、夜五度。

＊少しのどが痛い。太田さん長期外泊で家へ帰って熱を出したとか。＊一五六頁まで。

十二月十九日　金曜。晴。

＊多少気が進まなかったが外出にきめ、昼前に出る。西武デパートで玩具売場を調べたあげく、幻灯器《ママ》とフィルム三本を買う。六八〇円。澄子にクリスマスの時にナツキにやるように言う。ナツキは友達が遊びに来るので出たりはいったりしている。＊リッツで中村の出版紀念会。窪田が来ないというので中村夫妻が怒っている。約五六十人。高見順、石川淳、野間宏、三島由紀夫などと初めて。中村光夫、福田恒存、芥川比呂志、加藤道夫、荒正人、佐々木基一、白井健三郎、矢内原伊作、

原田義人などと会う。池田、川村君と会う。新田君から書き下し小説は必ず出すという約束、「幻を追う人」はいつでも原稿を入れてくれとのこと。＊リッツから銀座を歩いてバアに行く。高見、三島の二人の間にいる女性を気にしていたので紹介される、丹阿弥谷津子、[*91] この時はまだ少しも酔っていないで富士川英郎さんとボードレールの話をしていた。此所を出て次のバアへ行く、多分ラドンナ、階段を昇る店。此所では丹阿弥さんの隣に坐ってビールの飲みっくらなんかをしたから相当に酔ってしまう。脣はいつも澄ましているのに眼は茶目に笑っているから非常にシャルムがある。高見さんは少し早く帰り、中村夫妻の他に原田、白井、矢内原、芥川などがいたが、僕は丹阿弥さんと話ばかり、但し何の話をしたのか少しも覚えていない。＊四人で新宿へ行きすし屋へはいる。そのあと丹阿弥さん一人を車にのせて、僕等三人は中村の家へ。二時ごろ。寒くなって、思い出したように咳が出る。

十二月二十日　土曜。晴。

＊割に早く眼がさめるが夫妻が起きて来ないので本を読んで待つ。中村とお喋りいろいろ、一時ごろ御飯、三時ごろ帰る。＊丹阿弥さんに手紙でも出しておかねば悪いと思うけど住所が分らない。＊原田から本二冊寄贈、「あべこべの世界」〔邦題は「さかさまの世界」〕「昨日の世界」＊留守中に読書新聞から手紙。＊夜早く寝て「白鯨」を読む。

十二月二十一日　日曜。晴。

＊銀ナン（小島君）が住所を調べて来てくれたので、丹阿弥谷津子へ手紙。窪田へハガキ。＊夕食

頃、貞子来る。山田君と三人で食事、八時まで話をして松本さんのとこへ送って行く。意見の違い。愛することが支えになっていないのなら止した方がいいと思う。彼女は自分を成長させるような建設的でないから厭だという。畢竟愛とはエゴイズムか。＊夜、また冷え始める。

十二月二十二日　月曜。晴、朝零下四度。

＊風邪気味依然としてセキとタン。昨日は一六一頁までしか進まなかった。＊今日一六七頁まで、夜早く寝る。＊フロイト「精神分析入門」を買う。

十二月二十三日　火曜。晴、依然寒し。

＊シゲちゃんが来ると言っていたけれど遂に来ない。さんざ考えた末、出掛けることにする。五時すぎ原田義人の家に到《ママ》く。中村が既に来ている。会する者、中村夫妻、矢内原、窪田、白井、富士川、それに原田、あとから河出の坂本一亀来る。七面鳥の御馳走にビールとウイスキイ二本を飲む。この前の晩のことで皆からひやかされる。中村と僕との出版紀念会という形で、床の間に本が六冊飾ってある。分ったこと色々。＊石川淳が原田に僕の出版紀念会をぜひやろうと言ったそうだ。1. 高見さんが帰りの電車の中で富士川さんに、僕も年を取ったと嘆いたそう。対人生的な意味ではなく、Tに関して。中村によれば高見さんはとても悲しい顔をしていたと。2. 彼女は愉快な晩を過したと言ったそう。中村が彼女のプレスク・マリから聞いたところ。3. 僕は永遠について語ったと。原爆後に恋愛はない。僕はプレボンバルディストだと自称した。4. そのような colloques sentimentals〔感傷的な討論〕は殆ど「風土」の場面を思わせたと瑛子さん[*92]の感想。作品を理解する

ために全く適切な場面だったと皆が言う。5．瑛子さんは彼女の隣にいて、僕の言うことをみんな聞いていたらしい。新田瑛子の悪口を言っては、タンアミヤツコをほめたそう。6．僕等の前で矢内原が女給とロダンのポーズをしたのが美しかった。その心理的原因は僕だという。原田もひどく僕に絡んだらしい。7．この晩の会に彼女を招ぶようなら僕は出ないと主張した。8．僕はデコレーションをちぎって彼女の首輪や腕輪をつくった。等。とにかく僕はまるで記憶がないんだからしかたがない。三島がはらった分を皆が五〇〇円ずつ割勘にすることにし、その分を中村に借金。原田から「昨日の世界」下巻、矢内原から「同時代」をもらい、クイーン版「探偵小説傑作集」を原田に借りる。窪田と新宿まで一緒、池袋十時半で帰る。

十二月二十四日　水曜。晴。毎朝零下四度。

＊不意に診断がありびっくりする。＊呼び出しがかかって夕刻一寸手塚さんのとこに行く。＊読書新聞小沢修子、岸野愛子へハガキ、堀田珠子、小堺喜代子へ手紙。＊一七二頁までしか行っていない。早寝。

十二月二十五日　木曜、クリスマス。晴。

＊朝のうち原田、中村へハガキ。＊手塚千恵子から長文の手紙。ただし意味がよく分らない。＊太田さん外泊から帰る。インフルエンザのあと。どうもペニシリンだけでは熱が下らないらしい。＊貞子から電話。東とみ子へハガキ。＊夜、ソーントン・ワイルダーの「長いクリスマス・ディナー」をRDで聞く。聞いている自分が少し佗びしい。＊一七九頁まで。

十二月二十六日　金曜。晴。

＊堀田珠子からクリスマスカード、山下延子からハガキ。＊シゲちゃん昼に来る。手紙と一緒になる。手紙は破いてしまう（その原因は、中に愛について書いてあるから）。三時すぎに寮棟に行き、結局泊ることにしたと言って夜また来る。愛している人のためならその人がレプラ〔ハンセン病〕でも一緒に行くという。純粋の情熱。相手の身分や感情や教養やその他附属した一切のものを求めない、自分の中にあって燃焼するもの（燃えつきることのない）だけを信じる故に。しかしその愛がすべてでなく、そこから出発しようとする。同じ年齢や同じ社会的思想の持主には生意気だわと思う。彼女は自分にないものを持つ人間を求める。彼女の態度に所有慾はない、エゴイズムもほぼない。＊彼女が帰ったあとで前の小舎の忘年会寸劇の本読みに立ち会う。

十二月二十七日　土曜。晴。朝零下六度（八時）同四度（八時半）零度（九時半）、次第に寝坊になる。

＊午後から社研忘年会の寸劇「馬地氏帰る」の立稽古に立ち会う。かんじんの主役薄君がインフルエンザで急に熱発した故、代役をつとめることになる。砂ヒラ茂一博士とマーフィ大使二役。＊夕食頃、延子来る。カメル二箱くれる。月給上って八千円だとか。来月中旬に帯広に帰省すると。＊バスまで送った間に谷孝子が来たらしく、夕食後一寮に行く。三人で一寸の間立話。＊そのあと忘年会。なかなか盛況。科白を覚えてないのでうまく行かない。もっとも誰もトチってばかりいるがそこが御愛敬。＊この夜もひどく冷える。＊一八四頁まで。

十二月二十八日　日曜、晴。朝は零下五度。
＊部屋の掃除をしたり、洗濯をしたりして午前中が過ぎる。＊多井作美砂子さんが友達を連れて来るといっていたが来ないので多井作少年のとこでお喋り。＊「創元」へフランス詩界の展望を書くよう頼まれるが、断る。＊先日、中村から、人文書院も書き下しのシリーズを出すとかですすめられたので、新潮の分と前後してこれも書くつもり。「慰霊歌」を書き直す予定でプランがだいぶ進む。＊翻訳、川村君の分が終り、前に自分の訳したところを読み直し、一九五頁まで。

十二月二十九日　月曜。晴、マイナス六度。
＊寄贈、サルトル全集「唯物論と革命」。岸野からハガキ。＊セキとタンがまだあるので、おっかなびっくりで入浴。＊二〇九頁まで前にやった分を読み直し、あとを翻訳、二一四頁まで。湯ざめが怖くて早く寝る。

十二月三十日　火曜。晴、零下五度。
＊中村からハガキ。美術手帳からブラックの稿料、二千三百円ばかり。うまい時についたもの。今日野崎君に貸した四千円を返してもらったので、全財産が六千円。＊ウイスキイ二合瓶と一級酒四合を買う。明日の晩、山田さんと飲むつもり。ウイスキイを一寸味見して、夜の仕事が大いに能率があがる。二二三頁まで訳す。自分で訳した方がはるかに早い。久しぶりに十時まで机に向う。

十二月三十一日　水曜。晴。

＊夕刻近く、二二六頁まで行ってもう三頁で僕の新しく訳す部分だけでも今年中に片附けようと思っているところに貞子来る。迎えに来たというので、一寸考えた末に一緒に出る。本当は山田さんたちと飲むつもりだったのが、小金井を歩き廻って、清酒二合びん、とっくり、盃、おさしみなどを買う。コタツをつくってのんびりと落つく。Rで除夜の鐘を聞く。＊この一年は何ごともなさずに終った。Rの仕事や翻訳などに追われて、自分のものは詩の断片ばかり。来年はどういうことになるだろう。

＊

一九五三年一月一日　木曜。晴。

＊ひるごろ起きる。コタツを入れてRを聞く。チャイコフスキイP・T、偉大なる芸術家の思い出、B、「クロイツァ」など。午後約十米の風。夕刻快晴となり、夕焼の富士が美しい。茶碗蒸で残った一合の酒を飲む。

一月二日　金曜。曇。

＊朝は割に暖か、次第に薄曇、依然コタツで小説の構想をしたりRを聞いたりする。夕刻貞子買物に行き、カキフライをつくる。夜早く寝る。

一月三日　土曜。晴。

＊朝ひどく冷える。零下四五度か。昼、二人で新宿へ行き、中村やで岸野、東両家へのお土産を買う。別れて岸野へ行く。二人とも風邪で寝ていたらしい。本が帯広から到《ママ》いていたので検べる。立ちがけに貞子来る。東家は留守だという。二人でまた一緒に戻る。立川から買物をしながら歩く。風強くひどく寒い。スキ焼をし、ウイスキイのポケット瓶を一本飲む。二人で喧嘩をして、九時ごろ帰ろうかと思う。それから仲直り。

一月四日　日曜。晴。

＊貞子出勤するというので九時半ごろ共に診療所の前まで歩く。別れて古本屋をひやかしながら立川へ出る。昼ごろ帰る。＊外気ひっそりして殆ど外出。＊東とみ子、小堺喜代子から手紙が来ている。賀状十幾枚。＊夜、山田小舎でみそかの残りの二合を一緒に飲み、そのあとギンナンが四合買って来て九時すぎまで飲む。十時ごろ既に零下五度。＊風邪気味なのがまだ癒えず。右の腋下に湿疹ができて困惑。

一月五日　月曜。曇ったり晴れたり。

＊昨夕から山田さんがコタツをつくったのでついそこで遊んでしまう。昼までに碁を二番。＊夕食すぎに、新しく訳す分を三頁すませて、早く寝る。少し様子が変なのでレスタミンを打つ。九時ごろから悪寒。＊夜、雪。

一月六日　火曜。雪、くもり。
＊一晩中反転、朝七度八分。千葉医官診断。ペニシリン注射。午後八度。夜、七度五分。

一月七日　水曜。晴。
＊朝六度五分、午後七度。ペニシリン注射。具合よくなり、寝て「白鯨」下巻を読了。エクスタシイを感じる。roman fleuve〔大河小説〕に対する roman océan〔大海小説〕凡ゆる一章エイハブを通して鯨に通じている。悲劇を裏側（エイハブ）から描き、主人公が絶対に沈黙を守っているから一層凄い。シェークスピアの巧みな利用。

一月八日　木曜、晴。
＊昨夜の間に小雪。朝六度五分。＊藤井、東、窪田、新田にハガキ。昨日石川淳から会いたいというハガキが来ている。＊丹阿弥谷津子から手紙。達筆、叮嚀だが一寸よそよそしいような。文学座公演に来るようにとある、十八日まで。見に行けるようになればいいけれど。＊午後七度一分。まだ少しばかりほんとでない。＊荷風全集を持ち出して「冷笑」「歓楽」「深川の唄」等を読む。

一月九日　金曜。晴、朝零下五度。
＊六度三分、まだ起き出せない。＊荷風「おかめ笹」を読む。コミックの味に今更のように感心する。ロマンの不可欠要素？　＊神西清より「ヴー《ママ》ニャ伯父さん」恵贈、直ちに一読。＊東とみ子、岩松貞子より手紙。貞子も風邪で休んでいるらしい。東家へ四日に延子がナツキを連れて行ったと

か。＊神西清岩松貞子へ手紙。一〇〇〇円封入＊夕食を山田さんのとこへ出掛け、夜も起きて手紙かき。Rで文学座の「華かな一族〔華々しき一族〕」を聞く。丹阿弥谷津子を初めてRで聞く。＊夜分不快。

一月十日　土曜。晴。

＊朝六度七分、ぶりかえし、午後八度七分。ペニシリン。氷枕を入れる。夜になるも熱下らず。＊隣の空床に誰か入れねばならぬ。

一月十一日　日曜。快晴。

＊おとなしく寝ている。貞子が日曜に来てくれという文面だったがとても行かれず。＊夕、中川幸永来る。

一月十二日　月曜。晴。昨日今日気温ばかに暖かい。夕刻あられ、風が出る。

＊今日は平熱。＊重ちゃんから手紙。＊丹阿弥谷津子へ手紙、「風土」を送る。＊シェリクスの「悪の華」序論を読む。＊原田に借りたクイーン編「一〇一年間探偵小説選」のうちカーター・ディクソンのThe Crime in Nobody's Roomを読む。

一月十三日　火曜。晴。

＊ペニシリン今日まで五日つづけて打つ。＊重ちゃん、礼子からハガキ。岸野のおばも肺炎になり

かけたそう。＊窪田から「幻を追う人」の原書。＊石川淳氏から速達。マルタン・デュ・ガールの「ジイドについてのノオト」を翻訳しないかという話。親切で断り切れないように書いてある。＊佐々木基一から近代文学の書評に中村の五部作を頼んで来る。暇はないし義理はあるし。＊学術会議に戦後去年までの論文のリストを送る。＊D・S・でチェスタートンの The Secret Garden とM・P・シールの The S. S. を読む。

一月十四日　水曜。晴。

＊石川淳氏に返信。藤井、岸野、窪田、東とみ子へハガキ。午後になっても貞子から連絡がないのでヨウタイシラセという電報を打つ。そのあと手紙を書く。夕食ごろ手紙来る。僕の速達を見ていないようで、病気はもういいらしい。少しフンガイする。

一月十五日　木曜祭日。晴。

＊暁ごろ水を入れておくビンが破裂、その音で眼がさめる。零下八度。早朝看ゴフ血沈をとりに来る。朝、零下五度。＊起きて火を起しヒゲを剃る。洗濯をしようと思うところに貞子来る。速達はおくれて昨日受取ったそう。昼食、洗濯いろいろやってもらう。＊多井作美砂子、その友人の鮫島常子を連れて来訪。＊延子から小包、グリーン著作その他。

一月十六日　金曜。

＊寒気昨日に同じ、但し日中は春めいて暖かい。＊昨日の採血は風邪の調査用とかで今日血沈（0.

8, 31) 悪いのでがっかり。＊日中起きている。「モイラ」再開始、少ししか行かない。＊堀田珠子から手紙。僕が今度は視野を広くしたいと言ったのに対して、ただ自分のためにのみ書いてほしいと言ってくる。＊手塚嬢の父親が見舞に来る。＊夜、Rの「ピノキョ」に丹阿弥谷津子が語り手で出ている。

一月十七日 土曜、晴。
＊伐木投書事件というのが起り、大騒ぎ。＊翻訳少々。＊フォークナー「兵士の給料」を読み始める。＊夜、貞子来る。

一月十八日 日曜、晴。
＊午前、貞子、午後高倉ノブ女医と森田君来る。＊石川さんからまた手紙。翻訳のこと。寔《まこと》に親切きわまりなし。＊モイラ、少々。

一月十九日 月曜。晴。
＊零下六度。＊午後久しぶりに散髪。＊翻訳二四三頁まで。＊高済一美から手紙。気管支閉鎖の手術をしたとか。

一月二十日 火曜。晴。
＊「モイラ」二五一頁、やっと終了。後に行くに従い、下訳があまりにも下手くそで舌打ばかり。

それでも済んでほっとする。

一月二十一日　水曜。晴。

＊全部（といっても後半）の読み直しを始めたとこに中川来る。診断を受けに来て宮本さん[*93]に会えなかったらしいので、千葉さんに紹介する。夕食までお喋りをして行く。＊用心して夕食後直に寝る。

一月二十二日　木曜。曇ってうそ寒い。

＊「モイラ」を完了し、小包をつくる。＊夜、谷静子と手塚チエ子のとこに行く。＊寄贈、「シジフォスの神話」。＊近代文学新年号来る。「遠方のパトス」掲載。

一月二十三日　金曜。晴。

＊外気一年以上の者約二十五名の植村医官の診断があり、大半は薫風園へ引越を命じられる。三月末までに退所の約束をする。＊中川来り、外気に入れるように植村医官の診断を受ける。紹介する。＊タラちゃん（島田〔カツ〕看ゴフ）が外出不許可になり、明日の「シンデレラ」の切符をくれるという。＊夜、毎日グラフの記者が来て療養所内のことを色々ききたいというので、その座談会にむりやり引張り出される。＊夜おそく貞子来る。

一月二十四日　土曜。晴。

＊外出、昼ごろ岸野へ行く。来月中に岩ちゃんから五万円借りられるよう頼んでもらう。電気コンロを貰い、本二三冊持って来る。バスで日比谷公会堂。貝谷八百子の「シンデレラ」（プロコフィエフ、指揮は上田仁）特に感想らしいものもない。帰ってタラちゃんに三五〇円払ってプログラムをあげる。＊この頃、小説の構想しきり。「白夜」という題はどうだろう。

一月二十五日　日曜。晴。

＊昼に中村から手紙。力衛さんのハガキが同封されていて、学習院の方ほぼ決定したという。週二日、八時間、二万、助教授で申請。中村の手紙もあるので外出。中村とお喋りをして夕刻少しぶらぶらと本屋を歩いてから貞子のとこに行く。留守で九時半ころまで待つ。

一月二十六日　月曜。快晴。

＊貞子出勤のあと、十一時頃外出。紀伊国屋で本を見る。グリーン日記五巻があり、ほしくてしかたがないがまるでお金なし。新潮社に行く。新田君不在。東京銀行へ窪田を訪い、石川淳の家の地図を書いてもらい、本代に千円借りる。市電〔当時は都電〕で品川へ行き石川さんを訪ねる。「ジイド覚え書」を渡してもらい出版の打合せ。石川さんも紀伊国屋へ行くというので、来合せた小山清氏と三人、車で新宿へ行く。グリーン日記を買う。石川さんが飲もうというので車で文春クラブへ行く。「荷風さんには戦後の銀座は書けませんよ、古いからね。」「小説の題はまずいい加減につけておくんですね。」クラブで文春の出版部長鷲尾氏、出版部安藤氏、文学界大塚氏に紹介される。車中で石川さんが一万円位前借できるようすると言われたが、ここでは二万円借りられることにな

ってびっくり。コニャクとシャルトルーズの青とを飲む。ルパンというバアに移ってビールを少し飲む。窪田は一滴も飲まないので「見どころのある男だ」という話。別れて九時頃帰る。

一月二十七日　火曜。朝から霙。

＊貞子風邪気味で昼に帰って来る。三時すぎ学習院へ行く。雨が歇んで道が悪い。仏文研究室で、力衛さんの他、丸山、田島、笹森、谷長の諸氏と再会。時間割きまる。現代小説研究、グリーン研究、同演習（日記）、短期大学の詩の講義の八時間。発令は三月上旬の見込。帰宅やはり九時すぎ。

一月二十八日　水曜。曇。

＊貞子の加減が悪い。グリーンへ手紙を書く。草稿。午後東療へ戻る。一戸氏から「私は音楽です」にフランクとデュパルクを頼んで来ている。丹阿弥谷津子からハガキ。山田さんに三〇〇円借りてまた出掛ける。小金井で缶詰、ミカンなど買物。本屋で貞子のため「トニオ」の文庫本。夜、持参して来たプルースト選集を読む。

一月二十九日　木曜。晴。

＊力衛さんに頼まれたゲルマント伯夫人についての註を速達に書く。昼ごろ診療所へ行き高倉女医に会い、薬をもらう。少し話をする。帰ってR・M・du G「ジイド覚え書」読了。あまり易しいものではない。夜、田中勇次来る。一緒にウイスキイを飲む。

一月三十日　金曜。晴、北風。
＊一戸氏に手紙。新田、澄子、読売文化部へハガキ。貞子相変らず。小さな絵をかいたり、「幻を追う人」の訂正をしたり。

一月三十一日　土曜。晴。
＊仕事。帰るつもりでいたが貞子が泣くのでやめ。彼女は夕刻診療所に注射をしてもらいに行く。夜フランクのSmを聞く。彼女に金を借りる。

二月一日　日曜。
＊帰りがけに貞子また泣く。いざとなるとベレがどうしても見附からない。どこかで落したらしい。少しずつ遅くなって夕刻帰る。＊野上彰が一寸前に来たらしくてクラブで追いつく。自由劇場というのを起したから文芸部へ入れたとかテレビ学校の先生になれば月賦で安くテレビがもらえるという話。＊文芸春秋から約束通り二万円来ている。原稿用紙も。谷長茂から「シモーヌ」寄贈、グリーン「もう一つの眠り」を借覧。＊夜バカに寒いので厭になる。

二月二日　月曜。晴。
＊血沈が悪い（4, 13, 28）。午前中何やかや。午後入浴、仕事。夜、手塚、谷。石川淳へ手紙、谷長茂へ礼状。

二月三日　火曜。晴。

＊先日岸野から電コンをもらって来、山田さんにヤグラをつくってもらったので、このとこ毎日コタツを入れている。多少仕事の能率が違うよう。＊仕事、窪田の訳した分の修正にかかる。＊中川幸永来る。＊夜、タラちゃん遊びに来る。バレエの話など。

二月四日　水曜。

＊中川がスシを握るというので、銀ナンを入れて四人。太田さんは途中で帰って来る。ウイスキイ四合瓶、一合瓶二本、それに最後にショウチュウ一本買って来て、みな飲みすぎ。

二月五日　木曜。

＊終日起きたり、寝たり。それでもマークのとこへ外泊証をもらいに行く。

二月六日　金曜。

＊近安枝から手紙。依頼した貸間、問い合せ中とのこと。＊昼から外出。＊西武で眼鏡を買う。二、三〇〇円、一番の安もの。＊新潮社新田君に会う。「新潮」が僕に短篇を依頼したそう、速達を今日出したという。そのあと紀伊国屋へ行き、Clouaid: Histoire de la L. Fr. du Symbolisme à nos Tours 第一巻を買い、二巻を註文。Eigerdinger: J.Green をも註文。Mauria Nadeau: Litlérature presente を買う。全部二、五〇〇円。＊中村やでお土産を買って、西国立へ行く。

二月七日　土曜。
＊終日読書。小説の構想。貞子、午後早く帰る。

二月八日　日曜。
＊先日飲んで以来胃の調子が悪い。終日ぼんやり。

二月九日　月曜。晴。
＊出掛けて中村のとこに寄り、一日中話し込む。彼の「二十世紀文学の展望」の編集に助言。夕刻、二人でウナギ屋にはいる。別れて東療へ帰る気がしなくなりまた西国立へ行く。不在。

二月十日　火曜。毎日天気がよい。
＊朝停電、置手紙をして出掛ける。NHKへ行くつもりだったが気が変って東療へ戻る。文春からジイドノオトが小包で来ている。岸野、小堺よりハガキ。新潮社の原稿依頼の速達というのが来ていないので電話したが通じない。＊文春、小堺喜代子にハガキ。

二月十一日　水曜。薄曇。
＊脱□。笹塚で新潮社に電話。新潮編輯部では新田君で話が通じたものとして速達を出さなかったのだと。二十四日迄に小説三十枚確認。岸野でかねて頼んでいたセーターが出来ている。中河与一氏の小説仏訳 Les Longues Années を献辞入でもらう。新聞批評を翻訳してあげる。バスで放送局。

伊藤海彦、一戸氏と会う。フランクの文献はない。車で東銀へ行き窪田に会う。借金一、〇〇〇円を返す。小説の話などして別れて丸善へ行き、Green; L'Autre Sommeil を買う。カードも。ラッシュの地下鉄、国鉄で帰る。＊留守の間に診断があったそう。＊山下延子へハガキ。

二月十二日　木曜。晴、温暖、日中十五度。
＊診断を受ける。断層をとる。＊「フランク」を四枚ばかり。＊貞子から手紙。その返事。関山、藤井、多井作、丹阿弥へハガキ。＊夜も十度ある。＊今日からパスをのみ始める。一日量六グラム。

二月十三日　金曜。曇、夕より雨。
＊十三日の金曜というわけでもないだろうが、昨日の断層を看ゴ室で見たところ反対側に明かな影があり、がっかりする。夕刻、透視があり、空洞ではないが、前にあったのとは違った浸潤だと言われる。がっかりしている。＊「波と鐘」の原詩が見たくて、谷孝子のところへ外線を申し込んだところ、かからない間に手紙が来て、原詩の載ったカタログを送って来る。電話は不通。＊「セザール・フランク」十五枚を書きあげる。明日、書留速達で送る。＊谷孝子へハガキ。＊そのあと「波と鐘」を半分ほど訳す。コペエ原詩。

二月十四日　土曜。朝微雨、雪を混える。
＊日蝕（半分くらい）霧と雲の中。＊千葉医官に面接。よく分らないとかで断層もう一枚とる予定。
＊「波と鐘」を完了。訳詩のノオトをつくろうと思い、少し書いてみて面倒になる。＊貞子から手

紙。

二月十五日　日曜。晴。

＊朝、貞子から電話。＊小堺喜代子から手紙。＊デュパルクのために「遺言」（シルヴェストル）を訳し、「失の世」（ボオドレエル）を修正。＊夜、手塚チヱ子の部屋へ行き、ショウジさんと三人で、カフカの話をする。＊村上仁の「異常心理学」を読み、小説の構想。＊なお、今日、宮田喜美子嬢退所。

二月十六日　月曜。晴。

＊血沈（0, 1, 3）いいので少しほっとする。断層を更に一枚とる。＊藤井しげ子から手紙。＊「デュパルク」十四枚を書きあげる。

二月十七日　火曜。晴。

＊断層写真を見る。大したことはなさそう。千葉医官には会えず。＊清心に中川を訪ね、芝山サロンでコーヒーを飲む。＊夕、谷静子のとこへ行く。病状と退所のことを話して不愉快な思いをする。

＊短篇の構想定まる。まだ書き出すに至らない。

二月十八日　水曜。風強く曇り。

＊千葉医官面接、大したことはないだろうという結果。＊短篇「時計」[*94]を十枚ほど書く。＊余寒き

びしく、夜、三度。

二月十九日 木曜。晴。朝零下三度。

＊一両日来、安沢君が大山〔よし〕看ゴフを殴った事件で大騒ぎしている。＊透視の結果、反対側の影は一つで、やはり昔のものらしくなる。午後更に断層を一枚撮る。ほとほと厭になる。＊近安枝から手紙。貸間の方うまいとこがないらしい。田井作君の方を当ることにして手紙。＊貞子から手紙。親戚に行ってまた不愉快なことがあったらしい。返事。＊第三書房のカタログを見て、グリーンの Pourquoi j'écris という本を注文したところ、来たのを見るとグレアムの方だったのでがっかり。＊短篇八枚書く。早寝。

二月二十日 金曜。晴。

＊面接。昨日の断層も何ということなし。これでほっとする。＊シゲちゃん来り、午後までいる。＊安沢問題で会合。＊短篇は時間がなくてあまり進まない。四枚ほど。＊谷静子から手紙。この前のことを詫びて来る。＊木村徳三へハガキ。「文芸」の批評のことで。＊心の中に裂目を感じる。生きるということは心の中に秘密を持っていることだと、今日の新聞に室生さんが書いていたが。

二月二十一日 土曜。朝から小雪。午後から夜にかけて大雪になる。夕方三寸。

＊池田一朗から「パスキエ」の第一巻を借りたいと言って来たので小包をつくる。＊「時計」を書きあげる。三十枚。無味無臭な文体による意識描写の試み。

二月二十二日　日曜。＊午前晴。雪十五センチつもる。

＊外出、池袋人生座《ママ》で「女狐」の後半と「ジュリエット」前半を見る。ひどい混みかた。＊近安枝さん訪問。適当なとこはまだ見附からない。＊貞子のとこで田中氏と一緒に夕食。この夜冷える。

二月二十三日　月曜。朝は恐らく零下十度位。

＊小説を書留で出す。無為。

二月二十四日　火曜。

＊胃の調子が悪いのでパスをやめる。＊貞子の具合が悪い。

二月二十五日　水曜。

＊「幻を追う人」を直し、カードの原案をつくる。

二月二十六日　木曜。

＊無為。

二月二十七日　金曜。

＊帰ると近さんから、条件のいい貸間について速達が来ている。但し権利金三万、家賃四千。多井

作君の方は返事なし。＊山下延子から来月結婚するという手紙。＊秋吉からお茶の会の招待状。

二月二十八日　土曜。

＊外出。電車で□長と一緒。ＮＨＫでデュパルクの本読。原稿料をもらう。ＮＨＫの側のギャレリでロートレック展を見る。主としてアフィシュ。窪田と昼食を共にしてお喋り。丸善へ行き、Claude-Edmonde Magny, Histoire du Romans Fr. を買う。七八〇円。カードを買う。重たい荷物をもって西国立へ行く。

三月一日　日曜。

＊中村のとこへ寄り、秋吉へ行く。直子が渡米するというので。あまり気が進まなかったが岩吉さんに会う必要があったので。岸野の伯母も洋子も来ず、吉広の三人に会う。そのあと中村のとこでアペリチフと夕食、そのあと一緒に原田のとこへ行ってビール少し飲む。

三月二日　月曜。

＊東療へ帰る。＊多井作君からまだ家の方はっきりしない旨の返事。コーダン社へ電話したが不在。＊今日からＲＭＧの翻訳を少し始める。＊「デュパルク」やはりうまく行っていない。

三月三日　火曜。晴。

＊コーダン社に電話、やはり不在。近さんの方の貸間にきめざるを得なくなりそう。＊ＲＭＧを本

格的に始めたが予定の半分の五頁しか進まない。＊谷、手塚。谷さんとのまた後味の悪さ。

註釈

一九四九年一月一日〜七月十五日

鈴木和子

＊1　一九四九年日記　A5判ノート。第1ページに「JOURNAL INTIME―1949―」「FUKUNAGA TAKEHIKO」と記載。3ページ目より縦書き。月ごとに改行。欄外にまで記されて、39ページと3行（約56,000字）。
　一月一日より七月十五日まで毎日記されている。

＊2　S　武彦の妻、澄子。戸籍は澄（1923-2003）神戸生まれ。父山下庄之助、母ラクの次女。日本女子大英文科卒。筆名、原條あき子。マチネ・ポエティク同人。一九四四年九月福永武彦と結婚。翌年七月夏樹が生まれる。『原條あき子詩集』（思潮社　1968）、『やがて麗しい五月が訪れ―原條あき子全詩集』（書肆山田　2004）。一九四七年十月、武彦と共に上京し、療養生活を支えていた。協議離婚は五〇年十二月だが、この日記から、四八年暮には破綻していたことが窺える。

＊3　ギリシヤ語　〈語学は私にとって趣味である。…〉（「私と外国語」『遠くのこだま』福永全集第十四巻）この中で、若い頃にギリシャ語に打ち込んでいたことが紹介されている。

＊4　寿カウ館　寿康館。療養所内に建っていた、木造平屋建の講堂。老朽化のため一九七八年に取り壊され、現在は、当時の院長砂原茂一の手による「寿康館碑文」が残されている。碑文〈こゝに寿康館があつた。

／傷痍軍人東京療養所が昭和十四年に開設された際、恩賜財団軍人援護会からの寄贈にかゝる。（略）終戦后は患者会、職員組合の熱つぽい集会にも利用された。患者の文化祭も行はれ、劇『父帰る』出演者のうち少なからぬ人達が再悪化したと云ふ記録も残つている。（略）こゝで歌会や句会が行はれたから多くの風流人の思い出の場所でもある。（略）〉

＊5　僕の悪口　杉浦明平「文芸時評　新しき文壇」（『近代文学』四巻一号）に、〈そして時には花田清輝のように、あの平凡陳腐の横にフランス語のふり仮名をしただけの福永武彦の小説のために広告文をつくらねばならないのであろうか。〉とある。〈広告文〉とは、花田清輝の「形式への冒険——福永武彦『塔』」（原題「塔」。真善美社刊「アプレゲール新人創作選」（après-guerre créatrice）シリーズのためのはさみこみチラシ『アプレゲール通信』一九四八年一一月一五日）

＊6　高橋　高橋健人（1917–2007）理学博士。立教大学総長。武彦とは一高弓術部時代からの旧友。「伊豆二題」（『夢のように』福永全集第十四巻所収）で、交友が描かれている。

＊7　白井浩司　（1917–2004）フランス文学者。翻訳家。福永とは戦中、NHK国際局で同僚だった時期がある。四九年当時は慶応大学予科講師。

＊8　Meson Song　George W. Gray の論文「素粒子」で、次のように紹介されている。〈中間子の本体を説明しようとする最近の努力は、模索的な近似をもつてしか表現できない。新しく見つかつた粒子（中間子）についてあるいは実験をこころみ、あるいは理論をたてる人々が当面した困惑の若干をもりこんだ歌が研究室ではやつている。（略）この中間子の歌（略）は次のような繰返しで結んでいる。／なんと　さつぱり判らないかと／そうとも　てんで判るものかよ／ほんに　目方がちょつぽりで／それつきりだよ〉

＊9　太田君　太田一郎（1924–2008）東京生まれ。歌人・評論家。歌集に「墳」「猟」「残紅集」「花の骸」など。評論に、「現代短歌ノート」「定家・迢空・茂吉」「斎藤茂吉覚え書」「海暮れて」「日の翳り」「私の戦後史」など。

一高時代、国文学会で中村真一郎と知り合う。戦後、遠藤麟一朗を中心とした「世代」発行にも関わる。「世代」では福永が中村、加藤周一らと「CAMERA EYES」を担当した（後に『1946文学的考察』

にまとめられる)。

太田の東京療養所への入所は四八年七月。翌四九年六月に胸郭成形手術を受ける。『日の翳り』(青土社 2000)『私の戦後史』(青土社 2003)に、当時の福永の印象や、ヘミングウェイの「殺人者」を原文で読むことを勧められたことなどが紹介されている。

＊10 ラヂオ　このラジオは、一九四五年九月より放送が開始された進駐軍向け放送。コールサインWVTR。

＊11 アンリ・ルソオ　(Henri Rousseau 1844-1910) フランスの画家。パリの税関吏であったためにドゥアニエ (le Douanier) とも呼ばれる。庶民的エスプリと独自の詩情をもって、幻想と夢と現実が交錯して天真爛漫な童心の世界を描きつづけた。
この場面の描写は、『草の花』の冒頭を彷彿とさせる。

＊12 石田波郷　(1913-1969) 俳人。愛媛県出身。応召中に胸膜炎を発病。一九四八年五月、東京療養所に入所。十月に第一次、十二月に第二次成形手術、翌年四月肋膜外剝離、合成樹脂充塡術を受け、一九五〇年二月退院。この間の病床吟は『胸形変』『惜命』にまとめられた。

＊13 酒井章一　(1915-) 東京出身。一九四一年十二月、東京帝国大学文学部国語国文学科卒。翌年、朝日新聞社入社。定年退職後、文化女子大学教授。一高時代、文芸部で「校友会雑誌」の編輯を武彦と共にした。

＊14 女優さん　文学座の女優、新田瑛子。

＊15 「この花に如かず」　福田栄一 (1909-1975) の第四歌集『この花に及かず』(洗心書林 1948)

＊16 乳井勝見　(1922-1982) 一九四七年の日記 (二度目の帯広療養所入所時) に度々登場する。療養所近くに借りていた農場へ往復する時に福永の病室へ立ち寄り、澄子との連絡係として何くれとなく世話を焼いた。

＊17 「A・C・F編サルトル」　A・C・F (フランス文化友の会) 編。E・テッセ他著『J・P・サルトル』(新樹社 1948)

＊18 渡辺先生の「狂気についてなど」　渡辺一夫『狂気についてなど』(新樹社 1949)

＊19 クロオデット・コルベエル　(Claudette Colbert 1903-1996) アメリカの女優。一九三四年「或る夜の

出来事」でアカデミー主演女優賞。

＊20　野村英夫　(1917–1948.11.21)詩人。堀辰雄に師事。「詩集に添へて」(「福永武彦詩集」後記)(福永全集第十三巻)に、〈野村は「四季」といふ雑誌の編輯を堀さんから委嘱され、そこに自分の詩を載せて私の詩を没にしたから、私は憤然として彼と絶交してしまつた。戦後彼が病に死ぬまで私は遂に彼と再び会はなかつた。青春といふのはさうした後悔に充ちてゐるものである。〉と回想している。堀辰雄を慕って集まった青年達の交流は一九四一年に遡る。「別れの歌」(福永全集第十四巻)に詳しい。

＊21　「世代」主として一高・東大の学生達によって一九四六年七月に創刊された綜合文化雑誌。中心は遠藤麟一朗、矢牧一宏、飯田桃、有田潤ら。＊9も参照。

＊22　プロンビエ　プロンベ充塡術。合成樹脂充塡術とも。肺尖部へピンポン玉のような合成樹脂球を埋め込んで肋膜の外から空洞を潰そうとする療法。肋骨を何本も切り取らないので体に対する影響が少なく、胸郭成形術のように背骨の変形もないということで、四九年を中心に盛んに行われた。しかし、埋め込んだ部分が化膿したり合成樹脂球が浮き出すことがあったため、四九〜五〇年をピークとしてまもなく廃れた。

＊23　和辻さん　和辻哲郎　(1889–1960)哲学者、倫理学者、文化史家、評論家。『原始基督教の文化史的意義』は一九二六年。福永が和辻の著作に深く親しんでいたことは、小説『風土』の中で、桂が久邇に〈日本の或る偉い学者がね……〉と、和辻の『風土』(1935)を紹介し、風土によって三つの型に分けられた文化を、人間の精神の上にも数えられるのではないか、と語る場面からも窺える。

＊24　「方舟」　マチネ・ポエティクのグループが主体となって発行した文芸雑誌。昭和二十三年七、九月。全二冊。河出書房。福永の「風土」が連載された。

＊25　伊藤経作　(1900–1981)富山県出身。一九二一年、北海道中川郡において伊藤薬局を創業。戦後まもなく、北海道地区の医薬品中央販売者に指定されたことから薬品問屋として本格的に発展を始めた。一九四八年「株式会社ホシ伊藤」を「伊藤株式会社」に変更。
　長男の太郎は旧制帯広中学から一高、東大。薬学部に在籍していたが、一九四五年当時、病を得て帯広

療養所に入院中、隣室の武彦と知り合った。退院後も、武彦一家の生活を物心両面で支えた。その様子は一九四六年日記に詳しい。

＊26　サンマタイム　一九四八年から五一年まで実施されていたサマータイム。四九年は、四月第一土曜日の翌日（日曜）から九月の第二土曜日まで。

＊27　藤本善雄　（1924–1987）四二年に帯広中学校を卒業。早稲田第二高等学院政経部に入学したが、肋膜を患い休学。療養後、兵役につき、新潟で暗号電報の解読にあたった。終戦後帯広に戻り、祖父の拓いた川西村藤農場で農事につく。四五年十二月創刊の「凍原」に深く関わり、父親の経営する藤丸デパート（当時は帯広市西二条南八丁目）四階に編集部を置いた。四七年に「北海文学」を創刊。四八年七月には福永武彦の第一詩集『ある青春』（北海文学社）を発行人として世に出した。四九年上京し、早稲田大学文学部に入学したが、翌年父親に呼び戻され、株式会社となった藤丸の取締役となった。七三年より、三代目藤丸社長。『ある青春』は福永が〈今迄に一番気に入った〉本として、藤本との交流と共に随想「机辺小閑」（福永全集十五巻）で紹介している。

＊28　関さん　関明子。澄子は武彦と一緒に四七年上京し、出版社のアルバイト、ＣＣＤの仕事などで働き始めたが、武彦の入院費用までは捻出できず、苦しい生活を続けていた。そんな折、〈孤立無援の原條さんを救ってくれたのは、女子大時代の同級生の紹介で知った英文科の十五年先輩、関明子さんだった。インド人の夫と死別し、当時インド大使館に勤めていた関さんは、年下の作曲家と再婚して西武線の江古田に住んでいたが「家へいらっしゃい」と誘ってくれた。〉（星瑠璃子他著『桜楓の百人』舵社　1996）

＊29　赤岩栄　（1903–1966）思想家。牧師。戦後、牧師をしながら共産党入党宣言をしたことが日本基督教団内の大きな問題になった。ドストエフスキー研究を通して知り合った椎名麟三に洗礼を授けた。

＊30　C・P・O　（Central Purchasing Office）。司令部中央購買局。占領軍人、軍属及びその家族が私用に消費する物資を民間業者から買い上げて、PX［Post Exchange］などに配る機関。

＊31　教諭にして休職　福永は四六年五月より北海道庁立帯広中学校嘱託。講師を経て四九年六月、北海道公立学校教員。一月に遡って休職となり、五一年一月末に退職するまで六〇〇〇円以上の給与を受けていた。

＊32　「随筆レオナルド」　矢代幸雄『随筆レオナルド・ダ・ヴィンチ』（朝日新聞社　1948）
＊33　パンゼラ　Charles Panzéra（1896-1976）スイス出身のバリトン歌手。武彦はパンゼラの歌う、デュパルク（1848-1933）作品のフランス歌曲集（ボードレール「旅への誘い」やコペエ「波と鐘」など収録）を愛聴していた。〈吾もまた前世に聞きし波の音パンゼラの歌に寄せては返す〉（「夢百首」福永全集第十三巻）一九五一年十二月二十五日の日記も参照。
＊34　「序曲」　一九四八年十二月に第一輯だけ出された文芸雑誌。河出書房刊。編集同人は埴谷雄高、武田泰淳、中村真一郎、梅崎春生、野間宏、船山馨、寺田透、三島由紀夫、椎名麟三、島尾敏雄。
＊35　ラゲルレーフ　Selma Lagerlöf（1858-1940）スウェーデンの女流小説家。代表作『ニルスのふしぎな旅』（1906）。『地主の家の物語』（1899）『沼の家の娘』（1908）
＊36　田村幸雄　ミステリー作家、結城昌治（1927-1996）の本名。「軍旗はためく下に」（1970）で直木賞を受賞。東京療養所入所期間は一九四九〜五一年。隣室に石田波郷がいた影響で俳句を作るようになり、散平と号す。さらに二部屋先にいた武彦に勧められて小説を書き始める。「結城昌治『ひげのある男たち』序」（福永全集第十七巻）、「瓢簞から駒」（福永全集第十四巻）、結城昌治『俳句は下手でかまわない』（朝日新聞社　1989）などに当時の交流が紹介されている。
＊37　人間　一九四六年創刊の文芸雑誌。戦争末期、川端康成、久米正雄、高見順ら鎌倉在住の作家が創設した貸本屋鎌倉文庫が出版社鎌倉文庫として新しく発足、木村徳三を編集長として創刊した。福永は四七年八月号「アヴァンギャルドの精神」四八年三月号「河」を掲載。

一九五一年十二月十日〜一九五三年三月三日

田口耕平

＊1　一九五一〜五三年日記　A5判ノート。表紙に武彦の落款。第二ページに「日記　一九五一年十二月以

降（至一九五三年三月）」と記載されている。四ページ目より縦書き。改行なし。七月三十一日まで旧仮名遣い、八月一日から新仮名遣いに変更されている。一一二ページ（約90,000字）。五一年十二月十日から五三年三月三日まで毎日付けられている。

＊2　「風土」『風土』（新潮社　1952）。「『風土』は僕が初めて書いた長篇小説で、その製作は昭和十六年に始まり、昭和二十六年に終っている。十一年もかかったというのはあまりに情ないが、その間、絶えず書き継いでいたわけではなく、書き直したり、中絶したり、他の作品にかかったり、道草は充分に食っている。（中略）／『風土』は昭和二十七年七月に、新潮社から出版された。当時僕はサナトリウムにいて、それまで長い間仕事を発表していなかったから、『風土』の出版はたいへん困難だった。堀辰雄さんにも口を利いていただいたし、河盛好蔵さんの蔭の好意もあって、漸く新潮社から出ることにきまったが、係の新田敞君から、出版決定の電報が来た時の嬉しさは今に忘れられない。／しかしこの小説は枚数が多すぎて、そっくり出すのは出版的に見て危険だというので、結局、第二部を全部省略した残りの五百枚が、活字になった。それでは作品が不具になるので、僕としても随分煩悶した」。「『風土』完全版予告」。初出「ＢＯＯＫＳ」（1957.4）。（福永全集第一巻）。

＊3　谷静子　日記中では後に「シルヴイ」という愛称でも登場する。ネルバルの「シルヴィ」をイメージしたものか。「親切な紳士」（福永全集第十四巻）に「牧さん」という名で登場する。「それは昭和二十六年だから、私がまだ療養所にいて、どうやら元気になったが退院できるほどの健康は回復せず、謂わば途方に暮れていた頃のことである。私は療養所内の古株としてたくさんの友達を持っていたが、その一人に或る女子患者がいた。仮に牧さんとしておこう。音楽が好きで、高級なラジオの器械を枕許に据え、日夜名曲を聴いていたし、音楽に関しては私などよりも遥かに造詣があった」。

＊4　谷孝子　静子の妹。

＊5　野上彰　本名藤本登（1909-1967）。徳島市出身の文学者。詩、小説、童話、戯曲、放送劇の脚本など多彩なジャンルで活躍した。「親切な紳士」（先掲）に「野崎君」という名で登場する。「私は彼を野崎君と心安く呼ぶようになったが、実際の年齢は私より十近くも上の筈だった。背の高い、顔の浅黒い、謂わゆ

る苦み走った好男子で、いつも人が振り返るほどの派手なシャツを着て、いかにもダンディと呼ばれるにふさわしかったから、私と同年輩としか見えなかった」。

＊6　小野先生　小野勝（1917–2005）。福岡県出身。東京帝国大学医学部卒。肺結核の外科治療に力を尽くした。南木佳士『ふつうの医者たち』（文藝春秋　1998）にインタビューが載っており、その経歴が語られている。

＊7　岩松貞子　福永の二人目の妻。一九五三年十二月に結婚。福永没後「國文學　解釈と教材の研究」（1980.7）「福永武彦へのオマージュ」で加賀乙彦、源高根との座談会に参加。病歴や信仰などについて発言している。他に「婦人公論」（1980.7）で、福永の食事療法についても言及している。この後、日記中に「テレーズ」という愛称でも登場する。モーリアックの「テレーズ・デスケルウ」をイメージしたものか。

＊8　夏樹　池澤夏樹。当時六歳。この時、福永は夏樹がまだ帯広に住んでいると思っていた。

＊9　「遠方のパトス」　初出「近代文学」（1953.1）。「『冥府』初版ノオト」に「（昭和）二十六年の十二月に、『遠方のパトス』を書いた。これは作者として書きたくてならなかった題材であり、その頃の、やや平静を恢復した心境を示している筈だ」（福永全集第三巻）とある。

＊10　林主税　（1922–2010）　物理学者。

＊11　文学51　（1951.5–1951.9）　矢内原伊作、中村真一郎らが編集した「方舟」の後継雑誌。全四冊。日本社。

＊12　東とみ子　東義国の妻。

＊13　東義国　（1915–2007）　昭和医専を一九四四年繰上卒業。予備役衛生見習士官として応召。上北沢予防所に医員として勤務。WHO医官を勤める。結核予防に一貫して尽力した。

＊14　「ボードレールの世界」　福永武彦初めての著作。初出『ボオドレエルの世界』（1947.10　矢代書店）。（福永全集第十八巻）。

＊15　中川幸永　画家。串田孫一が、福永全集「月報10」に「『冬夏《とうげ》』の頃」という文を寄せている。「この間のあなたの手紙に、僕の小学校時代からの友人、中川幸永君を懐しんで、『アトリヱ』にミロの翻訳をな

さったことなどを想い出しておられましたが、僕たちはあなたより二年先に学校を出て、ぶらぶらしていました。中川君はまだ絵だけを描いて生活して行けないので、『アトリヱ』の編輯部に入りましたが、編輯者として大層意慾的で、まだあまり日本に紹介されていない新しい画家とその作品を取りあげていました。従って翻訳者が必要になり、彼と一緒に渡辺一夫先生のところへ相談に行くと、名刺を出して、あなたへの紹介状を書いて下さいました。その文句をも妙に記憶しています。／あなたが『アトリヱ』のために訳されたのはミロだけではなかった筈ですが、それは今確かめられません。一方、中川君を含めた数人と相談をして、雑誌を出すことになりましたが、それが、『冬夏《とうげ》』で、創刊は昭和十五年の七月です。多分この雑誌を手許に持ってはおられないでしょう」。

＊16　「忘却の河」「忘却の河」は一九六三年三月からそれぞれ別の短篇として六種の雑誌に掲載、連作され、翌年新潮社から単行本として刊行された。（福永全集第七巻）。

＊17　塚本邦雄（1922-2005）　歌人。第一歌集「水葬物語」の斬新な作品は歌壇から黙殺されたものの、三島由紀夫らに注目され、若者の支持を集めた。

＊18　長山泰介（1917-2008）　福永と東京療養所で同室となった。東京帝大工学部卒。著書に『呟―情報学との出会い―』（1985　あいりす）があり、そこに「肺を切る―日記抄―」として、本日記と同時期の一九五二年八月六日から十二月二日までの日記の一部を載せている。妻は澄子で福永の妻と同名。

＊19　大田一郎（1924-2008）　太田一郎。著書『私の戦後史　えごの花降る』（青土社　2003）で福永の思い出を語る。

＊20　「群青」　創刊は一九五〇年七月。発行所を都下清瀬村国立東京療養所内東療詩話会とする。誌名は福永がつけたという。

＊21　「高村さんのこと」「群青」第九号（1952.1）に掲載。福永全集未収録。

＊22　湯豆腐　この後も度々記される湯豆腐について、全集未収録の随想が残る。「ぼくは今年の春まで、五年ばかり、サナトリュウムのまずい飯を食っていたから、食物の好みなども、すっかり変ってしまった。具合の悪い時は病棟で寝たきりで出されるものを食うほかはない。少し良くなって、外気舎という作業療

法をする小舎に移ると、仲のよい連中が集まって、七輪を部屋の中に持ち込んで、勝手なものをつくる。それがきまったように湯豆腐なのだ。／ぼく等はみんな貧しいし、手の掛ったものは出来ないし、一番、簡単な男料理といえば、湯豆腐くらいだろう。殆んど料理ということも出来ないが、うそ寒い松らいの音を聞きながら、隙間風だらけの狭い小舎で、みんなでふうふう言って、うまそうに豆腐を吹いて食った。／豆腐の味というのは淡白で、日本的というのだろうか、実に頼りない代物だ。家庭を持たない人間どうし、かりそめの友となって、膝をつき合わせて、豆腐を食っていれば、孤独の味とも思われる。／ぼくのいたサナトリュウムの院長は、病人は煮干しを食っていればいいと言ったとか、言わないとか。煮干しをかみしめるよりは、同じ孤独の味でも、湯豆腐の方がぜい沢だが、何れにしても、日本の現実というのは貧しい」（『孤独の味』「家庭朝日」1953. 12. 13）

＊23　小池喜孝（1916–2003）　東京都の小学校教師をしていたが、戦後労働組合の書記局員をしていたため公職追放（一九四八年）、三笠書房に勤める。五一年公職追放解除後、五三年北海道北見北斗高校社会科教員として赴任。民衆史研究に力を発揮した。

＊24　高済　高済一美　一九四二年北海中学三七期の卒業生。

＊25　北海中学　（1885–）北海英語学校として創立。現北海高等学校。

＊26　チビオン　チビオンＴｂ１（チオアセタゾン）。一九四六年に開発された抗結核剤。

＊27　所長　砂原茂一（1908–1988）。三重県出身。旧制八高から東京帝大医学部。日本の結核医療を先導した。

＊28　中村勝治　日本海軍が太平洋戦争中期から運用した夜間戦闘機「月光」の設計者。

＊29　藤村昌（1908–1967）筆名赤城さかえ。俳人。

＊30　清心園　救世軍清心療養園。一九三九年開設。

＊31　野火止　小説「草の花」中に野火止用水の記述がある。「よく晴れた日に、私は外気舎の建ち並んだ間を通り抜けて、サナトリウムの裏手の小道を歩いた。麦は青々と延び、土は黒く、雑木林の中に新芽が芽ぶいていた。道を真直に行くと、それはやがて野火止《のびどめ》用水と交叉した。徳川末期につくられた灌漑のための掘割で、一間ほどの幅を保ったまま、武蔵野の面影を残した野原の間をのどやかに流れていた」（福永

全集第二巻)。

＊32　梅林　「療養のためには、為すこともなく病臥している冬の間の方が遥かに身体によく、暖かい日射《ひざし》が続くようになると、それだけ病状に変化を来すことも多かったのだが、私たちはしきりと太陽の光を恋しがった。梅林の梅が綻び、新しい草が萌え始め、麦が一寸《いっすん》ずつ延びて行くと、重症の患者たちの眼にも、陽炎《かげろう》のような希望の色が燃えた。春はそのように待たれていた」(「草の花」)。

＊33　「塔」　初出「高原」第一輯(1946. 8)。(福永全集第二巻)。「塔」、「雨」、「めたもるふぉおず」は福永の最初の小説集『塔』(真善美社　1948)に収められた。『福永武彦戦後日記』(新潮社　2011)中「一九四五年日記」に「塔」執筆の経緯が綴られている。

＊34　「雨」　初出「近代文学」(1947. 11)。(福永全集第二巻)。「『塔』初版ノオト」に「一九四六年の夏、北海道の或る中学校の宿直室で書かれ」と記す。

＊35　「めたもるふぉおず」　初出「綜合文化」第五号(1947. 11)。(福永全集第二巻)。『塔』の後書きに「一九四七年の四月に書かれ」とある。

＊36　「河」　初出「人間」(1948. 3)。(福永全集第二巻)。『冥府』(大日本雄弁会講談社　1954)「初版ノオト」に「河」の解説がある。「この集の一番古い『河』を書いたのは、昭和二十二年の九月から十月にかけてである。その頃僕は北海道の帯広にいた。生活に追われて北国に移ったのだが、この寒冷の土地での生活は僕の健康に悪かった。手術を受けなければ再起を保証しないと医者に宣告された。しかし帯広では胸郭成形手術の設備がなかったから、僕はその年の十月に上京し、東京療養所にはいった。『河』は、僕が上京を決意してから帯広で書き始め、上京の後に完成したものだ」。

＊37　「ある青春」　『ある青春』(北海文学社　1948. 7)。(福永全集第十三巻)。「僕が今迄に一番気に入ったのは、昭和二十三年に、北海道の帯広で出版した『ある青春』という詩集だ。これは戦争中に書いていた詩を集めて、大事にノオトブックに清書していた奴を、疎開した帯広で僕の親しくなった藤本善雄君という若い友人が、好意から出版してくれたものだ。彼は藤丸デパートという市でただ一軒の、しかし二階までしかないデパートの御曹司だった」。『枕頭の書』(新潮社　1971)「机辺小閑」による。

＊38　「一九四六」『1946文学的考察』（真善美社 1947.5）。加藤周一、中村真一郎との共著。（福永全集第十七巻）。刊行当時注目を浴びた本書であるが、批判もまた多かった。「『一九四六・文学的考察』という本が出たのは一九四七年、著者は加藤周一と中村真一郎と僕との三人である。それ以後は何かと言えば三人束にされて、三秀才などという片腹いたい評語も生れた。こいつは褒め言葉では毛頭ない、ひやかし半分の悪口もいいところである。それがいまだに続いているのだからがっかりする」と福永は慨嘆している（『枕頭の書』「仲間の面々―『一九四六』の三人」）。

＊39　「独身者」『独身者』（槐書房 1975）。未完のまま刊行された。（福永全集第十二巻）。

＊40　「慰霊歌」一九四九年から書き始め、翌年五月に完成。「群像」に送ったが採用されなかった。「草の花」の原型。『未刊行著作集19 福永武彦』（白地社 2002）に所収。

＊41　富士銀行ギャング事件　一九五二年二月十八日、富士銀行千住支店にフランス兵と日本人の計三人が押し入り二百八十万円を奪った強盗事件。

＊42　北海道強震　一九五二年三月四日午前十時、十勝沖で発生した地震。マグニチュード八・二、震度は六を記録した。

＊43　結核研究所　結核予防会によって一九四三年清瀬村に設立された。

＊44　アルレッティ　（1898-1992）Arletty。フランスのモデル、女優、歌手。

＊45　ラジオドラマ「人生の街角」　先掲「親切な紳士」に筋書きが紹介されている。「人生の街角、または親切な紳士と不幸な恋人」というのが正式の題名だったという。

＊46　西講堂　寿康館内の講堂。

＊47　伊藤海彦　（1925-1995）放送作家、詩人。

＊48　中延　福永が訪ねたのは澄子の旧住所である品川区中延五の一三〇七。

＊49　世田谷下馬　澄子の転居先、世田谷区下馬一の三三七　石井清一方。

＊50　池澤喬　（1929-2005）東京生まれ。外務省の給仕から始め多くの職業につく。福永と知り合った頃は雑誌「自由の旗のもとに」（日本文化委員会）の記者をしていた。のち山下澄子と結婚、夏樹の養父となる。

長女木綿子をもうける。産業経済新聞社に入社。一時文化部を担当し、「少年ケニヤ」、「アジアの少年」（山川惣治）の原稿を取っていた。独立写真家林忠彦と広告代理店「ジャパン・パブリシティー」を六本木に設立。同社解散後、住宅建築関連団体に籍を置き、コーポラティブ・ハウスの普及に努めた。

＊51　山下の父は去年の夏から結核　福永の元義父、山下庄之助も結核に感染してしまう。山下祥介（庄之助の筆名）作の短歌が残る。「その父も斯くし病めるに窓の外に明るき孫の声透り居り」（「山脈」1952.9）。

＊52　原チエ子　原智恵子（1914-2001）ピアニスト。福永の元義父山下庄之助が神戸時代、智恵子の父粂太郎と交流があった。

＊53　渡辺順三（1894-1972）歌人。

＊54　近藤忠義（1901-76）国文学者、法政大学教授。

＊55　「野火」に感想「小山わか子さんの歌」。初出東京療養所短歌雑誌「野火」四巻二号（1949）。「他者の死を通して（肉親もまた遂には他者であるから）自らの死を想い、自らの死の予想の前に自らを潔くして生きることの苦しさに耐えた、実にその点に小山さんの歌の比類ない厳しさがある」と評する。（福永全集第十四巻）。

＊56　池田一朗　隆慶一郎（1923-1989）一九四三年東京帝大仏文科入学、同年に学徒出陣。四五年復員し復学する。四八年卒業、小林秀雄の推挙で創元社（現東京創元社）入社。五〇年退社。五二年立教大学講師。五三年中央大学講師。五四年東宝映画「坊ちゃん社員・前編」で脚本家デビュー、その後数々の映画、テレビ作品を手掛ける。五五年中央大学助教授（六一年まで）。八四年「吉原御免状」を「週刊新潮」に連載、小説家デビュー、以後隆慶一郎として作家活動に専念した。

＊57　ナツキの写真の出てゐるヨミウリ新聞　十勝沖地震の義捐金を届けた夏樹の写真が大きく掲載された。

＊58　「モイラ」　ジュリアン・グリーン。福永武彦訳『運命（モイラ）』（新潮社　1953）。

＊59　「幻を追ふ人」　ジュリアン・グリーン。『幻を追う人』（新潮文庫　1954）。「訳者ノオト」に「僕は戦後、青磁社のためにこの翻訳を始めたが、昭和二十一年五月にその前半を終了したところで、折悪しく翻訳権の問題で出版が不可能になり、稿を中止した。後に創元社から再びその話があったが、僕は病床にあった

ために後半部の翻訳を友人窪田啓作に一任した。従って昭和二十六年四月に発行されたこの翻訳は、僕等二人の共訳である」とある。（福永全集第十八巻）。

＊60　クレヨン画　夏樹が描いたジープの絵。福永は夏樹が掲載された讀賣新聞とともに大切に保管していた。

＊61　エゴの樹の新緑　太田一郎『私の戦後史』（先掲）に「えごの花降る」と題したエッセイが載る。「所内の亭々と聳え立つ欅の並木の傍らにえごの花が咲き一面に降り敷いている光景」を東療の思い出として語った後で、石田波郷の句を引く。「えごの花一切放下なし得るや」。また同書「文人たち」に田村散平（結城昌治）の句として「棺を打つ谺はえごの花降らす」を引く。

＊62　「病者の生」　五月五日に「病者の心」に題を改めている。初出「保健同人」（1952.7）。（福永全集第十四巻）。そこには福永が「病者」として得た「英雄の孤独」という概念が提示されている。

＊63　パス　一九二〇年に合成。四六年、結核菌に有効と発表された抗結核剤。

＊64　「風土後記」　初出『風土』（新潮社　1952）。（福永全集第一巻）。「愛も孤独も、汲みつくすことの出来ない主題であり、藝術家の運命も、——ここに描かれたような不幸な藝術家の運命も、日本というこの『風土』に於て、なお繰返される餘地があろう」。

＊65　詩「死と転生」　初出「I」「讀賣新聞」（1952.10.29　夕刊）、「II」東京療養所同人文芸誌「群青」第十号（1952.6）、「III」「群青」第十一号（1952.8）、「IV」「群青」第十二号（1952.12）。（福永全集第十三巻）。「私は昭和二十七年に『死と転生』の一、二、三を療養所で書き、二十九年に四を書いた。それぞれ新聞や雑誌に発表したが、後に『秩序』といふ同人雑誌から求められて、これらの四篇を補筆訂正した上でその第五号（昭和三十一年四月刊行）に掲載した」。『福永武彦詩集』（麦書房　1966）「詩集に添えて」。

＊66　薄君　薄信一（1922-1964）一九四五年東京帝国大学経済学部経済学科卒業後、大学院特別研究生を経て五一年より経済学部助手。東京療養所には五〇年二月に入所。五十三年七月退所。入所時より五二年十一月十三日まで療養日誌を残している。後、法政大学経営学部教授。留学中の六四年九月ミシガン大学テラスの自室ベッドで客死。その人生は氏原正治郎編『薄信一　人と憶い出』（東京大学出版会　1969）に詳しい。同書には「清瀬の森の一年半」と題し執筆当時芝浦工業大学に勤務していた森田節男が文章を寄

せている。「私たちの住む小森の一画には、作家の福永武彦さんにも《ママ》外気小屋生活をしていた。この既に、若くして高名な、そして詩的高貴を追求する作風と独特な芸術家的相貌のかもしだす、雰囲気をただよわせた人物は、薄さんの気取り気のない、あくまで明快な、あくまで現実に根を下ろした精神にとって、はじめなんとなく、気宇というものを感じさせられたのであろう。だがその身辺近く接し、その人の飾り気ない、ありのままの生活と、そしておそろしく勤勉な生活態度を知るに及んで、薄さんの評価は一変してしまった。芸術家というもののもつ、一面職人的な勤勉さと厳密さを初めて知って、おそらく深く感銘したのだろう、『私は誤解していました。私は、武あにい——私たちはそんな風に愛称させてもらっていた——を尊敬します』、と何べんも繰返す口調には、本当に真摯・卒直なものが、あふれていた」。

＊67　作者の言葉と広告文案「出版ニュース」一九五二年八月中旬号に載った『風土』初版予告」。「この長篇小説を書きあげるのに、種々の理由があって、十年もかかりました。フランスの傳統的な心理小説の線に沿って、それを『意識の流れ』で裏打して書いてみたいという技術的な企図から出発し、日本という特殊の風土に育った藝術家の主題と結びつけました」（福永全集第一巻）。

＊68　「ポータブル・フォークナー」「私が初めてフォークナーについて書いたのは、ちょうど『文学51』という雑誌がフォークナーの小特輯をするというので、頼まれて『フォークナー覚え書』という小文を試みた時で、それを書いたのは一九五〇年十一月である。私は今まで右の原稿を『ポータブル・フォークナー』を参考にして書いたように記憶していたが、今調べてみるとこの本の初版は一九四六年でも、私の持っているのは一九五一年一月の第三刷ゆえ、私が原稿を書いた時にはまだ出ていなかった」。「フォークナーと私」初出「ウィリアム・フォークナー」二巻一号（南雲堂　1979.6）。（福永全集第十八巻）。

＊69　寄贈者リスト「風土」の寄贈リストは池澤夏樹氏寄託資料（北海道文学館）に残されている。「〔文壇〕室生犀星、岸田国士、永井荷風、志賀直哉、豊島與志雄、宇野浩二、佐藤春夫、和辻哲郎、高村光太郎、川端康成、三好達治、堀辰雄、中野重治、神西清、中里恒子、片山敏彦、丹羽文雄、石川淳、高見順、伊藤整、阿部知二、大岡昇平、野間宏、武田泰淳、三島由紀夫、日夏耿之介〔仏文〕辰野隆、鈴木信太郎、渡辺一夫、中島健蔵、桑原武夫、河盛好蔵、今日出海〔批評家〕中村光夫、吉田健一、福田恒《ママ》存、寺田

透、小林秀雄、中野好夫〔同時代〕堀田善衛、矢内原伊作、白井浩司、白井健三郎、加藤周一、窪田啓作、中村真一郎、原條あき子、原田義人、佐々木基一、本多秋五、埴谷雄高、荒正人、山室静、芥川比呂志〔友人〕高橋健人、高橋通乃、鈴木琢磨、田村幸雄、土肥英二、坂田一男、東義国・とみ子、谷静子、谷孝子、野上彰、一戸久、直村静子、鮎沢巌、岩松貞子、方岡輝子、赤城さかえ、石田波郷、砂原茂一、串田孫一、中川幸永、岸野愛子、長山泰介、山下庄之助、藤村忠男、小堺喜代子、関山久雄」。

＊70　鮎沢露子　福永は一高の学生時代に鮎沢家に日本語の家庭教師として訪ねていた。「私は主として露子さんを相手にお喋りをしていた。向うは片言の日本語で、こちらは怪しげなフランス語で」。「夢のように」初出「朝日新聞」(1973. 6. 4. 5　夕刊)。(福永全集第十四巻)。

＊71　破防法　破壊活動防止法。一九五二年七月二十一日公布。

＊72　「昭和文学の足痕」　先掲、薄信一「療養日誌」に、この講演の記載がある。「文化懇談会主催で、第一回公開懇談会を六時三〇分より日本間で行なう。福永武彦『昭和文学の足あと』聴衆三五名、八時四〇分頃まで。二次会のようなものを川本・中岡部屋で、三次会を田辺・森田と小屋で一一時半に及ぶ」。

＊73　信愛　信愛報恩会信愛病院。一九四〇年開設。

＊74　ベトレヘム　慈生会ベトレヘムの園。一九三五年開設。

＊75　本田喜代治　(1896-1972)　社会学者。名古屋大学では文学部長を務めた。

＊76　丸山熊雄氏　(1907-1984)　フランス文学者。学習院大学教授。

＊77　堀江邑一　(1896-1991)　経済学者。

＊78　都職療養所　東京都職員清瀬療養所。一九四七年開設。

＊79　来島　「草の花」の藤木忍のモデルになった来嶋就信の家。

＊80　社研　療養所内で患者、医師、看護婦が参加していた社会科学研究会。会員が約二百名いたという。『薄信一　人と憶い出』に東京大学社会科学研究所教授の鈴木圭介が「療養所の薄さん」という一文を寄せている。「出席していたのは数名で、その中には赤城さかえ、福永武彦、森田節男などの諸氏もまじっていた。会合の打ち合わせの決定がすんだあとの雑談の中で、ぼくは福永さんが戦争反対の意思表示をさ

れたのに、すっかり驚き感銘をうけたし、薄さんの経済学がケインジアンではなく、マルクス主義であることを知ってこれもびっくりした。（中略）療養所の中で薄さんが活躍をはじめたのはこの前後からだったろうか。福永、森田、田辺その他の諸氏と一団となった。このグループの活動はめざましく、清新の趣きがあった。療養所内の民主化運動の一つの時期を画するものであった」。

＊81 百日紅　百日紅は「草の花」（福永全集第二巻）の冒頭に描かれる。「私はその百日紅《さるすべり》の木に憑かれていた。それは寿康館と呼ばれている広い講堂の背後にある庭の中に、ひとつだけ、ぽつんと立っていた」。現在、この木は清瀬市の社会事業大学の一角に碑文とともに保存されている。

＊82 「死の島」「文學界」（1953.11）に「カロンの艀」として発表。十三年後「文藝」に六年にわたって連載された。一九七一年に河出書房新社から単行本が刊行。「この小説が私のこれまでの作品の倍以上の長さがあるからと言って、作者の抱負もまた倍ほど大きいと言ったものではない。長いばかりが能ではないし、またこれを書き上げるのに長い時間を要したからという理由で、特別扱いをされるのも心外である。確かにこの小説の原型については、私が療養所を出て『草の花』を書いていた頃に既に構想していたが、それから少しずつノオトを取り、またその一部分を書いたり破ったりしているうちに全体の規模が私の見当からはみ出してしまい、そのうちに袋小路にはいってまた出直す、といったようなことを繰返した」（福永全集第十巻　序文）。

＊83 鮎沢夫妻　鮎沢巌（1894-1972）、福子夫妻。先掲「夢のように」で「鮎沢巌氏は戦前は国際労働機構（ＩＬＯ）に勤め、戦後は中央労働委員会や国際基督教大学や世界連邦建設同盟などで仕事をされた。クェーカー教徒であり、熱烈な平和主義者だった。その詳しい経歴を述べることは私の任ではない。鮎沢福子さんは東京女子大の第一期生で、在学中にジュネーヴに渡り、そこで新渡戸稲造の媒酌で鮎沢さんと結婚した」と紹介している。

＊84 「蜘蛛」　アンリ・トロワイヤ、福永武彦訳『蜘蛛』（新潮文庫　1951）。

＊85 「知らぬ昔」　初出「文學界」（1952.11）。（福永全集第十四巻）。

＊86 三井厚生病院　山下延子は千代田区神田和泉町にあった三井厚生病院食養室に勤務していた。

＊87　長山澄子へ手紙　この手紙のコピーの一部が池澤夏樹氏寄託資料（北海道文学館）の中に残っている。「僕の経験というのはこういうことです　僕はフラウと結婚して半年目に病気になりました　それから二人で北海道へ行ってさんざん苦労をしました　二年後に本当に悪くなって北海道から此所の療養所へ来ました　その時僕は成形して半年で直るからそれだけ待てと言ったのです　半年が一年になりもう半年になり病状がはっきりしないでのびて行く間にフラウの方は一人で苦労していました　僕はそれをとても済まなく思っています　本当に少し位無理をしてでも退所して一緒に暮したいと思いました　ただその無理の出来ないような病状でした（現在の長山さんより少しくらい悪いか或は同じ位のところでしょうか）そしてもう少しで大丈夫　外気へも出られるというそのぎりぎりのところで彼女は待てなくなってしまったのです」と自らの離婚体験を率直に語り、長山の妻に辛抱することを説得している。

＊88　中河与一（1897-1994）小説家。中河与一と岸野愛子との関係を娘礼子が書き留めている。愛子の遺歌集『悲歌』（書肆山田　1986）の後書き「『悲歌』によせて」である。中河を思わせる人物は「N」というイニシャルで表記されている。「その頃、出版社より童話の依頼をうけた作家Nの仕事の代作で母が手にした稿料と私のGHQの退職金をあわせて、ごく小さな家を手に入れる。昭和二十四年十一月頃のことである。短歌をすてた病弱な母にNは次々に仕事を押しつけた。それから三十九年頃まで、Nの無理強いの仕事は続いた。その間に何度か母は独立して他の仕事につこうとしたが、その都度Nに阻止された。Nは時には半狂乱となって我が家のぬれ縁に坐りこみ、いつまでも泣きくれていた。せまい近所の噂になり、好奇の目はいつまでも私達をなやませた。／そうするうちに、Nは婦人雑誌の連載としてある文豪をモデルとする小説（註釈者註：谷崎潤一郎をモデルとした「探美の夜」か）の執筆を依頼されたと母の処に言って来た。病弱な母の体がやっとほんの少し回復をみた頃である。資料をまとめること、文案を練ること――いつの間にかすべてが母の手にゆだねられる。この頃の母は、そばに近づいただけで体からの熱気が伝わって来た。息づかいはねばるように短かく、浅かった。原稿料は折半……と相変らずの言葉だが、結局は反古となる。母はそれでも没頭する。はじめの頃は、Nも母の原稿をまめに清書した。だが、そのうちその原稿をそのまま雑誌社に出すようになる。書いたものを私は必ず読まされた。そして印刷されると

又読まされた。私は苦痛に近い気持でそれを読んだ」。

＊89　川村克己　(1922-2007)　仏文学者。立教大学名誉教授。翻訳にマルロー「王道」、ルナール「にんじん」など。日本フランス語フランス文学会会長などを歴任。仏政府から教育功労賞を受けた。

＊90　学習院　一九五三年、鈴木力衛の尽力で福永は療養所退所とともに学習院に職を得た。講師から始まり、五五年に助教授、六一年には教授に昇進している。

＊91　丹阿弥谷津子　(1924-)　女優。文学座の研修生から女優を始める。一九六四年、文学座を脱退した三島由紀夫、金子信雄らと劇団ＮＬＴを結成。「サド侯爵夫人」の主人公を演じた。

＊92　瑛子さん　新田瑛子　(1922-1957)。文学座の女優。中村真一郎の妻。二人の間に一女をもうけるが、睡眠薬を飲み自殺した。

＊93　宮本さん　宮本忍　(1911-1987)　外科医。静岡県出身。東京帝大医学部卒。結核治療の外科手術の開拓者。医学の社会的役割を唱える。福永は宮本の手術の様子を描いた絵はがきを保管しており、現在北海道文学館に残されている。

＊94　短篇「時計」　初出「新潮」(1953.4)。「『時計』と『水中花』とは、共に狂気を扱っている。前者は昭和二十八年の二月に書いたが、三月末に退院したから殆ど退院記念に書いたようなものである」(福永全集第三巻　序)。

解説

一九四九年日記をめぐって

鈴木和子

「一九四九年日記」には二〇一一年に刊行された『福永武彦戦後日記』(新潮社)「一九四七年日記」のその後の闘病生活が綴られている。

「四七年日記」は、七月、帯広療養所を退院してひとまず自宅に戻ったところで筆が擱かれた。〈東京へ行って胸廓成形手術を受けない限り命の保証はしないと宣告された。〉(福永全集第二巻序)ので、準備のための退院である。

一年半後。場所は東京清瀬の東京療養所。

二度の手術によって武彦は生命の危機からは脱した。しかし社会復帰を果たせぬまま、妻との関係は一度破綻する。

その後、修復しかけたかにみえたが、もはや愛情の再建は望めず、結核の転移によって破綻は決定的になった。

同時にここでは、療養生活の日々が綴られる。武蔵野の自然描写、患者仲間との交流や人間模様が克明に記され、退院後の作品に活かされているのがわかる。

本日記について、「一九五二年日記」冒頭（一九五一年十二月）で武彦は次のように述べている。

日記を附けなくなつてから久しい。先日ふと一九四九年一月から七月迄の日記を読みかへしてみると、僕の書いたもののうちこれが一番いいものであるかもしれないと思つた。それは寂しいことだが、現実は一度しか起らず、何等のフイクションを混へず、率直な感慨を伴ふ点に於て、その内容は正確に僕を定義する。あの時もし具合が悪くならなければ、引続いてそのあとを書いてゐたに違ひない。（略）作家にとつて一日一日は貴重であり喪はれたものは帰らないが、日記は書くことのメチエを自分にためす点に効用があるのではない。現実が一度しか生起せず、それを常に意識し、その一度を彼の眼から独自に眺めるために、小説家に日記は欠くべからざるものであるだらう。日々の記録として価値があるのではない、小説家の現実と彼が如何に闘ひまた如何に自己を豊にしたかにその効用があるのだ。

二年が経ってみれば〈これが一番いい〉ということだが、一九四九年の元日に〈最も暗い新年〉と書き始められた本日記は、二日には〈自殺を思ふ、孤独感痛烈〉と記され、三日にはこのように書き継がれている。

僕のやうに詩人として生れたものは、生活を支へるだけの金さへあつたならば、自分の廻りにつくりあげる趣味的な気分の中で、ただ詩を書いて愉しく暮す事も出来ただらう。僕は小説家になつた。その原因に生活といふ問題がなかつただらうか。小説家の手はよごれてゐる。僕は他人のやうにこの苦しみを打ちまけてしまふことによつて、意識の持続をとどめ、忘れ去つてしまふことは出来ない。意識は常に持続する。美しいものの上澄《ずみ》のみをとつて詩を書くことは出来ない。もし生活の力があり僕が健康でさへあれば、別の生き方もある。しかし僕の選んだ小説家としての道は本質的に汚れてゐる。この道を歩むためにあとどの位の苦しみが僕を待つてゐるか。この苦しみの中から真に生の意欲が生れて来るか。

詩人として生まれたはずなのに、生活のために小説家になってしまったことを呪ってさえいるようである。

実生活において、いったい何があったのか。

四七年十月十二日、まだ二歳の息子夏樹を祖父母と叔母の許に残し、東京療養所で胸廓成形手術を受けるため、武彦は澄子と共に帯広を発った。十三日函館着。武彦の身体を気遣ってか、船旅である。十四日ときつ丸にて出帆。十七日芝浦着。(当時のメモによる)

二人連名の転居はがきが残されている。

転居の御通知申上げます／私共二人北海道帯広に疎開いたしましてから皆様のご援助を得て厳しい風土の下に暮して参りましたがこの度秋風の蝦夷地をあとに東京に戻ることにいたしました／ただこの上京も私の入院療養を目的としてをりますので私共二人なほちりぢりに旅人の心でご

ざいますが遠い日にそなへて暫くこの苦しみに堪へようと覚悟いたしました／この後皆様の御力添を仰ぐことも一段と多いかと存じますどうぞ宜しく御願ひいたします／一九四七年十月／東京都北多摩郡清瀬村東京療養所内　福永武彦／東京都板橋区練馬南町二の五八九三　長澤英一郎方福永澄子

池澤夏樹氏は〈若き武彦にとって旅はなかなか大事なテーマであった。（略）もしも一九四五年から一九四六年にかけての長いあてのない旅への意欲が後々まで保たれたならば、彼の文学はもっと違うものになっていたのではないか。そうだとしたら、旅を阻んだのはその身につきまとった多くの病魔であっただろう〉（「福永武彦戦後日記のこと」『福永武彦戦後日記』）と指摘している。旅人の心をもってこの苦しみに堪えようという覚悟に、詩人夫婦の矜持が読み取れる。

武彦は十一月一日、東京療養所に入院した。一度目の手術は十二月二十三日。二度目は翌年三月十一日。

〈昭和二十三年には作品がない。二十四年にも小品以外の作品はない。絶対安静を続けていたためである。〉（「『冥府』初版ノオト」福永全集第三巻）と述べている。当時のメモにも、見舞いの人や、印税などの備忘録的な記述、また毎日の体温脈拍血沈の数値などが記されているばかりで、治療に専念していたように見える。

しかしその一年間、夫婦の間には計り知れない葛藤があった。

元日の記述は衝撃的である。

前夜のSの訪問の印象がさめきらず最も暗い新年。思ふこと、死、自殺、運命的な愛。

二年前から、自死を口走っていたのは澄子の方だった。

澄子に振り回され、自分のことよりも、必死になって彼女の自死をくい止めようとする痛ましい日々が四七年日記の中心だった。それなのに、今は武彦の方が〈自殺〉を思う状況になっている。

澄子は〈遠く帯広に残してきた幼い息子のこと、払えぬ入院費用のこと、いつ治るとも分からぬ夫の病気のことなどを思いあぐねつつ、西武線清瀬駅から東京療養所まで片道三十分の松並木の道を〉泣きながら歩いてくる。武彦は〈「せめて面会に来る時だけでも笑顔で来て」〉と言う。澄子は〈「口先だけでいいから『あと一年したらきっとよくなる』と言って」〉と口説く。しかし〈「先のことは分からない」と福永は暗い顔で答えるばかりだった。〉(『桜楓の百人』舵社 1996) 四七年日記で書かれた澄子の疲弊は上京してからも続いており、いつ限界がきても不思議はない。

二人の協議離婚(一九五〇年十二月)の直接のきっかけは、療養生活を支える経済的理由のためだといわれてきた。五一年一月で、武彦の帯広高等学校(現・帯広柏葉高等学校)教諭としての休職期限が切れる。その後、生活保護を受けようにも、夫婦の一方が外で働いていると収入ありと見なされて認められない。そこで、こうした「偽装離婚」は少なくなかったという。

しかし、それでは澄子(原條あき子)が福永の追悼(「文藝」1979.10)で〈彼が私に言いたくて口に出さなかったことを言うために〉書いたとして引用している詩〈心変わりする女　卑しい/おまえなんか　もう愛さない/おまえはわたしに値いはしない/行きすぎ　振り返っても見たくない〉(「娼婦2」一九六二年制作)というほどの事情とは考えにくかった。

どのような「心変わり」があったのか。澄子が池澤喬氏と同居を始めたのは、武彦と正式に離婚して帯広へ戻り、再び上京した一九五一年の後半と推察される。それ以前の澄子にとって、「心変わり」をしたと心に突き刺さっている瞬間があったのだろう。


その「事情」の一つと思われる事件が四九年日記に記されている。

「M氏」という未詳の人物が現れる。

M氏と澄子には「縁談」が進行している。といっても澄子は結婚しているのだから、武彦を捨てて M氏の元へ行くという意味である。四八年暮に、武彦は澄子から宣告された。その印象が元日の記述になったことは想像に難くない。夏樹を養子にするかどうか、というところまで話は進んでいる。

年が明けて二週間ぶりにやってきた澄子は上機嫌で、〈ロジツク「あなたも私が幸福な方がいいのでせう。」近日中にM氏に紳士的な手紙を書くといふ約束。〉(一月十五日)
武彦には澄子を引き留めるすべがない。澄子から催促され、M氏に〈紳士的な手紙〉を書く。夏樹に関しては澄子の実家である山下に、自分が引きとるまで当分預かってもらうか、向こうへ養子に出すかを任せる手紙を書き、万事が終わった。(二月二日)
ところがその縁談(恋愛)話はあっけなく消えてしまった。三月五日、髪を切り、ルージュを濃く引いてやってきた澄子は〈あと味の悪い話〉を告げる。
約二週間後の二十一日、ルージュを濃く引き、見舞いに来た澄子と〈もしお互によかつたら現在の試験別居のあとでもう一度家をもちナツキを呼んで暮さう〉という話が持ちあがる。

妻のルージュが濃いと感じる夫と、そのような顔でやってきて、夫の「入院」を「試験別居」と呼ぶ妻。二人の心がすれ違っているのは明白である。

二年前の四七年日記で、〈二人を（Nを加へて三人を）幸福にする以外に幸福はないと先便に詳しく説明した〉（六月二十九日）にもかかわらず、〈我は彼女の同情を求めんとするや。我は同情を求めたくなし。我は愛を求めたし〉（六月三十日）〈僕は理解した。（略）澄子が僕を愛してゐないといふことだ〉（七月十二日）という武彦は、もう一度澄子と夫婦関係を、家庭を作り直すことができるのか。

四九年の三月二十一日以降、また三人で暮らせるという喜びや希望は書かれない。

〈毎日のこのものうい、アニユイユウな気持は何だらうか。＊山下に手紙を書く。もし二人の間に新しく愛情が湧くやうならナツキと三人で暮したいといふ気持。＊暗い、暗い。〉（三月二十六日）

〈（引用者注。澄子にとっては）経済的な面だけが生活のポイントになつてゐる。愛情の再建はまるで問題外のやう。しかしたとへ観念的だと言はれやうと、それがなければ僕には幸福な家庭など考へられぬ。（略）二人の間のギヤツプ。僕の心の中の現在の空しさ。すべてはただ生きることの義務と責任とに発してゐる。愛する者もなく愛されることもない。〉（三月二十八日）

息子のために「家族」を作り直すことはできても、愛がなければ幸福な「家庭」はあり得ないという。〈社会から遊離してしまつたせゐか金のないのがあまり切実に応へて来ない。〉という夫は妻の向いている方向が自分と異なっていることに絶望している。

〈社会から遊離してゐる〉というのは経済的なことに限ったわけではなく、療養所内での患者同士の交流にもどこか、現実と離れた印象を否めない。

一方妻は、四七年日記での錯乱状態から一転、夫の療養と自分の生活を支えるために東京で孤軍奮闘する間に、家庭も幸福も経済的基盤があってこそだと突きつけられてきた。CCDにパスして収入を確保し、三人での暮らしを具体的に計画していることからは逞しささえ感じられる。

しかし、武彦の心情は吐露されないまま日は過ぎ、愛も家庭も結核の転移によって絶たれてしまった。


四九年日記は何のために書き始められたのだろうか。

「戦後日記」のうち、四五年日記を武彦は〈澄子への手紙といつたもの〉（十二月三十一日）と記している。また、四六年日記も同様の気分で書き継がれている。四七年日記について、田口耕平氏は〈意識下にあったのは、澄子の自死への不安と、それをどう救えばいいのかという悩み〉で、救うための唯一の方法である〈「愛」という言葉を懐疑しつつ反芻、凝視し続けている。〉（「一九四七年日記をめぐって」『福永武彦戦後日記』）と述べている。確かに、日記を書いていることの意義などを考えている余裕は見られない。

先に引用したように、武彦は五二年日記で〈小説家に日記は欠くべからざるものであるだらう。日々の記録として価値があるのではない、小説家の現実と彼が如何に闘ひまた如何に自己を豊にしたかにその効用があるのだ。〉と記し、さらに後年、次のように述べている。


現実は決して眼に見えるものとして外部に在るのではない。と言って、内部にのみ在るものでもない。現実などというものは、ただの感じ、世界に対する受身の感覚にすぎず、謂わば虚妄であり幻影であり錯覚である。しかしそれを一つの「物」として定着し得た時に、世界は一つの現実に化する。つまり我々が日常に感じている「現実感覚」といったものは、この小説という表現の中に於て初めて「現実」そのものとして具体化する。――これが私の考えである。(「小説についての二三の断片」一九六七年発表。福永全集第十二巻)

病気の恢復が思わしくないため、ついに妻から（偽装ではない）離別を言い渡されて迎えた新年。本日記は、自分の現実がそこから生み出される小説世界に不可欠なものと意識した最初の日記と言える。「小説家」として生きてゆく覚悟をした、その意味で、五二年日記冒頭で本日記を〈僕の書いたもののうちこれが一番いい〉と評価しているのだ。

池澤夏樹氏は〈作家の人生を作品に重ねてはいけない。作家にとって創作とは自分の経験を滑走路としての遠方への飛翔であり、私小説は書かないとした福永ならばどの滑走路から離陸したかなど問題ではないと人は言うかもしれない。それでも、体験は大事なのだ〉とし、〈私小説はほとんど書かなかったけれど、あの作品群はすべて魂の私小説であったかもしれない〉(「予め失われた主人公たち――福永武彦における喪失と諦念」「日は過ぎ去って僕のみは～福永武彦、魂の旅～」北海道立文学館　2011.6）と述べている。

実際、四九年十二月から書き始められた『草の花』の原型である「慰霊歌」(『未刊行著作集　福永武彦』白地社　2002所収）では、高校時代の経験に、療養所の生活を取り込んで再構築が試みられている。

『草の花』遠望」（福永全集第二巻）で武彦は次のように述べている。

私は自分がそこをくぐり抜けて来た療養所の生活をも書かなければならないと思っていた。私はそこで一度死んだのである。そしていかにして人がそこで死んで行くかは重大な問題である。つまり私は療養所の（その当時の）経験を、私個人のものというだけでなくすべての仲間たちの経験として、書きとめておく義務を感じていた。療養所に於ける苦しい思いを（原因は人によって異り、病状は人によって異ったとしても）共通のものとして汐見茂思とその同室の患者たちの上に描きたかった。

福永作品に親しんでいる読者は、本日記から『草の花』や『死の島』などの場面がいくつも思い浮かべられるに違いない。本日記は、実体験が作品にどのように再構築されていくのかを読み取り、今後、福永文学を再評価していくうえで一級の資料であるし、また完成度の高い「作品」ともいえるだろう。

一九五一〜一九五三年日記をめぐって

田口耕平

「一九五一〜五三年日記」は現在確認されている四冊の日記の最後に当たる。

五一年十二月から五三年三月までの一年四ヶ月の期間が綴られている。日記の終わり五三年三月は福永の東京療養所退所時だから、結核による入院最後の病中記となっている。ところで福永は五一年三月に一般病棟を出て外気舎に移っている。外気舎とは、結核の病状がおさまりつつある患者が社会復帰に向け準備をするための小屋である。福永の入所していた東京療養所には七十二棟あり、入所者は歩行療法や作業療法に取り組み、社会へと復帰していった。簡単な外出も許されており、患者仲間の交流も活発で、何より自由な雰囲気が溢れていた。その生活が克明に描かれている点で、呻吟し天井を凝視しながら病室にあった四七年日記、四九年日記とは際立った違いを見せている。むしろ夢を持って行動しているという点では四五年日記の方に近いところがあるかもしれない。

しかし、本日記が先行日記と最も異なるのは、初めに序文を置いている点だろう。

先日ふと一九四九年一月から七月迄の日記を読みかへしてみると、僕の書いたもののうちこれが一番いいものであるかもしれないと思つた。それは寂しいことだが、現実は一度しか起らず、何等のフイクシヨンを混へず、率直な感慨を伴ふ点に於て、その内容は正確に僕を定義する。あの時もし具合が悪くならなければ、引続いてそのあとを書いてゐたに違ひない。それから今まで、さまざまのことがあり、僕はもうそれを正確に思ひ出すことは出来ないだらう。作家にとつて一日一日は貴重であり喪はれたものは帰らないが、日記は書くことのメチエを自分にためす点に効用があるのではない。現実が一度しか生起せず、それを常に意識し、その一度を彼の眼から独自に眺めるために、小説家に日記は欠くべからざるものであるだらう。日々の記録として価値があるのではない、小説家の現実と彼が如何に闘ひまた如何に自己を豊にしたかにその効用があるのだ。その日常が平凡でありその描写が簡潔であつても、その日記が詰らなければ作者である小説家が詰らないのだ。（中略）自己が何者かを意識し、常に外界との接触で自己のコスモスを形成したその過程が面白いのだ。（序文五一年十二月）

創作ではなく、何が起こるかわからない日常を書き留める日記で、なぜ福永は序文を置くことができたのか。あるいはなぜ置く必要があったのだろうか。

その問題を考える前に「今まで、さまざまのことがあり、僕はもうそれを正確に思ひ出すことは出来ないだらう」と序文にある本日記に至るまでの空白の日々をひとまず追ってみよう。

四九年日記からは一年半が経過している。その間、日記は存在しない。特に五〇年の年譜にはただ一行「秋より『風土』第二部に着手。十二月、妻澄と協議離婚」（年譜　福永全集第二十巻）としかない。しかし「１９５０　文藝手帳」（池澤夏樹氏北海道文学館寄託文書）が残されていた。

手帳の記載は、簡単な原稿のスケジュール、寄贈図書、購入書籍がほとんどである。福永の詳しい動向も、何を考えていたのかもわからない。登場人物もほとんどない中、やはり妻澄子だけは「S」として登場してくる。

登場回数は一年間で十四回。一月に一回。二月に三回、三月も三回、四月から九月までは各一回。十月、十一月に記録はなく十二月十八日の記載が最後である。こうして見ると、澄子は三月までは定期的に訪れていたが、その後はだんだんと間遠になり十二月の協議離婚に至ったということだろうか。その最後に登場する十八日には「17日澄子、帯広行」とあり、前日には「荷づくり（蒲団）、北海道まで」とある。離婚し東京を離れ、帯広で息子夏樹と暮らすことで結着したらしい。

ところで澄子は離婚の原因を福永の入所費用としている。当時籍のあった北海道帯広柏葉高校（旧制帯広中学）の休職期間が終わると、医療費の負担は収入のある妻が背負わなければならない。福永が生活保護や医療保護を受けるためには、離婚する必要があった。それを証明する断片がこの手帳には残されている。九月二十三日「S、給与額証明書」、十月二十八日「10月末日迄減額申請再査定」、十二月七日「所費免除、12月15日迄□□生活保護法に関するトウ本（郵便及手続料免除）」、十二月十九日「区役所へ手紙　謄本請求」。これらは離婚理由を裏付けるものだろう。

では、「正確に思ひ出」せない「さまざまのこと」の一部を手帳の記載も含め、わかる範囲でまとめてみたい。

四九年日記の記述は七月十五日まで。その前々日、十三日に「ほぼ確実に睾丸結核といふことになる」と結核の再発がわかって日記は中断される。その翌週、左副睾丸摘出手術を受け、絶対安静を続ける。年末から福永は「慰霊歌」を病床で書き始める。出来上がったのは翌五〇年五月。「私は左手に原稿用紙を恐らく下敷か何かの上に重ねて持ち、それを枕の横のところで支え、右手に万年筆を握り、身体を左向きにして少しずつ書き進めていたに違いない。不自然な恰好だから長い間その姿勢を続けることは出来ない。とにかく私はそれを書き上げはしたが、そのために背中に水がたまって医者から厳重に警告された覚えがある。そして病状も悪化して当分そのあと原稿の書ける状態ではなかった」(『草の花』遠望」福永全集第二巻)。五月二十一日その原稿を「群像、森氏」に渡す(「手帳」)が採用されなかった。秋になり経済的理由から、福永と澄子は離婚を決意する。十二月、澄子は北海道帯広に戻り、夏樹と暮らすことになった。翌年一月、休職期間が切れ北海道帯広柏葉高校を退職。その後福永は小康を得て、三月には外気小舎に移る。ようやく作業療法が出来るまでに回復した。それは文学活動に及び、前年は一行しかなかった年譜の記述もにぎやかになる。「四月、J・グリーン『幻を追ふ人』を窪田啓作と共訳、創元社より刊行。五月より九月にかけて『風土』第一部四章と第二部を「文学51」一〜四号に連載。七月、『風土』第三部まで書き上げる。H・トロワイヤ『蜘蛛』を新潮文庫で、九月、今日出海と共訳したM・ブデル『北緯六十度の恋』を新潮社よりそれぞれ刊行」とあり、翻訳と「風土」執筆に充実した日々を送っているのがわかる。しかし、別れた妻からは何の音沙汰もない。形式的のはずが実質的な離婚になってしまっていた。そして、本日記につながっていく。

さて、ここではじめの問に戻ろう。なぜ本日記に序文が置かれたのだろうか。

ひとつは、先行日記を客観視できるようになったためだろう。嵐のような時代が去り、静かな眼で過去を過去として眺めることができるようになった。だからこそ「一九四九年」の日記を「一番いいもの」と言えるのだ。四九年日記の頃とは全く違う次元に立っているがゆえ、批評がはじめて可能になるのである。

もう一つは序文に頻繁に繰り返される「作家」、「小説家」という言葉に含まれる文学者としての自覚の問題だろう。

序文に続く日記初日（一九五一年十二月十日。以下西暦の記載のない日付は全て一九五二年のもの）は「風土」の改稿五百枚を新潮社の担当者に渡す場面から始まる。いや、原稿を渡したからこそ、この序文は書かれたのではないか。

これまで福永はいくつかの翻訳の他に『１９４６文学的考察』（真善美社 1947）、『ボオドレエルの世界』（矢代書店 1947）、『マチネ・ポエティク詩集』（真善美社 1948）、『塔』（真善美社 1948）、『ある青春』（北海文學社 1948）と自著を出してきた。しかしそれは評論であり、短篇集であり、詩集であって、福永が夢想していた本格的ロマンではなかった。ここにはじめて自分の長篇が日の目を見るのである。そこに高揚感は無かったろうか。まして昭和十六年から書き始められたこの「風土」の完成には十一年の歳月をかけている。「僕は戦争の間も、病気で寝ていた間も、この作品を考えることで生きて来た」（「風土」完全版予告　福永全集第一巻）のである。その「風土」が出版される。福永の内部には本格的長篇を持つ小説家になる自負心が溢れていただろう。

もちろん、それまでの福永に小説家であるという意識がなかったわけではない。しかし、文芸の老舗出版社新潮社からの刊行である。作家として独り立ちを目指す福永にとってそれは画期的なことであったろう。だから、日記の記載を原稿を受け渡すところから始めたのである。小説家としての一歩を踏み出した場面こそ、序文を置くこの日記にふさわしかったのだ（その新潮社版『風土』を福永が手にしたのが八月一日である。そして、なぜかその日から日記の記述は新仮名で統一されることになる。本が出るや仮名遣いさえ変えてしまうのである。『風土』という作品の重みがそこにある)。

ところで、この序文は、作家にとって日記とは何かを問い、その答えを「小説家の現実と彼が如何に闘ひまた如何に自己を豊にしたか」にあるとする。だとすれば、そのことがこれから書かれるべき日常を縛ることになるのではないか。ここまで書き連ねてきた日記の価値を確認、総括するのはいいとして、この後に起こる日常が、自らのコスモスを果たして本当に豊かにするのだろうか。それは実際に体験しなくてはわからないことではないのか。むろん福永にとっても、それは不可知なことだったろう。しかし、ともかくも福永は序文を持つ日記を書き始めてしまった。そこに「自己が何者かを意識し、常に外界との接触で自己のコスモスを形成」していく小説家としての自負と確信的な予見がなかったとは言えない。

そして、その予見は誤りではなかった。本日記の内容は多彩である。行動範囲が広がり、自由に動き回る福永の人間像が立体的かつ多面的に描出されている。

たとえば、社会的行動を積極的に取る福永がここにいる。音楽に親炙する福永がいる。過去の愛と進行中の愛とに苦悩する福永がいる。就職活動をする福永がいる。長野に小旅行する福永がいる。文学仲間との交流も描かれる。どれをとっても福永という人間を豊かにしていったものだったろう。

中でも意外な感じがするのが社会的活動をする福永ではないだろうか。文化講座を開いたり、シュプレヒコールをしたり、陳情書を書いたり、署名を集めたり、破防法反対声明に加筆したり、後にロマンチックと評された「福永武彦」のイメージからは遠い像が描かれている。一九五二年十月二十九日の日記には自分が「外気班長」に圧倒的多数の支持を集め選ばれたことが記され、療養所仲間から活動的中心人物として見られていたこともわかる。同様に、プロレタリア文学への接近も福永のイメージとかけ離れたものだろう。六月十三日の詩話会で「あなたの詩の中に民衆が感じられない」と批判される。それが応えたのか同十六、十七日二日間にわたり「プロレタリア小説集」を読み込む。小林多喜二の良さを発見した福永は二十一日に全集をも手に入れている。それは自作『風土』にも及ぶ。「僕は民衆の方へ一歩あゆみ出したいと思うのだが、僕の内容は生活を欠いているようだ。（中略）僕自身が、今、善意をもち、生きたいと願っても、嘗て『風土』の主題を信じた僕は、この芸術至上主義から逃れることは出来ないのか。議論の後のこの空しさ。意志さえも弱く」（八月十三日）。

こういった行動や考えは時代の風潮、あるいは清瀬という特殊空間に影響されたものと見ることもできるだろう。「赤い病院」と呼ばれた清瀬病院には日本患者同盟の本部が置かれ、自治活動に専従する者は「政治患者」と言われた。隣の東京療養所も例外ではなかった。「国立東京療養所でも、患者自治会と職員組合の活動は活発だった」（『サナトリウム残影　結核の百年と日本人』高三啓輔　日本評論社　2004）という。しかしその風潮にただ流されたのではなかっただろう。特定政党には距離を置いているし、何より文化活動に重点を置いた精力的な活動は福永自身にとって楽しいものであったはずだ。『新潮日本文学アルバム50　福永武彦』（新潮社　1994）に残されている療養所仲間との二葉の集合写真（その一葉を本書の口絵に収録）からは、若者達の楽しい集いの様子が窺えるし、むしろ、戦前、戦中に味わえなかった青春を彼ら彼女らとともに謳歌しているように見える。

そして特筆すべきなのが、福永が「詩人」としてこの日記に登場する点だろう。

ふと気が向いて、詩「死と転生」断章三十一行をつくる。詩を書いたのは何年ぶりか。（一九五二年五月十一日）

詩集『ある青春』を刊行したのは四八年。その中に収められた「冬の王」、「物語」を四四年に書いてから詩作は中断された。その理由を「独身者」を書き始めたためだとする（「詩集に添へて」『福永武彦詩集』後書き 1966)。それが、ここにきて詩作を再開したのはなぜだろう。

戦後私は結核を煩つて長い間サナトリウムで寝てゐた。その間、戯れにボードレールの詩の若干を押韻詩型に翻訳したりした。第一詩集は出版されたものの、かねて予定してゐた第二詩集の「死と転生」はソネット十一篇のみで中絶したが、それらとは別に、この題名にふさはしい長文の詩を自由詩型で書いてみたいといふ気持が、八年の空白を隔てて漸く甦つた。私は昭和二十七年に「死と転生」の一、二、三を療養所で書き、二十九年に四を書いた。（「詩集に添へて」）

四九年日記には「僕の選んだ小説家の道」と詩人であることを放棄したような記述が見られる。なぜ、この期に及んで「詩」が小説家の内部に降りてきたのだろう。そのヒントは書かれた詩の中に見られる。

「死と転生」Ⅲは「思ひ出さう、遠い日に、僕は愛した生きる者を」と始まる。そして、かつて「いやはての幸《さち》の国」への「お前」の旅立ちを誘ったのは「僕ではない」別の「誰」かであり、「お前はお前の道を行き」、「僕の道とは会はなかつた」という。僕が「空しく風」の音を聞き、「空しく太陽を見」ている時、お前は「まだ見ぬ人を待ち受けて」、「五月の風にうたひ」、「眩しい光を浴び」ていたのだと詠う。

「いやはての幸の国」は観念的な場所であろうが、現実的には北海道を指すのだろう。その文脈で言えば「遠い日に」「愛した生きる者」とは、澄子しか考えられない。そして、二人して行った「いやはての国」は「幸の国」ではなかった。お前と僕は違うものを求め、違うものを見ていたのだ。一連の福永日記を読み進めてきた今、この詩は福永と澄子の関係を詠んだものとしか見えない。

かつて福永は『ボードレールの世界』(ボオドレエルを後に改めている)でこう書いた。

詩とは、作者の生に於けるその時々の死であり、従って生の一つの忘却である。しかしこの忘却の中にこそ、永遠が待ち望んでいるのではないだろうか。詩人は彼自身の与えられた時間をひと度死ぬことによって、永遠を創り出すことを意図するのではないだろうか。(中略)特にボードレールやマラルメのような純粋詩の作者たちに於て、詩はその一つ一つが苦悶の夜を伴う精神の死だった。詩人の時間はこの瞬間に於て止まり、彼は苦しい死を死ななければならなかった。しかしそこから、新しい生が、或は永遠が、展けて来る。詩は、人間の時間には属さない固有の時間を持っている。恰も人が、死に於て永遠と触れ合うように、詩人は、一つの死として認識される詩の創造に於て、時間と永遠とを触れ合せるのではないか。(『ボードレールの世界』「4 旅」)

澄子との仲はすでに終わっていた。一九五〇年十二月の離婚以来、音信は途絶えてしまっている。

しかし五二年三月二十三日、妹の延子を介してもたらされた手紙によって上京していたことを知る。そこで窮状が訴えられると、福永は友人窪田啓作に借金を申し出る速達を出す。何とか救おうと行動する。そして「過去は常に尾を引いてそれから逃れることは出来ぬ」と日記に記す。

同二十六日、銀行で手持ちの残金五千円を下ろし、窪田に会って一万円を借りる。その二日後の二十八日、延子の口から真実を聞かされる。澄子は既に池澤喬と暮らしており、夏樹には彼をパパだと教えていることを知る。

＊もう一寸のところが待てない（と延子の言ふ）澄子、その澄子の現在は幸福なのかどうか、不幸にしか生きられない女、しかし彼女は今こそ自分の意志の中で生きてゐる筈だ。彼女には待つことが出来なかつた。僕には待つ者もない。事情が分り、ナツキに会ふ希望も目下のところ全くない。知るといふことは不幸なことだ。＊日曜の澄子の手紙を読み返してみても、彼女が幸福であるとは思へない。「あなたの側にゐた時と同じやうに離れてもミゼラブル〔惨め〕でゐる」といふのは恐らく本当だらう。それは経済だけの問題ではない。彼女には幸福のレベルがあまりに高いのだ。彼女は書いてゐる。「青春はもはや私のものではありません。その輝きも愛もつひに私の中で花を咲かせませんでした。」しかし青春は僕に於ても同じやうに喪はれた。失はれたものは常に大きい。しかし失はれたものとは一体何だらう。そして「物を失ひつつ」生きて行くこの人生とは一体何だらう？　（三月二十九日）

すでに終わっていたと先述したが、ここで本当に二人の仲は切れたと見る方が正しいだろう。そうでなければ、全財産を銀行から下ろし、更に借金をしてまでの金策には走らない。すでに情熱的な愛は失われていたとしても家族的な愛は現存していたはずなのである。福永は一九五二年三月三十一日「忘却の河」を構想する。全ての愛の可能性が絶たれ、愛が死んだときにボードレールの詩と同じタイトルを持った「忘却の河」の構想が福永の脳裏に浮かぶのである。実は先に引用した『ボードレールの世界』の一節は、福永がボードレールの「忘却の河」の一部を引いて書いたものであった。福永の内部でこの時、化学反応が起きていた。

「死と転生」は先ず五月十一日に書かれ、その後断続的に書き続けられた。全てを知ってしまうことで、福永は「与えられた時間をひと度死」に、「生の一つの忘却」へと向かうことになった。八年ぶりの詩は、こうして生まれた。

さて、この日記には澄子だけではなく、他の女性関係も多く描かれている。

それを単純に分類すると「終わった愛」と「これからの愛」と言えるだろうか。

「終わった愛」には澄子の他に「独身者」のモデルであったという小堺喜代子が文通という形で登場する。

また、澄子と再会する前日、福永にとっては重要な女性と会っている。来嶋静子。「草の花」「第一の手帳」の登場人物藤木忍のモデル来嶋就信の妹であり、「第二の手帳」の千枝子のモデルと目される人物である。福永が来嶋家を訪ねる場面は四五年日記や四六年日記の中に何度も出ているが、この時の訪問についての記述は何やら意味深である。「静ちゃんは学習院女子部を教えているという。帰りに彼女は取《ママ》めるのもきかずに原宿駅まで送ってくれた。道を歩きながら、それまで快活にしていた彼女はそっと指の先で眼の涙を拭った。この一しずくの涙。何故に、かくも遅く」（一九五二年八月十七日)。何年かぶりの訪問に対し、静子は涙を流す。それに対し福永は「何故に、かくも遅く」と後悔とも取れる言葉を残す。

三人の女性との再会。福永は澄子と会った日の日記にこう書き記す。


この二日の間に、僕の知つている、また嘗て知つた多くの女性に会つた。人はみな幸福になろうと思って人生の道を歩いて行くのだろう。しかし果して幸福でいるとは何であろう、誰が幸福だと言えるのだろう。人は人生にさまざまの過ちを冒し、おそく後悔し、求めなかつた道を歩き、そして孤独だろう。誰しもが、心の中に一しずくの涙を持つて、それを忘れることに一日の生活を築いて行くのだろう(八月十八日)。


福永は三者と出会うことで、「孤独」を強く感じている。もう取り返しはつかないのだ。終わった愛は「苦悶の夜」を伴った「死」の世界に属し、「永遠」となる。

一方、「これからの愛」での主な登場人物は二人、谷静子と岩松貞子。この二人との関係を綴ることがこの日記の一つの目的になっているとも言える。二者は正反対の人物として福永の前に現れている。一方は音楽に造詣の深い女性であり、もう一方は何くれと世話を焼く女房のような女性である。

もとは結核患者であった岩松貞子は療養所で付添婦として働いていた。そこで福永と出会った。つくろいものや洗濯など、福永の世話を献身的にしている。しかし「彼女の愛情を理解しながら、この孤独感は彼女には分らないだらう」(五一年十二月二十七日)と自分を本当に理解しうる存在とは見ていない。一方入院患者の谷静子は音楽を愛する芸術派の女性である。「彼女の魅力は快活で皮肉で生意気で内面の苦しみや絶望を隠してゐるところにあるのだ」（五二年三月三日）と自分と同質の存在だと見ている。この二人の間で福永の心は揺れているが、どちらかというと谷静子の方に思いは傾いていた。「僕自身の心が二つの愛の間にゆらめいてゐた」ものの、「心はつとにTを離れてゐた」（六月十日）と書く。

年譜的事実を知っている私たちは、ではなぜ貞子を選ぶのか、訝しく思いながらこの日記を読むことになるだろう。しかし「自分の中の孤独の部分は誰にも手をふれられたくない。それにも拘らずテレーズ〔貞子〕のような女性が僕に必要なわけは何だろうか。シルヴィ〔静子〕の場合にそれはとぎすまされた孤独と孤独との戦いなのだ。全く相反する二つのもの」（十一月四日）の中で、澄子との間で嘗て経験した「孤独と孤独との戦い」を選択しなかったのも頷けないことではない。

他にも福永が「我等愛する者は火花のように別れ行く！」（十二月五日）という詩を捧げた藤井重子や中村真一郎の出版紀念会で出会う女優の丹阿弥谷津子なども登場し、福永の知られなかった女性関係の一部を瞥見することができる。

いずれにせよ、本日記は福永武彦という小説家の多面性を知る恰好のテキストであるだろう。と同時に「心悲しくナツキを思」（七月七日）いながら、「僕でさへも幸福であることは出来た筈なのに」（三月十一日）と家族を喪い「一つの」「生」を「忘却」する悔恨の書であり、「そこから、新しい生が、或は永遠が、展けて来る」小説家福永武彦の誕生の書でもあった。「死と転生」。はからずもこの詩のタイトルが本日記の主題となっている。

福永武彦小伝

鈴木　和子

誕生

——私は太宰府に通じる二日市の駅前にあった肥前屋旅館の離れで生れた。そこは海軍の伯父の養家に当っている。その頃父はまだ大学生で東京にいた。母は私を連れて佐世保の実家に戻り、父は七月に大学を出て或る銀行の横浜支店に勤務し、翌年借家を見つけて母と私とを横浜へ呼んだ。数年後に母は健康を害して佐世保に戻り、やがて父が福岡支店勤務になったので、親子は福岡に住むようになった。（略）私が二年生の春、弟が生れ、母が死んだ。翌年の春、父が東京転勤になったので父と私とは弟を抱いた乳母と共に東京へ移った。（「幼年」）

福永武彦は、一九一八（大正七）年三月十九日、福岡県筑紫郡二日市町（現・筑紫野市二日市）で福永末次郎と、妻トヨの長男として生まれた。

父末次郎は一八九三（明治二十六）年十一月、福岡県席田郡席田村（現・福岡市）の関儀三郎の五男として生まれ、九五（明治二十八）年、一歳で御笠郡大野村（現・大野城市）の福永菊次郎の養子となる。修猷館中学、一高に進学の後、一九一六（大正五）年、東京帝国大学法科大学に入学した。翌年十二月、長崎県佐世保市本島町の井上岩吉の三女トヨと結婚。末次郎は武彦が生まれた翌年の一九一九（大正八）年七月、四月に創設されたばかりの東京帝国大学経済学部を卒業し、三井銀行に入行した。横浜、福岡支店を転任した後、一九四三（昭和十八）年三月退職まで東京本店内国課・調査課などに勤めた。

福永、井上両家は、北九州一帯に親族が多く、クリスチャンの家系としてぜんたいの中流の上という感じで栄えていた。

母トヨは一八九五（明治二十八）年生まれ。日本聖公会系のミッション・スクールであるプール女学校を卒業後、聖公会の伝道師養成機関であった聖使女学院で学び、山陰地方を中心に伝道活動をしていた。当時のポートレートには、口元を引き締め、眼鏡の下から一点を見つめている若い女性が写っている。見つめているのは伝道師としての自らの使命、のようにも感じられる。

末次郎もまた、書物の好きな知識人であると同時に皮肉や諧謔を楽しむ一種気骨の人であったという。子供の教育上よろしくないという主義によって、銀行員にとっては宿命ともいえる転勤を断り続け、最後まで平行員として通した。

一九二一（大正十）年頃、太宰府天満宮の太鼓橋で三人で撮った写真が残されている。『福永武彦全小説』（愛蔵版）で公表され、『新潮日本文学アルバム』などにも再録された。整った顔立ちの末次郎と、誰もが振り返るほど美しいと評判のトヨが優しく微笑む。真ん中で得意げに胸を張る武彦。

しかし、幸せな生活は七年しか続かなかった。

父親について

武彦の父については異説がある。

首藤基澄《しゆとうもとずみ》氏はトヨの従姉妹井上ミ子《ね》から聞いた話をもとに、武彦の出生にまつわる経緯を発表している。

トヨとミ子（現・太宰府市水城《みずき》生まれ）は同い年のため、従姉妹の中でも特に親しかった。ミ子の妹の千代はトヨの次兄利雄と結婚している。利雄は冒頭に引用した「幼年」に出てくる「海軍の伯父」である。

末次郎の大学卒業は武彦が生まれた翌年の大正八年。〈末次郎がまだ学生であったにもかかわらず、トヨの妊娠のために結婚を急ぎ、大正六年一二月に入籍している。末次郎とトヨは血のつながらない従兄妹で、ミ子によると、二人は子供の頃から好意をもっていたという。〉（『福永武彦・魂の音楽』おうふう　1996）

トヨは武彦を出産するとき、お産が重くて死にそうになり、最後の懺悔をした。ミ子は看病していてその場にいた。トヨは持ち直したが、懺悔は武彦の出生にかかわるものであった。伝道師として活動していて病気になり、別府へ療養に行ったトヨは、やはり療養生活をしていた某銀行員と関係ができ、妊娠してしまった。そこで兄利雄が東京へ連れて行き、かねてからトヨに好意を持っていた末次郎と添うようにした、と。

井上家ではこのことはひそかに語り継がれている。

問題は、これを武彦が知っていたのか、ということである。

結論を言えば、これはわからない。どちらも証明することができない。ただ、考えるヒントとして武彦が一高時代に発表した詩に、母にまつわる記述が付け加えられていたことや、「かにかくに」(「校友会雑誌」1936.6)に〈自分に関する一切の秘密を自らに秘めて死んだ母親を心から恋しく思った。〉という一節があり、これをどう解釈するか、また、『内的独白』において堀辰雄の父子の問題を執拗なまでに追究する姿勢があったことを挙げておく。

二人の「母」の死

一九二五(大正十四)年、次男文彦を産んだ産褥熱でトヨが亡くなった。二十九歳の若さである。翌年、末次郎は東京へ転勤となり、六月に一家は上京する。

父は私に対して亡くなった母についての思い出話を一切しなかった。頑固なまでに記憶の再生に役立つあらゆる品物を破棄し、あらゆる交際を中止した。私はその後長く母の話を人から聞かされたこともない。(「幼年」)

父が武彦に母のことを話したり、写真を見せるようになったのは一高に入ってからだという。とはいえ、上京してまず身を寄せたのは当時荏原（現・品川区）にあった「海軍の伯父」秋吉利雄（一八九二―一九四七）宅である。

母トヨの次兄、利雄の養家である秋吉家は二日市の二日市八幡宮の「二十四名社」という「宮座」（神を祀るための座を設け、そこに神を迎えて供物を献じ、祈願や感謝をあらわす神まつりの形式）の構成員でもある名家である。

利雄は井上家から養子に入り、海軍兵学校時代、国内留学のような形で東京大学で天文学を学び、「航海天文学に関する研究」を著している。その後、長く海軍水路部に所属した。軍人と科学者の両面を併せ持つ人物である。

末次郎、武彦、文彦が上京して来たとき、利雄は三十四歳、妻千代は二十九歳。

利雄と千代の間にまだ子供はなく、文彦は利雄の養子となる。父よりも伯父に顔が似ていた、という武彦は利雄だけでなく千代にも可愛がられ、〈まるでお母ちゃんのように面倒をみてくれ〉（「幼年」）たという。

利雄は義弟にあたる末次郎や、甥の武彦をあたたかく迎えている。小学校三年の夏休みに武彦は利雄と二人で信州の山田温泉に一夏を過ごしてもいる。文彦の乳母を捜したのは利雄の兄の井上新《あらた》であるし、トヨの遺児達の面倒を見る秋吉、井上家の結束の強さがある。

一九二七（昭和二）年、小学校四年の武彦は小石川区雑司ヶ谷の日本少年寮に入る。この少年寮は、苦学して日本女子大を卒業した奥宮加壽子が社会奉仕の理念のもとに寄付を募って一九〇七（明治四十）年に建てた、文化的水準の高い育英寮であった。父は近くに下宿し、勤めの帰りに様子を見に来るという生活を続けていた。約二年の寮生活の後、寮が閉鎖となったため、末次郎と武彦父子は寮の隣に借家を借りて一緒に住むようになる。末次郎は引越好きで何度も転居をしたが、だいたい小石川区の雑司ヶ谷界隈であった。現在でも緑豊かな文教地区であり、雑司ヶ谷霊園には福永家の墓所がある。

一九三二（昭和七）年一月、伯母の秋吉千代が死去した。享年三十六。長女洋子に次いで二人目の子供、恒雄を産んだ直後である。その恒雄も千代の亡くなった四日後に死去する。

この時の文彦は、武彦が母を亡くした時と同じ七歳、武彦は十四歳。文彦は自分が養子であることを知らされたのは中学生になってからである。弟を産んだ産褥熱で母が亡くなる悲劇は、武彦の眼前で実弟の文彦の不幸として繰り返されてしまった。

武彦は母の死に関して〈まるで覚えていない。〉（「幼年」）というが、いわば無意識的に、千代の死を母の時と重ねていたに違いない。

この後利雄はヨ子《ね》と再婚、五人の子に恵まれた（末弟は幼時に死去）。九州に生活の基盤のある一族の中で、東京在住の親戚として、武彦は文彦の存命中もその後も秋吉家と親しく交際を続けた。

中学から一高へ　『草の花』「第一の手帳」

一九三〇（昭和五）年、武彦は東京開成中学校に入学した。のちに生涯にわたって親交を結ぶ中村真一郎と同級になる。

小学校の時から綴り方は最も得意だったが、中学校に入ってから文学への興味は深まっていった。

父から与えられていた書物は『漱石全集』、逍遥訳の『シェークスピア全集』、イギリスで出版されているアーサー・ミー編纂の『少年百科事典』を毎月買ってくれていた。それだけでは飽きたらず、こっそり『谷崎潤一郎集』を買ってきたのが見つかったりすることもあった。中学校校友会雑誌の編輯に加わり、「アーサー王伝説」の翻訳や、「百草園遠足記」を発表した。「百草園遠足記」は、二枚弱の作文の随所に子規・一茶・芭蕉の句を引用した、文学好きの少年らしい作文である。

一九三四（昭和九）年四月、中学校を四年で修了して第一高等学校文科丙類（第一外国語が仏語）に進学した。一高は皆寄宿制のため、本郷向ヶ丘の寄宿寮の弓術部の部屋に入る。理科甲類の高橋健人（のちの立教大学総長）も同寮だった。

日本少年寮の時とは違う、親元を離れての寮生活である。ビクビクしながらも新入生同士はすぐに仲良くなった。「四綱領」を指針として「自治」の精神を奮起、朋友の間に相切磋する誇り高さの一方で、蠟勉《ろうべん》（消灯後の寮内で、蠟燭を灯して勉強すること）やストーム（先輩寮生が新入生の寝室へ公然と乱入して、怒鳴ったり寮歌を高唱したり、演説や説教をする伝統的慣習）といった一種蛮カラ気風もある団体生活の中に、武彦も溶け込んでいった。

読書が自由になったことも新鮮だった。

六月に出た萩原朔太郎の詩集『氷島』を寮の図書室で読み、魂を揺さぶられるような感銘を受ける。続いて「青猫」を読み、自分でも詩が書けるような気持になる。白秋、茂吉、杢太郎、光太郎、犀星、耿之介、賢治などを濫読。鏡花、荷風、龍之介も愛読。夏休みにメリメ『モザイク』原書、ドストイェフスキイ「白痴」仏訳、ボードレール、ランボーなども原書で読み、『悪の華』の「旅への誘《いざな》い」「秋の歌」などを暗誦した。また、フランス映画を語学の勉強がてら何度も観る。芸術、とりわけ文学を吸収していった時期である。

同年代の青年達からはどのように見られていたのだろう。

当時、父親の死によって生活が困窮していた中村真一郎は次のように回想している。

私は浦和高校の理科を受けて落第し、中学の五年目をやっていた。福永は幼年時代に母を失い、やもめ暮しの父によって、キリスト教の寄宿舎に預けられた経験があり、そのために絶望的な孤独感を根底にした、独特で強烈なギリシャ思想の影響下にある友情観の所有者となり、その思想にもとづいて、一高に入学しさえすれば生活も学業も可能になるから、絶対に試験に受からなければいけないと私を説得し、友情の限りを尽して私の入試の手助けを行ってくれた。（『愛と美と文学』　岩波書店　1989）

武彦は中村の受験勉強の時間割作製を手伝い、参考書を貸与し、しばしば勉強の進行具合を尋ねた。独特の歴史観をもつ教授の説に試験問題の山をかけて丸暗記をすすめる。そしてその問題は実際に二問が出題され、中村はギリギリのところで合格した。

翌一九三五年春、新入生として入学してきた矢内原伊作は、一年先輩の福永の印象を次のように述べている。

二年生のなかでも福永は颯爽とした個性できわだった存在だった。痩身白面、才気縦横、神経質

で熱情家だった福永に僕はほとんど畏敬の念を抱いた。（「『草の花』の頃」福永武彦全集月報六）

その熱情、強烈な友情観が悲劇を招いたのである。

後に『草の花』「第一の手帳」に描かれる恋愛事件である。理科甲類の一年生に「藤木忍」として描かれる来嶋就信がいた。

来嶋は「藤木」に描かれている通りの、小柄でおとなしい、どこか淋しげなところのある、秀才の少年だった。はじめのうち、幼時に父を亡くしている来嶋は兄のように武彦を慕った。

一学期、マント姿の二人が本郷通りを連れ立って歩く姿がしばしば見られたが、武彦の来嶋へ寄せる愛は作品に描かれているよりも一方的、熱情的で、その愛が拒まれた苦悩は深かった。来嶋にとっても、その愛の受容を要求された困惑は大きく、自分のために武彦が苦しむのを見せつけられることで更に傷ついた。

三五年九月の学期から、一高は東京帝国大学農学部と入れ替えに本郷から目黒区駒場へ移転するため、夏休み中に寮も駒場へ移った。その頃までには武彦の来嶋へ寄せる愛は完全に破綻していた。武彦の苦しみを知った父は心配して奥宮加壽子に相談し、九月、九州の郷里へ武彦と旅に出た。水城にあった母の墓参りをし、阿蘇も訪れている。

戻ってくると、武彦は本格的に創作を始める。俳句、詩、小説――。

モチーフは母への思慕、そして来嶋との恋愛体験が繰り返される。特に後者は二度目の掲載誌「向陵時報」後記で安良岡康作に「君としては更に他の方面に題材を求めて貰ひたい様な気がする。」と指摘されると、ペンネームと手法を変えて、三たび発表するほどの熱心さで。辛い経験、現実を小説という芸術に昇華させようとする試みであり、私小説にはなり得ない。

一九三七（昭和十二）年三月、一高を卒業。父は武彦に官界や経済界へ行くことを期待し、東京帝国大学法学部への進学を勧めたが失敗した。武彦は文学へ進む希望を持っていた。父を説得することはできても、果たして自分のgenie（才能）があるかどうか自分で判断し、責任を持たなければならない。前年の三六年「東京帝国大学新聞」の「映画批評」に応募した「詩性の敗北—ミモザ館」が入選し、三七年「映画評論」のコンテスト（対象作品「目撃者」）に応募した「悲劇の喪失」が入選、同誌に映画評を掲載しはじめた。この年は早稲田大学演劇博物館に通ったり、東京外語の講習会でロシア語を学んだりして一年を過ごす。七月、日支事変が勃発、時代には戦争の足音が聞こえ始めていた。

大学時代以降

一九三八（昭和十三）年一月、来嶋就信死去。四月、東京帝国大学文学部仏蘭西文学科に入学。ふたたび中村真一郎といっしょになる。

大学時代は文学活動よりもフランス象徴派詩人の研究を中心に、文学的蓄積に努めていた。マラルメ詩を鈴木信太郎より、フランス文学史講義をピエル・アルベルクロードより学ぶ。フランス現代演劇を読むがオニール以後のアメリカ演劇に魅力を感じる。ペリカン叢書「現代ドイツ美術」のクレーとカンディンスキイの絵に惚れ込み、いつも持ち歩く。ダリをはじめとして超現実主義にも凝る。リヴィエールからゴーギャンを知る。「マルテの手記」の影響を受け、「月と六ペンス」からモームの作品へ。釈迢空「海やまのあひだ」の歌を暗誦。「ギリシア詞華集」英訳版を購入、持ち歩く。

また、映画評論を盛んに執筆している。青木文象（佐々木基一）、清水晶、登川尚佐（直樹）らと「映画評論」同人となって活躍したり、仏文科講師渡辺一夫や今日出海のために下訳をしたりして過ごした。卒業論文は「詩人の世界——ロオトレアモンの場合」。串田孫一と始めた同人雑誌「冬夏」にロオトレアモン「マルドロオルの歌」の翻訳を連載、また四一年には同誌に詩「旅人の宿」を発表した。

大学卒業を控え、武彦は徴兵・召集への恐怖から心臓神経症を発症し、以後しばしば悩まされることになる。

一九四一（昭和十六）年、大学卒業後、独仏学院フランス語講師を経て社団法人日伊協会に勤務した。同僚の佐々木基一らと雑誌「日伊文化研究」の編輯を担当。編輯者として駒込林町に高村光太郎を訪ね、知遇を得る。徴兵検査に備えては一か月間、炒めた素ウドンだけを食べて減量につとめ、十六貫（60kg）の体重を十二貫（45kg）以下にすることに成功（身長は168cm）したが、結果は第一補充兵第二乙種で合格した。以後、召集を極度に怖れる。

夏、はじめて軽井沢を訪れる。中村真一郎の紹介で、森達郎という医学部の学生が持っていた別荘に滞在した。ベア・ハウス（熊の家）とあだ名されたこの別荘は、森をはじめ、堀辰雄に心酔する若者達のたまり場となっていた。中村を通じて、初めて堀辰雄に会う。それまで堀の作品には親しんでいたが、実際に堀に会った印象は新鮮だった。武彦は堀から「一種の魂のリアリズム」を学び取った。戦争一色に塗り潰されようとしている時代、いつ召集があるかもしれないという不安を感じながら「魂のリアリズム」を自分の小説の中心に据えて小説「風土」を書き始めた。

「ただひとりの少女」との出会い

一九四二（昭和十七）年、中村真一郎、加藤周一、窪田啓作、白井健三郎らと「マチネ・ポエティク」を結成する。戦中の雑誌の整理統合により、同人雑誌を出すこともできなくなったため、各自の作品を持ち寄って、読み合う会である。月に一度、主に加藤周一の家で開かれた。発表された作品は詩、小説、戯曲、エッセイ、研究その他文学のあらゆるジャンルに亘るが、大部分は詩であり、それも押韻定型詩の試みである。武彦の「風土」もそこで朗読された。

五月、武彦は日伊協会を退職した。召集を逃れるため白井健三郎の兄の紹介で参謀本部第十八班に就職。暗号解読に従事する。東大仏文研究室の渡辺一夫助教授の下で仏文学辞典の編纂にも協力するようになった。

参謀本部に移っても召集の不安は払拭できたわけではなく、心臓神経症の診断を受けて夏から秋にかけて二か月間ほど軽井沢（ベア・ハウス）に滞在し、詩「風景」「海の旅」を書く。

二十二連に及ぶ「海の旅」は「実在しない海」に旅を、孤独を、愛を語り、〈心　常にみたされぬ神秘なもの〉とうたう。そこには、『草の花』「第二の手帳」に描かれた来嶋就信の妹静子との恋愛の破局があった。後に、〈直村静子より来信。少し寂しげな文面なので感慨多し。彼女は幸福でゐるべき筈だ。〉（四九年二月十一日日記）〈直村静子より書翰。家族の写真が入つてゐる。不幸についての暗示的な内容。この人も僕ももつと幸福であることも出来た筈なのに。〉（同年三月六日日記）と苦い回想をされるできごと。

「昭和十七年九月　軽井沢」の日付で「夜・孤独・愛」「孤独について」「孤独と愛」「男の孤独と女の孤独と」と章立てをした「fragment」と題した断章が最近発見された。この経験から、後の「愛の試み」に膨らんで行く思索が書き残されている。

軽井沢から帰ると、武彦には更に辛いできごとが待ち受けていた。

秋吉利雄の養子になっていた弟文彦が肋膜で十月十四日、死去したのである。享年十七。

文彦は〈子供の頃から芝居好きで、大学に入るとすぐに自分で児童劇団を結成したらしいが、軍事教練に耐えきれず病をえた〉（秋吉輝雄「従兄・武彦を語る――文彦・讃美歌・池澤夏樹」「文藝空間」1996）武彦は映画や芝居のパンフレットなどを文彦に与えていたという。

武彦はその直後に盲腸炎になり、小石川の東大分院に一月半ほど入院した。退院して暫くの後、とうとう召集令状が来たが、盲腸の予後ということで即日帰郷になった。寒中、横須賀の不入斗《いりやまず》で裸で検査をされていたため、肺炎になり、一九四三年の正月は寝たままだった。

四三年二月、神経衰弱のため参謀本部をやめ、仏文学辞典編纂の仕事を続ける。アラゴン、バルビュス、パスキエ家の記録、ドリュ・ラ・ロシェル、ジュリアン・グリーンなどの項目を担当していた。

三月までの間に「詩人の死」「星」「薔薇」「饗宴」を書く。

三月、父が三井銀行を退職して神戸に移住したので、四月、藤沢市日ノ出町に一人で住み、仏文学辞典編纂のため、東大仏文研究室だけではなく、アテネ・フランセへ調べ物に行くこともあった。

そこで、一人の女学生に出会った。日本女子大の学生、山下澄子である。第二外国語のフランス語をもっと学びたくて、生田の寮から同級生達と通ってきていた。

武彦は中学生の時、悪女を演じるイメージの女優ミリアム・ホプキンスが好きだったという。（中村真一郎談）小柄で少しエキセントリックな印象の澄子に武彦は惹かれた。

夏休み、実家の神戸へ帰っていた澄子を、父の家を足場にしてしばしば訪れた。一緒にボードレール『悪の華』を読みすすみ、恋愛に発展した。

夏の間、神戸にいて「火の島」「冥府」を書く。「ただひとりの少女に」という献辞をもつ「火の島」は澄子に捧げられた。

暮、日本放送協会を受験。

一九四四（昭和十九）年二月、社団法人日本放送協会国際局亜洲部（のち海外局欧洲部）に勤務、ニュースの仏訳や仏印向け放送に従事。同僚に白井浩司がいた。

山下澄子の家では、父の勤務先の疎開に伴い、三月に妹延子が神戸の高女を卒業するのを待って帯広へ疎開することになっていた。この年の九月、澄子も大学を卒業すれば帯広へ行くことになる。

武彦は東京で就職して生活の基盤を固め、澄子に求婚した。

先般発見された武彦の「一九四四年手帳」には、三月以降、澄子と二人で結婚式場となる第一ホテルを何度も訪れた記録が記されている。

文学活動の方は、〈「風土」は初めの二章を書いただけで次の「舞踏会」の章がどうしても書けず、そこで中絶したきりになって専ら詩を書いていた〉（「『独身者』後記」）という。マチネ・ポエティクの会合に澄子を誘い、彼女を詩人「原條あき子」に育てる伴走をしていたのだろう。

六月四日「独身者の日記」を取り始め、二十三日、中絶していた『風土』にかわって長篇『独身者』を書きはじめたが、秋頃、約三〇〇枚で中絶。〈原稿が中絶した方の日附については、ただ秋ごろだったらしいという私の朧げな記憶の他には何もない。またなぜ中絶したのかも、今から考えても定かに思い出すことが出来ない。（略）結局、その年の秋作者の身辺が俄に多忙になって、残りを書き続けるだけの時間を捻出できなかったということになるのだろうか〉（同）後年、随想などでも澄子のことを注意深く避けて語らなかった武彦らしい説明である。

九月二十八日、山下澄子と結婚。

小説『独身者』が中断したように作者も独身者の状態を脱した。夫婦であると同時に詩人同士の二人は、「ボードレールのある詩の言葉の置き方がどういうふうに散文的であるかとかって、同じくらいの教養で議論を、激しい議論をしたりして」（中村真一郎談）お互いを高めながら幸福に暮らし始めた……。

原條あき子小伝

田口　耕平

1　山下澄子　兵庫県立第一神戸高等女学校

詩人原條あき子はどういう青春時代を送ったのだろう。そのヒントを私は彼女の女学校の卒業アルバムの中に見出した。

彼女は兵庫県立第一神戸高等女学校（以下県一）、現在の神戸高校を卒業している。その校史編纂室に卒業アルバムがあった。皇紀二六〇〇年、昭和十五年第三十六回卒業のそれを手に取る。モダンな校舎の写真から始まり、先生方の写真を経て、卒業生の個人写真に移る。原條の本名は山下澄子（以下通称の澄子とする）。あいうえお順になっているから「や」は最後の方だ。ゆっくりと頁をめくる。彼女が現れる。想像していた通りの少女、こんな感じ。私はひどく納得した。

両側で縛った髪はカールしている。左肩を少し前に斜に構えて座っている。そのため顔は真正面ではない。やや左向き。しかし、見開いた目はしっかりカメラを見詰めている。口元を引き締め、ちょっとだけ頬がふくらんで見える。ちょっとだけ不満そうな表情。私が求めていたのはこの表情だと思った。

ちょっとだけの不満。彼女の女学校での青春はまさしくそういうものだったのではないか。彼女の女学校時代は昭和十年から十五年。歴史的にみると戦時体制へ向かう不自由な時代であった。しかしまだ授業は普通に行われていたし、後の世代に比べるとまだましではある。それでも何となく嫌な感じが支配を強めていく、そんな時代である。

彼女が在学中の県一の年譜を見よう。昭和十年、四月十三日、この日から土曜登山というのが始まっている。午後〇時半に出発、諏訪山に登り一時半には帰校。これ以後恒例の行事になったという。昭和十二年三月一日からは愛校週間というのが始まっている。月に一度その週間を設け、その期間は日の丸弁当を持参、献金や勤労奉仕に励むことになった。同年十月には初めての防空演習が実施され、これもその後たびたび行われるようになっていった。

彼女が在学中で特記すべき事件は阪神大水害だったろう。「1938年7月5日、阪神間は未曾有の大水害に襲われた。87名は学校に宿泊、付近の親戚知人宅に泊まった生徒は83名に上った。9日に再開し、悪条件のなか、水害後片付けの勤労奉仕、託児所開設などが行われた」(『神戸高校110年誌』)。神戸の町は甚大な被害を受けたが、山の手にある彼女の家には実際の被害はなかった。この間、学校では明るいニュースもあった。昭和十四年三月一日、父兄から雛人形一式が寄贈され、欽松ホールでひな祭りが開かれるようになった。これは昭和十八年まで続けられた。澄子が卒業後はヒトラーユーゲントが来校したり、報国団の結成、学校農場や工場が開設など、戦時体制がより強まることになる。

彼女の青春時代は、どんどん窮屈になっていく風潮を肌で感じながらのものだっただろう。しかし、仮にそれとは関係しなくとも彼女は日常に飽きたらず、どこか別な世界へ行きたい願望を持った少女であったのではないか。そういった事情は彼女の詩や小説「アイシャ」が伝えている。

一般に文学好きな少年少女は通っている学校の校友会誌に作品を発表していることが多い。ところが後に詩人となる彼女は、女学校時代に作品を残していない。県一の校友会誌は「欽松」という。彼女の在籍した時代のものを閲《けみ》したがその名前を発見することはできなかった。後のことを考えると、そういった文芸の世界が嫌いではなかったはずである。しかし、何もアクションを起こさなかったのは、きっかけが無かったからだろうか。女学校時代の同級生たちは家に沢山の本があったと証言しているが、自ら創作することは意識の外にあったのだろう。

彼女は二篇の小説を残している。一つは雑誌「綜合文化」（1947. 4）に載った「薔薇」である。これは、彼女の死後、池澤夏樹氏が編集した詩集『やがて麗しい五月が訪れ』（書肆山田　2004）に収められた。主人公は「私」。弟の淳ちゃんとともに、イタリアの侯爵ジョバンニ・モンテフェルトロ氏に招かれ、お城に向かう。しかし、そのお城も侯爵も現実世界のものではなかったという話である。「現実を離れて新しい幸福」を求める少女の夢の世界を描いている。彼女の初期詩篇に見られる「黄金」、「薔薇」、「天使」といった詩語もふんだんに用いられており、彼女の願望が投影された作品になっている。現実感が乏しく、小説として成功しているとは言えないものの、日常からの逃亡が彼女にとって重要なテーマであったことがわかる（小説を書いた当時の状況から考えると、夫福永はいつ治るとも知れぬ病床にあり、祖父母に預けた息子夏樹は遠く異郷にあって、その現実から逃れたいのは当然のことであった）。

もう一つの「アイシャ」は福永武彦が責任編集をした「北海文学」創刊号（1947.6）に掲載された。「薔薇」の幻想世界に対し、「アイシャ」は、澄子の生まれた町神戸を舞台とし、主人公「私」の境遇、時代などで判断すると、現実の体験が反映された作品であると言っていいだろう。

主人公の「私」は女学校の生徒。「私はその頃、向ひの家に住んでゐるアイシャとどう云ふ風にして友達にならうかと、毎日のやうに考へてゐた」と書き出された小説は、トルコ人の「アイシャ」と「私」の交流を中心に描かれている。「アイシャ」の結婚で物語の幕は閉じられるが、異国的なものに憧れを持ちながら、そこに同化しえない少女の心の揺れがテーマとなっている。

アイシャもやはり女学生だつた。私はその県で第一と云はれた官立のパリパリだつたし、アイシャはフランス人の尼僧の経営してゐる在留の外国人や混血児などのよく行く学校だつた。（「アイシャ」）

「私」がアイシャに惹かれたのは、「もともと港とか、混血児《あひのこ》とか、居留地跡とか云ふやうなエキゾティックなものに心を惹かれてゐて、少しでもさうした雰囲気と近附きになり度いと思つてゐた」という素地があったからである。その「私」がアイシャに近づこうとした理由は二つ。

まず「第一にアイシャは外国人だつた。イギリス人やフランス人のやうな一流国人ではなかつたが、ともかくヨーロッパの系統をひいてゐたし、その頃の私にとつては、たとへ彼女が印度人か中華民国人であつても、友達になりたいと云ふ切望は止み難いものがあつただらう」と、アイシャが自分のエキゾチシズムへの渇望を満たす外国人であったことを挙げる。次に「ともかくアイシャは当時神戸の街を威張つて歩いてゐた多くの西洋人のやうに、金髪碧眼のきらきらしい様子がなく、殊にその頃は髪をひきつめてお下げにし、頬も角張つて、水色の女学校の制服を着て、長過ぎる足に黒い靴下をはき、黙りこくつてゐるところは、幾ら贔いきめに見ても余り美しいとか可愛いとか云ふ方ではなかつた。それがまた第二には、私がアイシャを選ばうとした原因だつたかも知れない。容貌に自信がなく、引込思案でひがみやの私には、高い声で賑やかに喋つたり、花のやうに明るく笑つたりする誇らしげな人々にはとても思ひも及ばなかつたから」と、アイシャが西洋人ではなく、トルコ人であることで自分のコンプレックスを肥大させない、親しみやすさを持っていたことを理由に挙げている。

そういったエキゾチシズムへの憧れは若者にとっては一般的なものだろう。まして神戸という身近に異国を感じさせる土地柄である。憧れを抱くのは当然であろう。しかし、それ以上にエキゾチシズムに「私」を向かわせた原因は「私」の置かれた日常にあった。それは「私」の通っていた学校と家庭にある。これも常識的過ぎるがこの二つの桎梏が別世界への憧れを持たせる要因になった。

官僚第一の日本に生れた上に、事なかれ主義を方針とする両親にとつては官立学校程有難いところはなかつたのだらうか。そこでは忠孝とか、質素倹約とか、勤勉貯蓄とか、国家主義とか、その他色々の数へ切れない程の美徳が植ゑつけられるとでも思つたのかも知れない。ともかく私はそんな外人の行くやうな派手な学校は、と叱られて、それならせめてミツションスクールへ行き度いと云つたのも許されず、三つ違ひの姉が通つてゐた県立女学校へ入学したのだつた。私はその学校に通つてゐる間中、こんな学校へ来るのではなかつたと思つてゐた。かちかちのピューリタンのやうで、秀才であると自他ともに許してゐた姉にとつて最も相応しいやうな学校は気まぐれで、熱情的で、一ぱし芸術に憧れてゐた私には最も不適当だつた。勿論犬猿も唯ならない仲と云ふ言葉で表現してもよささうな私達二人姉妹だつたので、私はどうしても自分の学校と自分の家とを除いた全く新しい場所に、友達を見つけようとずつと以前から考へてゐた。(「アイシャ」)

澄子の卒業した県一は明治三十四年創立の兵庫県初の県立女学校である。「県一の生徒はやさしさ・しとやかさ・素直さなどの特質を有する反面、知的方面に優秀な結果、概して批評に走る傾向が少なくないとされていた」と『神戸高校百年史』「同窓会編」(1997.3)で指摘されている通り、県一の女学生はツンと澄まして上から物を見ていると市民から見られていた。それは他の女学生も感じていたことで「県一のすぐ近くの国際的・民主的な小学校に比べると『良妻賢母』『忠孝貞』がモットーの閉鎖的で保守的な空気はショックでした。その上、卒業生の先生方は『プライドの高い県女のツンになれ』と強調されたのには一寸抵抗を感じました」(「制服の青春」県一32回生島藤根子)、「その当時の県一は、映画、宝塚はご法度。電車のなかでみだりに笑顔をつくらないこと。もちろん男性と話をするなんてもってのほか。『県一のツン!』という、ありがたくない世評を頂いたものです」(「思い出三題」県一36回生　藤井公子)と『百年史』での述懐からも明らかである。その秀才ぶった校風に澄子は違和感を覚えていた。そして、その違和感は校風を体現している姉にも向けられたのだろう。

澄子は父山下庄之助、母ラクとの間に大正十二年三月九日に神戸で生まれた。二つ上に長女愼子がいた。澄子が生まれた翌年、長男達也が誕生したが、わずか一歳半で亡くなってしまう。十五年には延子が生まれるが、家督を継ぐ男子ではなかった。その後、夫婦に子供はできず、三姉妹が山下家の子供である。本籍地は神戸市灘区城之内町。その後神戸市灘区水道筋五丁目に移っている。澄子の女学校入学まではその地で過ごした。水道筋五丁目は一色次郎の小説『海の聖童女』(筑摩書房 1967)に描かれている。


中釜の住いは、灘区水道筋五丁目にあった。工場までは、歩いて十五分で行ける。動物園のある王子公園や原田神社も歩いて行ける。海の方に向えば、原田通り、城内通り、次第に賑やかになって、やがて、高架線になったなつかしい灘駅、屋根みたいに、すべて斜面に建っている神戸の街(後略)

澄子の女学校入学後に一家は、葺合区中島町三丁目に移る。ここが「アイシャ」の舞台となった。最寄りの駅は灘駅で同じだが、工場労働者の多く住む水道筋とは違い、外国人などが多く住む山の手側にあった。もちろんそれは父庄之助の会社での地位向上が背景としてある。

三人姉妹の中で姉愼子は勉強もスポーツもよく出来、両親の期待を一身に集める存在だった。澄子の妹延子さんは「上の姉は一番お勉強もでき、特に母にとって自慢の娘だったと思います。頭の悪い人は認めない狷介なところがあって、次の姉(澄子)と二人で嫌っていました。神戸の二階建ての家で上の姉が一階にいたら、私達は二階に行くとか、逆に二階に行ったら一階に下りるとか……。姉と母は気の強いところがあって似ていたと思います。顔も丸顔で似ていました。私は次の姉と似ていました」と話す。つまり「アイシャ」に登場する姉と「私」の関係は現実生活がそのまま反映したものといえる。もちろん決定的に憎んでいるというのではない。姉は母と共に煙たい存在としてあった。

「アイシャ」にはお洒落をして帰った「私」を二人がかりで咎める場面が描かれている。

学校の規則で、後で二つに分けて括つてある髪をほどいて、毛先をカールして帰つた時は母も姉も本気になつて怒つた。意地悪い眼で睨んで、すぐ髪を洗つていらつしやい、と云ふ姉に、抗《さか》ひやうもないまゝに、私はいちづな憎悪を覚えた。お洒落ばつかりして何になるの、と叱られても、私は、何故女の子がお洒落をしてはいけないのか、何故美しくならうとするのは悪いことなのか分らなかつた。私はかうした姉の態度の中に永遠のオールドミス型を見て暗然とした。(「アイシャ」)

「私」が予言したように、実際の姉愼子は生涯結婚することがなかった。彼女は彼女で両親の意向の下、家督を継ぐ者としての役割を重く担わされていたのである。

北海道大学理学部植物学教室の同級生が愼子を偲ぶ文集を編んでいる。その「四次元」第4号(1992.6)には愼子の年譜が掲載されている。昭和十三年兵庫県立第一神戸高等女学校を卒業、同年東京女子高等師範学校理科数学科に入学。十七年に卒業し、翌年宮崎県延岡市立高等女学校に数学教師として赴任。二十年北海道に渡り、札幌市立第一高等学校に。二十二年には札幌市立高等家政女学校に勤務。二十四年、定時制勤務の傍ら北海道大学理学部植物学科に入学する。二十七年には大学院に進み、三十三年北海道大学結核研究所の助手となった。以後、講師、助教授、教授と昇進、昭和五十二年、定年前に退職した。

自立した女性として、また研究者として確固たる生き方をしたのは、年下の同級生達が彼女のために追悼文集を出すこの一点だけでもわかるだろう。彼らは頭の上がらない姉に向かう弟のように文章を綴っている。「在学時代の山下さんは、級友諸君からもやはり一目おかれる存在だったといえよう」、「最も手強い友人」、「とても友人などとは不謹慎で呼べない」と書きつつ、その学識の高さ、魅力的な人柄についても彼らは言葉を惜しまない。

私が澄子の同級生たちに話を聞いたとき、必ず姉慎子の話題が出た。あたかも口裏を合わせたように「お姉さんがいましたよね」と話し始めたのは、慎子が勉強もスポーツも出来る学校でも目立つ存在であったことを証明している。

一方、同級生たちは澄子のことをちょっと変わった存在として見ていたようだ。当時女学校では背の高さで座席が決まっていた。澄子の入学時の身長は百三十センチ。卒業時は百四十六センチにまで伸びたが、常に席は前列だった。女学校時代は席の近い小さいものたちがグループになり一緒に遊んだり、お弁当を食べていたという。「一般的には変わった方だったかもしれません。みんなが笑うところでは笑わなかったり、冷めたところがあったのでしょうか。でもかわいい方でしたよ」(同級生の汐見とも子さん談)。「変わったことと言えば、卒業の時、一緒に仲の良いもので食事しましょうということになりました。一人遅れた方がいらしたんですけど、私食べたからと言ってさっさと帰ってしまったことがありました。もう少し待ってあげたらいいのにとか、あの人らしいとか、面白いなと笑っておりました」(梅津保子さん談)。

背が小さく、独自の感性を持つ少女。姉とは違い目立つ存在ではなかったが、お洒落をし、外国に憧れ、規則になじめない少女、それが女学校時代の澄子であった。

2　父　山下庄之助

澄子に外部への強い憧れの気持を植え付けたのは父親の山下庄之助だっただろう。三姉妹を高等女学校に全員通わせ、更に上級学校に行かせた(妹延子さんは戦争末期に女学校を卒業、北海道に疎開したため、行くことができなかった)のも、彼の開明的な考えが働いたのではないだろうか。何より彼は教育の重要性をよく知っていた。

庄之助の父は庄七、母はすゑ。共に福井県に生まれた。庄七は福井県足羽郡上文殊村、すゑは同じ足羽郡下文殊村出身である。二人は明治十四年に結婚した。

上文殊村はもともと奈良東大寺の荘園があったところであり、現在は東大寺へお米を寄進する運動をしている米所である。しかし、当時の福井県では水害が連続して起きていた。水害に会う度、当時楽天地のように言われていた北海道への移民は増えるばかりだった。大正九年の第一回国勢調査では福井県民の北海道移住者は四万七千人を越え、他の地域に倍する勢いだった。それだけ福井県民の困窮度が高かったといえる。

ところで山下家はそれに先立つ明治二十五年札幌に移り住んでいる。庄七三十六歳の時である。当時の札幌区南一条東四丁目二番地に居を構えた。仕事は雑貨商と戸籍の記録に残っている。

庄之助は明治二十七年三月一日札幌で生まれた。姉梅は十七年、兄庄太郎は二十二年生まれだから、庄七、すゑの夫婦は二人の子連れで札幌に渡って来たことになる。

南一条通りは繁華街とはいえ、育った東四丁目は通りの外れ、もう少し行くと豊平川に出るという場所であった。今でこそ、街の中心ではあるが、明治の中頃は街の周縁に位置し、貧しい移民が多く暮らすスラム街であったという。

その同じ住所、南一条東四丁目には後に随筆家となる森田（旧姓村岡）たまがいた。庄之助と同年の明治二十七年生まれの幼なじみである。その後長じてからは、日常的に本を貸し借りする仲であったという。『札幌文学散歩』（さっぽろ文庫六十三　札幌市発行）には、たまの生まれた南一条東四丁目の説明がある。

「たまが生まれた明治二十七年は、八月に日清戦争が起こった年である。その年の札幌区の人口は二八、一五一人、手稲、篠路はもとより琴似も円山も豊平も苗穂も、みなそれぞれに札幌区ではなく独立した村であった。生家のあった南一条東四丁目は、明治二十四年（一八九一）五月製図の『札幌市街之図』（北大図書館北方資料室蔵）で見ると市街の東のはずれで、その先は原っぱがそのまま豊平川まで続いている趣きの場所であった」（「作家たちの足跡　森田たま」）

森田たまは札幌女子尋常小学校（北一条西四丁目）に通っていた。エピソードを『札幌文学散歩』からもう一つ拾おう。

小学生のころのたまは活発な女の子であった。戦争ごっこが好きで、しかも普通の女の子のように看護婦の役をつとめるのではなく、男の子を部下に従えて先頭に立って突貫した。たまは戦争ごっこで負けたことがなかった。近所の男の子たちが運動会をするので何か寄付してくれないかといってくると、読み古した雑誌類、世界お伽噺《とぎばなし》の本などを積み上げて持って行かせる。するとまた使いがやって来て始まるから見物にお出でくださいという。

そのころの札幌は町の四つ角に大きな楡の木が茂っていたり、道路の片側に青々と芝生が残っていたりして、運動会は道路の片側の小川のそばの芝生の上で開かれていた。六月はじめの晴れた日、芝生の上には点々とクローバーの白い花が咲いている。すがすがしい匂いのする青草の上にぽつんと置かれた小さな椅子にたまは招じられて腰を下ろす。「随筆ゆく道」(昭和21年・共立書房刊)の中でたまは小さな王女さまのように振る舞う自分の幼い日の姿をそんな風に綴っている。


庄之助はここにある「近所の男の子」だったのだろう。運動会で得た賞品の雑誌などをむさぼり読んでいたのかもしれない。札幌共同運送組を経営していた村岡家の恩恵をどこかで得ていたことは十分想像し得る。

庄之助に影響を与えたものとして重要なのが新渡戸稲造が開いた遠友夜学校である。夜学校は南四条東四丁目にあった。庄之助の家からは歩いて十分程度の距離である。

庄之助の学歴は詳しくわかっていない。澄子の学籍簿には父親の学歴として「中学卒」と記載されているが、札幌の中学校(旧制)を卒業した記録はどの学校にも残っていない。遠友夜学校に通っていたという一家の伝説も定かなことではなかった。私設の学校のため、学籍簿は無く、卒業者名簿も不備なため確認ができなかったのだが、北海道大学大学文書館に大正十年頃発行されたと思われる『遠友夜学校一覧』が残されていた。その中に「遠友夜学校々友会員名簿」があり、庄之助の名が記載されていた。詳しい修学年などはわからないものの、間違いなく庄之助はこの学校の卒業生であることが確認された。

遠友夜学校は新渡戸稲造以下札幌農学校の人々、篤志家の善意でもって運営された稀な学校であった。創立は明治二十七年。新渡戸稲造の妻、萬里子（メリー・エルキントン）夫人の実家から届いた一、〇〇〇ドルの遺産で土地・家屋を買い取って始められた全く私費による学校である。ここには新渡戸が持っていた幾つかの理想の一つが具現化されている。すなわち貧家の子弟、労働する子弟に対する夜学校教育の実践である。

有島武郎も札幌農学校の学生の頃からこの学校に教師として関わっていた。明治三十二年夏の有島日記には「余ハ豊平河畔ニ神ノ黙示ヲ得可ク寓ヲ出デヌ。／道ニ貧民窟ナク《ママ》豊平ニ出デ夜学校ニ来リシ時優美ナル唱歌ノ声聞エヌ。」（「観想録第二巻」『有島武郎全集』第十巻筑摩書房　1981）と書いている。一度札幌を離れた有島は四十一年に農大予科の英語講師として着任する。そして、その翌年一月には遠友夜学校代表に就任する。校歌の作詞など大正三年に札幌を離れるまで夜学校の教育を積極的に支えていた。その有島に関し、帯広で戦後出された文芸雑誌「凍原」に次のような文章を庄之助は寄せている。

> 大正十二年、関東大震災の余燼まだ消えやらぬ九月八日朝、全国の新聞は、有嶋武郎氏の異常なる死の事実を報道して、一大センセーションをまき起した。忘れもしない其日は丁度日曜であつたので（註　実際は土曜日）、自分はまだ床の中にゐて、その記事を読み、愕然として、暫らくは立上る勇気も出なかつた。朝食もそこ／＼に須磨の原久米《ママ》太郎さんのところへ駆付けた自分は当時神戸に住んでゐたのだ。（中略）有嶋さんは西下の折々は、よく原さんの家で泊り、自分もお訪ねし

て一夜を、文学労作上の事や、作及作家の批評や、自然観などを聞いたり又相互に縁故浅からぬ北海道の事や遠友夜学校の事を語り合つたりした。まだ若かつた自分は、この知名の文学者に親炙出来る事を、何がなし無性に嬉しかつたものだ。一小サラリーマンに取つては、その一夜は正に沙漠に於けるオアシスともいふべき楽しい歓会であつたのだ。(「凍原」第八号　1946.6)

自分の家から歩いて十分もかからない。そこで札幌農学校の学生が子供たちを集めて、色々なことを教えてくれる。それも無料。好奇心が旺盛であれば、その門を叩くのは当然のことだったろう。庄之助がここで培ったのは、学問への憧れとリベラルな思想ではなかったか。遠友夜学校は最後まで軍事教練を拒否し続けた。そのため昭和十九年に閉校に追い込まれている。庄之助が戦後、自分の勤めていた帯広のマッチ工場での工場長の職をあっさり捨てた行動はそれによく似ているのかもしれない。労働運動が激する中、労働者を抑えつける役割に管理者側として庄之助は立つことが出来なかった。開明的でリベラルな資質。それは、少年時代の遠友夜学校で醸成されたものだろう。その資質はまた、山下家の娘たちにも受け継がれた。

中学卒の学歴とは矛盾するが、山下家の家庭内伝説で庄之助は小学校も出ないうちに旭川のマッチ工場に行ったと言われている。すると明治三十年代の終わりから四十年にかけての頃となる。その当時を『新旭川市史』で調べると森製軸所がそれに当たる。森製軸所は明治三十一年の創業、四十二年に廃業するまで、近隣のドロノキを広範囲に集め、マッチ軸を生産していた。マッチ軸木工場は北海道の至る所で生まれたが、いずれも二、三年で廃業している。短命なのは原料木が無くなってしまうからである。遠くから運んで来てはコスト面で折り合いがつかないから、各地で雨後の竹の子のように生まれ、消えていくのが軸木工場の運命だった。それに比して森製軸所が十年以上もマッチ軸木を製造し得たのは、原材料を広く集めるコストを最新機械の導入で大量生産をし、補うことが可能だったからである。しかし、北海道内の原材料も底を突き、ロシアや中国の原木が安価で輸入されるようになると、さすがに工場が保たなくなった。森製軸所は廃業を前に大博打をうつ。

同所（註　森製軸所）の経営難が原料不足から次第に困窮の度を増しつつあった明治四十年ころ、京阪神の業者から、本道製軸業者との合同問題が持ち上がった。森は経営不振を隠し、合同により問題解決を図ったようである。自己所有の旭川を中心とした道内五製軸所をあげて本州企業と合同して、四十年八月「大日本燐寸軸木会社」が成立、森自らは常務に就任したのである。新聞は合同交渉の内幕を次のように伝えている。

森製軸所の如きは合同交渉の進捗に随ひ俄然個人経営を廃して会社組織に変更し、資金三百万円、一年の生産額五十万円と誇称せるも、実際其筋に於て調査したる三十九年度の軸木生産額は二千六百七十九万三千百三十六斤にして、価格二十一万六千三百四十一円に過ぎず（『小樽新聞』明40・11・23付）

企業合同後も旭川工場は森の経営下にあったが、経営は悪化する一方で、明治四十二年（一九〇九）八月同企業は解散することになった。（『新旭川市史』第二巻）

その大博打が庄之助には吉と出たのだろうか。庄之助は北海道を離れ、神戸に移り住むことになった。もちろん神戸に移り住んだのがいつ、どのようになのかはわかっていない。しかし、後にマッチ製造最大手である大同燐寸の社員になっていることを考えると、本州資本と合同して出来た「大日本燐寸軸木会社」による縁が庄之助を神戸に移住させたと想像するのは困難なことではない。そして、旭川時代の庄之助はなかなか優秀な社員ではなかったか。庄之助は神戸で主に原木サイズを計る寸検を行っていた。また、満州に原木の買い付けにも赴いていたという。そこでは旭川時代の修業が生かされていたはずである。前述の通り、森製軸所は、林立した他の製軸工場のように原木を追い求め、小さな工場をつくっては壊すという方式のものではなかった。至る所から原木を買い集め、それを大量に加工するという大規模工場である。そこには目利きの買い付け人が必要となってくる。良い原木を見出し、かつ安く買う。ここで必要なのは冷徹な計算と商売人の度胸。人間関係を円滑に保つ社交術も必要だろう。庄之助はそれらを備えていたのだろう。北海道に移民した雑貨商の子供。都市生活者。近くにあった夜学校に通って文化に憧れを抱く子供。女王様のような女ガキ大将が側にいて、刺激を受けた子供。そんな様々な条件が、庄之助を開明的でリベラル、かつ遊び好きな都市的サラリーマンに仕立て上げていった。

3　母　山下ラク

池澤夏樹『静かな大地』(朝日新聞社　2003)での「由良」のモデルが澄子の母、ラクである。平素ラクは子供たちや孫に自らの出自に絡む伝説を語っていたという。舞台は静内。淡路稲田家の士族の物語である。

ラクの父は原條迂《すすむ》。母は涌井タネ。母親の姓が違うのは正式に入籍されていなかったためである。

ラクは明治三十二年七月十九日、静内郡静内村大字中下方村二番地で生まれた。父の迂は淡路稲田家の下級士族であった。明治四年五月二日、総勢一三七戸五四六人の移住者の一人であった。明治四年正月より四月迄に移住した人々の名簿が「稲田邦植関係書」に記されている。その中に迂の名前がある。「原條湛　四十二才、同人妻ます　三十八才、男　新次郎　十才、二男　迂　八才、女ゑつ　十七才、二女　志け　十三才、三女　こと　四才」。また、「移住者原禄取調書」には「士族小姓格」として「二人扶持　支配米　七石　原條湛」と記載されている。（いずれも『増補改訂静内町史』上巻より孫引き）

廃藩置県から稲田騒動を経ての開拓移住の物語は『静かな大地』に譲ることにするが、『増補改訂　静内町史』（1996）に載せられた迂の兄、新次郎の事跡を引用し、ラクが語ったであろう家庭内伝説の代わりとしたい。明治十八年、わずか二十三歳で四代目戸長となった原條新次郎は明治十一年に布辻《ぶし》で開拓を始めていた。

稲田藩の士族であった原條新次郎は、父湛と共に開墾した中下方の土地は比較的湿地であったため、将来多くは望めないものと予想し、明治十一年、新天地として布辻（東別）の地へと開拓の夢を移した。

当時の布辻はアイヌの人々の住む地であり、コンブをはじめ山海の産物を採取する生活が主であったため、農耕はほとんど行われていなかった。

この時、原條新次郎は十六歳であったが、小作人を雇うことによって開拓を進めたので、次第に村落としての形がととのっていった。（中略）

こうした奥地での開拓は、川下に住むアイヌの人々の狩猟地を確実に狭めていった。しかし、こうしたアイヌの人々も生活の手段として開墾の労役に参加するようになり、開拓に貢献するようになっていったのである。

　こうして初めに入地した人々は、生活のための本拠地造りとしての開拓を少しずつ進めていったのである。伐採された材木は春の増水時を待って川下へと流した。

　明治十七年荒木春蔵の入地によって遠別に初めて牧畜が行われたが、戸長職にあった原條新次郎はその職を辞し、中下方の土地を弟の進《ママ》に譲り、自らは布辻の開拓に専念した。

（中略）

　明治二十二年、新次郎の義兄武田則愛と共同による布辻の開拓が始まったのを機に、再び募集が行われ、兵庫や広島をはじめ数多くの人々が移住するようになった。この頃、和人の戸数はおよそ三〇戸を形成し、一〇〇人を超えるようになっていたのである。（中略）

　明治二十九年には住民の増加と共に人々の往来や物資の移動も多くなり、原條新次郎、武田則愛の自費によって道路を改良し土橋を架けて住民の公共に寄与したと伝えられている。

　住民の増加とともに心配ごとも増えてきた。従来までの移民の多くは兵庫県出身の人々であったが、広島県からの移民も多くなるに従って、国衆ごとに分かれて行動しかねない状勢となっていた。そこで原條新次郎は一計を案じたのである。共に対立意識があったのでは、今後の開拓に大きな支障を残しかねない。この際、新しい神社の造営をすることによって、両者の協力関係を保持できれば将来によい結果をもたらす、と考えたのである。

　明治二十六年は凶作であったが、同二十八年には見事に完成し、四月三日盛大に祭典を挙行したのである。こうして遠別八幡神社の創立となり、布辻一円の氏神様として祀られ、人々の信仰によって今日まで護り継がれてきたのである。

明治三十年、この年布辻は最も大きな衝撃を受けた。原條新次郎が突然この世を去ったのである。新次郎は明治十一年以来、遠別の開拓を手がけると共に、本道開拓とその維持発展のため多くの事業に協力した功績が認められ、明治十八年には第四代の静内村戸長に任命された。同十九年戸長を辞したのを機に、本格的に開拓に専念することとなった。そして、春立村高橋万太郎の娘よねと結婚し、母と共にメナシブシのウライニウシ付近へ住居を移した。

明治二十二年には多くの移民を募集するなど、布辻一円の開墾を強力に推進すると共に、米の試作も近い将来稲作への大きな布石とするべく真剣に取組んだのであった。その後三人の子宝に恵まれたが、四人目の産後の肥立ちが悪く、最愛の妻よねは次第に衰弱していった。明治三十年九月三日、よねは薬石の効なく他界し、その落胆のあまり新次郎もまた自らの命を断ったのである。

住民の深い悲しみのうちに夫婦揃っての葬儀がとり行われた。静内村の有識者から小作人やアイヌの人々も会葬し、生前「原條親方」と呼ばれ多くの人々に親しまれたその人柄にふさわしい葬儀であった。

原條新次郎　行年三六歳であった。(後略)

『町史』には六頁にわたって原條新次郎の物語が綴られている。地方の町史とはいえ、一人の人間にこれだけの紙幅を割くのは珍しいのではないだろうか。下級士族の息子が青雲の志で土地を開き、身分や人種を超え人々を集め、協力して新しいコミュニティーを作り上げる。最後は非業な、というよりロマンティシズムを掻き立てるような死。家庭内伝説として語るには充分な物語性を秘めている。それ以上に静内という町にとっても語り継ぐに足る人物だったのだ。

英雄的で悲劇的な物語とともに士族の末裔であるという自負を与えられたのがラクである。

一方ラクには妾の子という負の側面もある。母親の涌井タネは三味線をよくしたという。小説『静かな大地』の中では「弥生」として登場する。しかし、小説とは違い入籍はされていない。迂の最初の妻はりせ。明治二十二年二月にやはり稲田家の家臣曾木家から嫁いでいる。翌年には長男の朝、二十五年には長女のテルと二人の子をもうけているが、二十七年には離婚、曾木家に戻った。その五年後の明治三十二年にラクは生まれている。姉とは歳が七つも離れている。この間の事情はわからないが、姉の戸籍には「長女」と記されながら、ラクの戸籍には「女」と書かれ、実質はともかく、私生児のような扱いを受けている。士族であることの矜持と庶子であることの卑下を同時に持たされたのがラクである。

原條迂一家は本籍を静内に置きながら、札幌に移住する。札幌区南四条西二丁目一番地。迂は明治四十三年十一月に死亡。長男の朝が家督を継いだが、大正三年五月に若くして亡くなってしまう。戸籍には死亡を受け「家督相続人ナキニ因リ絶家」とある。そのためラクは「一家創立」届けを出さざるを得ない。ラクは原條家の正式な相続人たり得ないのだ。ラク、十五歳のことである。本来であれば姉のテルが相続人となるべきだが、その前年に山下庄太郎と結婚していた。後のラクの夫、庄之助の兄である。

つまり、ラクと庄之助はまず義兄妹の関係となった。ラクが十四歳、庄之助が十九歳の時である。

「僕の母の祖母は三味線が上手で、でも、芸者じゃなかった。ほんとに札幌で生活に困ってから三味線を教えて糊口の手段としていたという話も伝わっていたんです。だから三味線を教えていたというのは本当のこと。静内で三味線を弾かなかったのも本当のこと。ただ、ああいう武勇伝で函館を逃げ出したのは、あれはフィクションですけどね。函館生まれで、継母に苛められて、義理の妹が三味線を習うのについて行って外で聴いてるだけで覚えちゃったというのは本当なんです」(「なぜ喪失の物語を書くのか―『静かな大地』を語る」池澤夏樹インタビュー「文學界」〈2003. 12〉)

一家創立といってもラクはまだ子どもに過ぎない。涌井タネの三味線で糊口を凌ぎつつ、姉の婚家の山下家に世話になることも多かったのではないか。ラクが母親のタネを連れて庄之助と結婚するのは大正十年。姉が結婚してから八年後、ラクは二十二歳になっていた。

父原條の血を引きながら、士族の家を継ぐことは出来ない。そのコンプレックスが逆に自分の血に対する強烈な矜恃につながっている。「自分が士族の娘であることを誇りにしていた。貧しい平民のところへ嫁に行かなければならないことを終始嘆いていた。その分夫にもきつく当たった」と娘の延子さんは証言する。

士族の娘というプライドが長女の慎子に向かう。慎子もそれを受け継いで勉強も運動もできる真面目な女学生となった。澄子もまたその矜恃を受け継いでいただろう。もちろん姉とは違うものではあったが、筆名として選んだ「原條あき子」が澄子の血の誇りを示している。

4　原條あき子　日本女子大

山下澄子が日本女子大学英文学部を選んだのはどうしてだろうか。県一の卒業生の進路先として多かったのが東京や奈良の女高師であったが、姉が東京にいることも手伝ったのだろうか、東京の女子大を選んだ。英語を選んだのは理数系に進んだ姉への反発もあったのかもしれないが、「アイシヤ」に見られる異国への憧れが強く働いたものだろう。

入学は昭和十六年である。女学校卒業が十五年だから一年間のブランクがある。卒業は半年繰り上げられ十九年秋であった。この間日本で起きたことを詳述する必要はないだろう。米英開戦の年に彼女は入学し、敗戦前年に卒業した。日本女子大学もその学生も強まる戦時体制の渦中に置かれた。入学前年、日本女子大学報国団が結成され、奉仕活動が活発化していた。一方で、高等女学校と違い専門学校扱いであった女子大は昭和十九年になるまではしっかり授業が確保されていた。敵国語として圧力を受けていた英語ではあったが、当時の英語学部長上代タノは次のように英語学習の必要性を説いていた。

世間には、英語が敵性国の言葉であるというので、その研究を無用視するのみならず、あるいは排斥する人さえあるが、他面にはこれが全く馬鹿げた考えであるとしてむしろその必要を強調するものもないではない。いうまでもなく英語は国際語で世界中で一番よく使用されているのみならず、日本は今、英米と戦争をしている点からしても真剣な研究の対象としてはこの両国を外にしてないはずである。また戦争が終っても英米がこの地上から滅亡しないかぎり、外交にあるいは通商に、没交渉ではありえない。かくのごとく政策上の意味からいっても英語が無用になる日が来ようとは

思われない。（「語学教育の新しき意義」「家庭週報」1942.4）

『日本女子大学校四十年史』（1942）に載せられた昭和十六年時点の「各学年に於ける教授方針」には、第一学年の目標を「英語の学力を全面的に培う」こととし、週二十三時間のうち十七時間を専門科目に当てている。第二学年では「英語の正確な知識学力を培はせると同時に、英文学鑑賞の機会を徐々に与へ、英国史の概要を会話の教材に加へつつ三四年に於ける英文学史研究の素地をつくる」ことを目標に二十時間程度を英語教育に当てている。第三学年からは演習科目が増え、卒業時の公演のためシェークスピア劇の研究をこの学年から始めることとし、最終学年は多くの演習科目に加え、英文での卒業論文を課すことになっていた。シェークスピア劇は出来なかったし、勤労奉仕に多くの時間が割かれたものの澄子は全寮制の女子大で英語漬けの日々を送ることができた。

　昭和十八年文学部全学年が西生田に移転、澄子も第二寮に移った。同室になったのが、後に芥川賞候補者となる相見《あいみ》とし子（国文）、須藤妙子（英文）、宮井（旧姓蜷川）思葦子（国文）だった。二人ずつ向かい合うように置かれた机は部屋の奥にあった。ある日澄子は向かいに座っていた宮井にそっと手紙を見せた。フランス語で書かれたラブレターだった。福永からの恋文を同室の友人に見せびらかしたのだ。当時、舎監が全ての郵便物を検閲していたが、フランス語で書かれたものはチェック出来なかった。

　その福永と出会ったのは昭和十八年、アテネ・フランセで、だった。福永は同年二月、神経衰弱のため参謀本部を辞め、東大研究室で仏文学辞典編纂の仕事を手伝っていた。無職の福永はアテネ・フランセに立ち寄り調べ物をして時間をつぶしていたのだろう。

澄子は女子大三年。第二外国語にフランス語を履修していた。週三時間の講義ではとうてい語学を身につけることが出来ない。足りない勉強を補うためにはアテネ・フランセに通うのが一番の方法だった。アテネ・フランセには澄子だけではなく多くの女子大生が通っていた。澄子の一年後輩がアテネ・フランセに通う理由を『戦いの中の青春　一九四五年日本女子大卒業生の手記』（勁草書房　1976）の中に書いている。「文学を原書で読めるという目的」のため語学を身につけようとするのだと言う。文学に憧れを持つ澄子も原書で読みたいと願っていたのだろう。

二人は偶然アテネ・フランセで出会い、澄子は福永からフランス語の指南を受けることになった。そして、その年の夏、二人の仲は親密になる。

澄子の実家はまだ神戸にあった。父は工場疎開で単身北海道に渡っていたが、葺合の家には母と翌年女学校卒業を控えた妹の延子が残っていた。たまたまその年の三月、福永の父が三井銀行を退職、神戸に移住していたことも二人をより近づけさせることになった。

寮生活で日常は厳しく制限されていても長期休暇で実家に戻ると羽を伸ばせる。父を訪ね神戸にいた福永と実家に帰省した澄子はデートを重ねることになる。

「夏休みのひと夏、ボードレールをともに読んだのが恋愛に発展した」（「きらめく詩の言葉のこして」『桜楓の百人　日本女子大物語』舵社　1996）

福永はフランス語を教えるとともに、詩の世界に澄子を誘う。そして定型押韻詩の詩型を澄子に与えた。澄子は「少女1・2」を書いた。二十歳の澄子はこう詠う。「おごりの子に揺らめくはああ二十年の夏」（「少女1」）。

一方福永は「ただひとりの少女に」という献辞を持つ詩「火の島」を書く。「約束を染める微笑の日射／この生の長いわだちを洗ふ」。福永は「ただひとりの少女」に出会ったのだ。

柘植《つげ》光彦《てるひこ》が福永の求めた母性から抽出した女性の理想像が「國文學　解釈と鑑賞」五〇三号（1974.11）に紹介されている。「母性の最も純粋化された姿として福永武彦の作品に数多くあらわれる少女たち、無邪気で、挑発的で、気位が高く、謎にみちたあの少女たち」（「作家の性意識　福永武彦」）。それは澄子に捧げられるべき言葉である。

夏休みが終わり東京に戻ると福永はマチネ・ポエティクに澄子を招く。

> マチネ・ポエティクの結成は、一九四二年の秋に遡る。かの暴力と血とファナティスムとの擾乱のさなかに、当時漸く学窓を出でたばかりの、或は、当時なほ学窓にあつて、医学を、文学を、経済学を、法律学を専攻してゐたところの、二〇代の詩人たちは、この月一回の集会に於て、各自の作品を朗読のかたちで発表し、そのことによつて、文学といふ各人の宿命的な課題を追求し、開明しようと試みた。（中略）前後を通じて、ここに参加した詩人は、左の通りである。
> 福永武彦、中村真一郎、加藤周一、白井健三郎、中西哲吉、窪田啓作、山崎剛太郎、小山正孝、原條あき子、枝野和夫。（巻末「ＮＯＴＥＳ」『マチネ・ポエティク詩集』真善美社　1948）

主に加藤周一の家で行われていた会合に福永は澄子を伴って参加した。福永の友人たちもそれを受け入れた。澄子は自分の中に隠れていた詩の才能が開かれていくのを感じただろう。インテリの若者たちの一員に加えられ、自らも詩人であることを任じた澄子の気持ちはどんなものだったろうか。彼女が憧れていた世界の住人に出会ったような気がしたのではないか。澄子は筆名を原條あき子に決め、詩人となった。

昭和十八年秋、明治神宮外苑で文部省主催の出陣学徒壮行会が挙行される。日本女子大の全教職員、全学生が参加、出陣を見送った。その中に澄子もいた。暗く沈鬱な世相だった。しかし、マチネ・ポエティクにだけは自由と夢があった。

昭和十九年、澄子は最上級生となった。女子大では、本格的な勤労動員が実施されることになった。春、各学部に戦争遂行のモットーを求められた。英文学部では澄子の出した「若さを祖国へ」が採用された。国文学部が「七生報国」であったのに対し、伸びやかなもので「秀逸でした」と同窓の小木曾美代子さんは語る。五月、試験を終えてから西生田本校で壮行会が行われた。英文学部は六月から芝にある日本赤十字社外事課に動員される。通勤のため西生田を離れ、目白の寮に移った。仕事は翻訳、英米捕虜の手紙の検閲、在外邦人安否調査などであった。小木曾さんによると先述の英語学部長、後に学長になる上代タノが日常的に英語に触れる場を与えたいと配慮、苦心した結果であったという。以後、澄子は目白の寮から卒業まで赤十字で働くことになる。

その間、澄子は福永と毎週のようにデートを重ねていた。最近見つかった福永の「一九四四年手帳」に澄子は「S」として登場している。デートの他には月に一度、土曜夜か日曜昼にあるマチネ・ポエティクの会合に二人して参加している。二月、福永は日本放送協会に就職を決める。三月になると結婚式場になる第一ホテルを訪ね、それ以後度々足を運んでいる。「手帳」からは二人で着々と結婚の準備を進めていたことがわかる。

九月二十五日、澄子の卒業式が行われた。入学時五十二名、それが三十六名に減っていた。校長井上秀の告辞が「家庭週報」第一六一二号に載せられている。澄子の大学四年間はこんな時代だった。

諸子を従来の卒業生に比較してみると、本校にとつて始めての体験を積まれた方であると思ふ。即、第一には入学した年に大東亜戦争が勃発し爾来世界史上に比類なき大転換の期に学び、我国未曾有の大発展に刺戟され、影響されて育つた事、第二には開校以来最も数多く卒業される事、第三には卒業前五ヶ月乃至六ヶ月に亘つて、勤労報国隊として動員され、国家への奉仕をされた事。これは本校としては勿論例のない事であるが、我国としても女子が、ことに学徒が国家の重要生産に参加した事は開闢以来始めての事であつたと思ふ。

5　終わりに

日本女子大同窓会桜楓会を訪ねた。昭和十九年第四十二回生の卒業アルバムは存在しない。その代わり出してもらったのが写真帳であった。各学部卒業生の集合写真が台紙に一枚ずつ貼られていた。

英文学部三十六名。澄子は前列中央近くにいた。

ちょっと左頬をふくらませている。どこか不満げな表情。やはりと思う。しばらく見つめていると驚くべきことに気づき、私は思わず笑ってしまった。三列並んだうちの最前列、中央に近い左から五番目に座る澄子。前列は十二人。その中で澄子だけがスカートを穿いていたのだ。

もんぺが九人、スラックスが二人の中でただ一人スカート姿なのだ。時代や他人に簡単には流されないぞ、澄子の不満げな表情がそう叫んでいるように感じた。

夢見がちで異国に憧れを抱いていた少女は卒業式の三日後に結婚式を挙げる。会場の第一ホテルには帯広から父母と延子、父の兄山下庄太郎一家も札幌から駆けつけた。

きっと幸せになるはずだった。

年譜　一九四四〜一九五三年

一九四四（昭和十九）年　武彦二十六歳　澄子二十一歳
二月、社団法人日本放送協会国際局亜洲部（のち海外局欧洲部）に勤務、ニュースの仏訳や仏印向け放送に従事。
九月二十八日、三日前に日本女子大を繰り上げ卒業した山下澄子（原條あき子）と結婚（入籍は十月十二日）。新婚旅行で軽井沢に滞在。東京での新居は品川区下大崎二丁目（現在の東五反田近辺）。
＊原條あき子「少女　3」「海」「望郷」「頌歌」「宴」「妹へ 1～3」制作。

一九四五（昭和二十）年　武彦二十七歳　澄子二十二歳【45年日記】9／1～12／31
二月、急性肋膜炎で東大病院に入院。

三月十日、東京大空襲。

四月、病院から上野駅に直行、北海道帯広市東二条南十二丁目山下方に疎開。

五月十二日、肺結核の診断を受け、帯広療養所に入所。

七月七日、退所。長男夏樹生まれる。

八月十五日、終戦。

九月二日、帯広を出発して信濃追分や軽井沢、上田、岡山を訪ね、十一月十一日、世田谷区奥沢の秋吉利雄宅に落ちつく。
＊原條あき子「北の国の夜は霧の幸ふり」「頌歌」制作。

一九四六（昭和二十一）年　武彦二十八歳　澄子二十三歳【46年日記】1／3〜6／9
一月二十五日、帯広に赴く。山下家より、澄子、夏樹を引きとることを促される。
＊二月、原條あき子「少女」（制作は四三年）を「凍原」2号に掲載。「秋の歌」「なつきへ」（改題「夏樹のために」）「髪」制作。
四月二十日、日本放送協会を退職。二十七日、帯広へ。山下家より転居を迫られる。

五月八日、帯広市東一条南九丁目聖公会帯広教会木末牧師方に転居。十一日、北海道庁立帯広中学校（のち帯広高等学校、現・帯広柏葉高校）の嘱託教員となる。

七月、宿直室で当直の晩に「雨」を執筆。十勝文化協会主催の文化講座「外国文学史」を講義。七月より十二月まで加藤周一、中村真一郎と文化・文学時評「CAMERA EYES」を分担執筆して「世代」に連載。

八月、帯広キリスト青年会、帯広女子国民高等学校主催の第一回帯広夏期外国語講座でフランス語講師を務める。福永澄子も英語講師を務める。

九月、「凍原」座談会「世界文学主流の中に日本文学の位置を探る」に参加。

冬、結核再発。自宅療養をしながら「詩人」編集部の長江道太郎に勧められて書き下ろし評論「ボオドレエルの世界」を翌年までかかって執筆。

一九四七（昭和二十二）年　武彦二十九歳　澄子二十四歳【47年日記】6／18〜7／31
五月、「世代」に連載した「CAMERA EYES」に新稿を加えた加藤周一、中村真一郎との共著『１９４６文学的考察』を真善美社から刊行、注目を浴びる。

六月十八日、帯広療養所に再入所。帯広の同人雑誌「北海文学」(「凍原」改題)の編輯同人として、同誌第一号に詩「眠る児のための五つの歌」ほかを発表。

九月〜十月、「河」執筆(上京後に完成)。

十月、胸郭成形手術を受けるために上京。

十一月一日、都下清瀬村の国立東京療養所に入所、十二月二十三日、第一回目の手術を受ける。
＊原條あき子「北海文学」の同人となり、第一号(五、六月号)に小説「アイシヤ」、第二号(十一月号)に詩「夏樹のために」、中里恒子「まりあんぬ物語」(書評)を発表。詩「夜の歌」「春の歌」「悲歌1」「悲歌2」「To my darling Natsuki 1」制作。

一九四八(昭和二十三)年　武彦三十歳　澄子二十五歳
絶対安静を続ける。三月、第二回目の成形手術。短篇「河」を「人間」に発表。短篇集『塔』を「アプレゲール・クレアトリス」の一冊として真善美社より刊行。
五月、共著『マチネ・ポエティク詩集』を真善美社より、七月、詩集『ある青春』を帯広の北海文学社よりそれぞれ刊行。
＊原條あき子「綜合文化」四月号に小説「薔薇」を掲載。「To my darling Natsuki 2」「別れ」「あなたが唄った夕暮れのために」「やがて麗しい五月が訪れ」など、十四編の詩を制作。

一九四九（昭和二十四）年　武彦三十一歳　澄子二十六歳　【49年日記】1／1〜7／15
三月から七月にかけて小品を数編、東京療養所内の雑誌に発表。
七月十九日、副睾丸結核手術。
十二月より翌年五月にかけて『草の花』の「第一の手帳」の原型「慰霊歌」三七四枚を寝たままで書く。
＊原條あき子「春でもねえ　冷たい朝があるから」制作。

一九五〇（昭和二十五）年　武彦三十二歳　澄子二十七歳
秋より『風土』第二部に着手。
十二月、妻澄子と協議離婚。澄子は一旦帯広へ戻る。
＊原條あき子「祝婚歌」「さざなみ」制作。

一九五一（昭和二十六）年　武彦三十三歳　澄子二十八歳　【51年日記】12／10〜12／31
一月、帯広高等学校を退職。
夏頃、澄子上京。
暮、澄子は夏樹（六歳）を東京に連れて来る。この頃までに澄子は池澤喬と同居。

一九五二（昭和二十七）年　武彦三十四歳　【52年日記】1／1〜12／31
六月より十二月にかけて詩「死と転生」四篇を「群青」その他に発表。

七月、長篇『風土』(第二部省略版)を新潮社より刊行。
八月十八日、澄子とは二年ぶり、夏樹とは五年ぶりに再会。
九月、五日間、医師の許可を得て軽井沢町追分に赴き、七年ぶりに堀辰雄に会う。

一九五三(昭和二十八)年　武彦三十五歳　【53年日記】1/1〜3/3
三月、清瀬の東京療養所を退所。
四月、学習院大学文学部講師となり杉並区方南町一一六に住む。
十二月、岩松貞子と結婚。

(作成　鈴木和子)

＊日記原本提供　一九四九年　池澤夏樹
一九五一～五三年　程塚比呂美
＊編集協力　三坂剛

＊初出　「新潮」二〇一二年八月号に一部掲載
＊本書には現在の観点からすると差別的と考えられる表現がみられるが、私的な日記であること、著者が故人であるという事情に鑑み、原文どおりとした。（編集部）

福永武彦新生日記《ふくながたけひこしんせいにっき》

著者

福永武彦《ふくながたけひこ》

発行

2012年11月30日

発行者　佐藤隆信

発行所　株式会社新潮社

〒162-8711　東京都新宿区矢来町71

電話　編集部 03-3266-5411

読者係 03-3266-5111

http://www.shinchosha.co.jp

印刷所

株式会社精興社

製本所

株式会社大進堂

乱丁・落丁本は、ご面倒ですが小社読者係宛お送り下さい。

送料小社負担にてお取替えいたします。

価格はカバーに表示してあります。

ISBN978-4-10-318715-8 C0095

福永武彦戦後日記　福永武彦

「僕はここに、嘘を書かなかった」妻と幼子・夏樹との帯広での疎開生活から、作家として立つ道を探して一人東京へ。若き文学者の愛と闘いの記録。解説・池澤夏樹。

カデナ　池澤夏樹

ベトナム戦争末期、沖縄カデナ基地の中と外を結んで、巨大な米軍に挑んだ小さな「スパイ組織」があった。10年に及ぶ沖縄での思索のすべてが注がれた渾身の長篇。

世界文学を読みほどく
スタンダールからピンチョンまで　池澤夏樹

私たちは、物語・小説によって、世界を表現しそのありかたを摑んできた——10傑作を題材に、面白いように解明される世界の姿、小説の底力。京大連続講義録。《新潮選書》

木村蒹葭堂《けんかどう》のサロン　中村真一郎

18世紀の大坂で自邸を博物館化して、文人、大名、洋人らの集う一大サロンを設営した男がいた……幕府に睨まれながら、そこでどのような交流が行われていたのか？

持ち重りする薔薇の花　丸谷才一

不倫あり、嫉妬あり、裏切りあり——。元経団連会長が語る、世界的弦楽四重奏団の愛憎半ばする三十年。人生の味わいを描き尽くす、著者八年ぶり、待望の長篇小説！

阿部謹也自伝　阿部謹也

カトリック修道院の少年時代に西洋中世と出会い、大学時代の恩師の言葉に導かれて、その世界を研究することになった著者の、揺るぎない人生。清冽、真摯な回想録。

小さな天体 全サバティカル日記　加藤典洋

いつか、この世界で起こっていたこと　黒川創

火山のふもとで　松家仁之

エストニア紀行 森の苔・庭の木漏れ日・海の葦　梨木香歩

なつかしいひと　平松洋子

きれいな風貌 西村伊作伝　黒川創

地球は、壊れやすいエアに包まれた、小さな天体なのだ。――デンマークからサンタバーバラへ、そして「震災後」の日本へ。日常を丹念に積み重ねた特別な一年の記録。

ベラルーシのきのこ狩りは、七万四千ベクレル／㎡以下の森で――。震災後に生きるわたしたちを小さな光で導く過去のできごと。深い思索にみちた連作短篇集。

国立図書館設計コンペの闘いと、若き建築家のひそやかな恋を、浅間山のふもとの山荘と幾層もの時間が包みこむ。胸の奥底を静かに深く震わせる鮮烈なデビュー長篇！

首都タリン、古都タルトゥ、オテパーの森、バルト海に囲まれた島々――被支配の歴史を持つこの国を旅し、祖国への思いを静かに燃やし続けてきた人々の魂に触れる。

夜匂う花、口中でほどける味、ふるい傷の痛みに記憶のひだをさぐり、伊丹十三、沢村貞子ほか愛読書の頁に亡き人を偲ぶ。こころをゆさぶる珠玉のエッセイ67篇。

熊野の大地主に生まれ、桁外れのセンスと財力で大正昭和の文化を牽引した美しく剛毅な男がいた。文化学院創設から九十年。その思想と人生をつぶさに描く第一級の評伝。